°luftschacht

Ulrike Ulrich

fern bleiben

Roman

Luftschacht Verlag

www.luftschacht.com

Umschlaggrafik: Jürgen Lagger
Satz: Florian Anrather
Druck und Herstellung: CPI Moravia

Die Wahl der angewendeten Rechtschreibung
obliegt dem/der jeweiligen AutorIn

ISBN: 978-3-902373-51-9

Aufzubrechen. So komm! daß wir das Offene schauen ...

Friedrich Hölderlin

ICE 611 ab Dortmund Hbf

Sie sitzt nicht gern in stehenden Zügen. Selbst wenn sie ausnahmsweise zu früh auf dem Bahnsteig ankommt, wartet sie mit dem Einsteigen, bis der Zugbegleiter mit der Kelle winkt.

Vorhin hat sie den Wagenstand nach der schönsten Zahl abgesucht, ist den Zug entlanggelaufen und bei 22 eingestiegen, eine Minute vor planmäßig. Seit zehn Minuten sitzt sie auf einem Fensterplatz in Fahrtrichtung, daneben ihr dunkelroter Rucksack, ein lächerlich kleines Gepäckstück für ein lächerlich groß erscheinendes Unternehmen, seit zehn Minuten fragt sie sich schon, ob der Zug wirklich auf Anschlussreisende wartet oder darauf, dass sie wieder aussteigt. Dass sie eine Abschlussreisende ist, denkt sie. Ein Kapitel abschließt. Vielleicht bloß einen Absatz. Sich absetzend, denkt sie, und dass diese Wortspiele auch von Markus sein könnten, oder von Frank. Lo hat eine Schwäche für Männer mit Wortwitz. Das Einzige, was die beiden gemeinsam haben. Vielleicht hindert einer von ihnen den Zug am Abfahren. Gleich wird man sie ausrufen.

Endlich setzt sich der Zug in Bewegung und sie kann die Frage, ob hinter dieser abwegigen Sorge ein Wunsch steckt, fallen lassen. Es ist nicht der Zug am gegenüberliegenden Gleis, der in die andere Richtung fährt, nicht der Bahnsteig, der sich bewegt. Es ist ihr Zug. Zum ersten Mal seit Jahren macht Lo wieder eine Zugreise, die länger als zwei Stunden dauert, zum ersten Mal wieder eine Reise allein, ohne Markus, sein vorsorgliches Kontrollieren von Öl und Luftdruck vor Autofahrten, seine beruhigende Stimme beim Start eines Flugzeugs. Nach Rom mit dem Zug, würde er sagen, du spinnst. Aber diesmal hat sie ihn nicht gefragt. Ist auch nicht mit ihm die Liste der absolut notwendigen Reisevorbereitungen durchgegangen. Sie hat bloß die ausgeliehenen Bücher in die Bibliothek zurückgebracht und sich eine Kreditkarte zugelegt. Während eine leere Ziegelsteinfabrik mit kleinen zerbrochenen Scheiben an ihr vorbeizieht, fragt sie sich, wo die Kreditkarte ist, die sie beim Zahlen der Fahrkarte erstmalig benutzt hat. Sie wühlt im Rucksack, sucht alle Fächer ihres Portemonnaies ab, schiebt Fotos wieder zurück und Visitenkarten. Die ältere Dame ihr gegenüber, die ein blaues Kleid mit großen roten Blumen trägt, schaut ihr besorgt dabei zu. Während Lo alle Fächer nochmals kontrolliert, denkt sie, dass sie später, wenn sie selbst mal so alt ist, auch solche bunten Kleider tragen wird, und sich nicht um die anderen scheren. „Fehlt Ihnen etwas?", fragt die Dame und beugt sich ein bisschen nach vorn. Lo hält das für eine unzulässige Frage von einer fremden Frau, auch wenn sie über Siebzig ist. Sie will sich nicht mal ausmalen, wie eine erschöpfende Antwort aussähe. Stattdessen erzählt sie von der verlorenen Kreditkarte. „Oh", macht die Dame, „vielleicht haben Sie vergessen, sie einzupacken?"

Die Kreditkarte ist in dem Umschlag mit der Fahrkarte gelandet. Lo atmet auf und hält sie hoch, wie einen Trumpf vor dem Ausspielen. „Man regt sich immer zu früh auf", sagt die ältere Dame und will wissen, ob Lo eine weite Reise vor sich hat.

Lo freut sich, dass sie das fragt, denn jetzt kann sie sagen, dass sie nach Rom fährt. Einfach so. Dass sie noch nicht weiß, wie lange sie bleiben wird. Was die Dame beeindruckt. „Ganz alleine", sagt sie, „da müssen sie gut auf sich aufpassen – und auf ihre Sachen."

Lo muss an ihre Mutter denken, die den Anstoß zu dieser Reise gegeben hat, ohne es zu wissen. Die auch jetzt nicht weiß, wo sie ist, was ein Fortschritt sein könnte. Lo wird ihr eine SMS von der Engelsbrücke schreiben und eine Postkarte mit dem Vier-Ströme-Brunnen drauf.

„Haben Sie Semesterferien?“, fragt die Dame weiter, nachdem sie den Lesezeichenfinger aus ihrem Taschenbuch gezogen hat. Das passiert Lo immer wieder, dass man sie für eine Studentin hält. „Ich bin im Computerbereich tätig“, antwortet sie, obwohl das Präsens gelogen ist, und steht auf, um aufs WC zu gehen. Sie hofft, dass die Dame inzwischen wieder ihr Buch zur Hand nimmt. Wenn sie das Wort Computerbereich benutzt, fragen die meisten Leute zwischen Dreißig und Sechzig mit großen Augen, ob sie tatsächlich programmieren kann, ältere nicken einfach wissend und sagen nichts mehr.

In dem kleinen Raum mit den beunruhigenden Pfützen auf dem Boden bleibt sie eine Weile vor dem Spiegel stehen und versucht sich ein Bild zu machen. Von der Frau, die weggeht. Die unheimlich mutig ist. Und entschlossen. Von der Frau, die keinen Plan hat, aber einen Impuls. Wenn sie Glück hat, trägt die Energie dieses Impulses sie so weit, dass die Anziehungskraft von Sicherheit aufhört zu wirken. In Rom wird sie außer Gefahr sein. Wenn sie erst mal dort ankommt, wird sie sich einfach auf die Spanische Treppe setzen.

Die Frau, die weggeht, lächelt ihr entgegen: ein Spiegelbildlächeln. Wenn sie nicht wenigstens ein bisschen an die Frau, die weggeht, glauben würde, säße sie noch immer vor ihrem Rechner und ließe große Sprachkorpora, Massen von Daten, darüber flimmern, während hinter ihrem Rücken der Chef unmöglich einzuhaltende Termine vereinbarte und

ihre ausschließlich männlichen Kollegen behaupteten, dass nichts unmöglich sei. Sie werden ihr fehlen. Wer hat schon Kollegen, mit denen man genauso gut über ein schönes Wort wie ein fälschlich aberkanntes Tor diskutieren kann. Die einem über Nacht mal eben genau das Programm schreiben, das einem Stunden händischer Kleinarbeit erspart. *Händisch*, denkt Lo, bevor sie die Tür öffnet, ist auch unabhängig von seiner Bedeutung kein schönes Wort.
Draußen vor dem WC warten zwei Frauen, die ihr ein schlechtes Gewissen verursachen, weil sie bloß in den Spiegel geschaut hat. Als sie zurück an ihren Platz kommt, ist die alte Dame eingenickt und *Herr Lehmann* liegt wie ein rotes Dach auf ihrem Schoß. Das Buch passt zum Kleid. Lo wirft einen Blick in das *Mobilmagazin*, dann schläft sie selbst ein.

Lo mag Sackbahnhöfe, obwohl dort die Züge am längsten stehen. Das Wort mag sie auch nicht und Kopfbahnhof hält sie bloß für das kleinere Übel. Ihr Anschlusszug hat Verspätung, obwohl er schon da ist. Eine Dreiviertelstunde Aufenthalt. Sie geht mit schnellen Schritten das Gleis hinunter und dann einfach geradeaus weiter, bis sie zu einem Buchladen kommt. Vielleicht sollte sie noch ein Buch kaufen, es könnte ja auch mal regnen in Rom, oder einen Stadtführer. Aber in Rom ist sowieso alles sehenswürdig und zum Durchfragen wird ihr Volkshochschul-Italienisch wohl reichen. Schließfächer, Schließfachaufsicht, nächster Buchladen, noch mehr Schließfächer, Brezeln, keine Info, kein Internet. Sie geht zurück Richtung Gleis und fragt am Kiosk.
„Dahinten am Westflügel", sagt der junge Verkäufer, „gleich unter dem ersten C von CocaCola." Sie kauft ihm aus Dank-

barkeit eine *Süddeutsche* ab und geht – vorbei an einer indischen Reisegruppe und zwei Polizisten, die drei auf dem Boden hockende Rastajungs umkreisen – direkt auf den Ausgang mit der altmodischen Colawerbung zu. Das Internetcafé hat Warhol, Rothko und Fernseher mit Endlos-MTV an den Wänden. Fünf Minuten im Netz kosten fünfzig Cent. Lo setzt sich an der Theke vor einen Computer und bestellt einen Tee, um die Vorfreude auf den italienischen Kaffee nicht zu verwässern. Sie könnte an Frank schreiben, an Sandra oder Markus.

Mit dem Einloggen kommt die Enttäuschung: Keine neuen Nachrichten. Nicht mal ein Newsletter. Nicht mal das Wort des Tages von ihrem Lieblingskollegen Jonas, der jetzt an seinem Bildschirm vorbei auf ihren leeren Schreibtisch guckt, aber erst dann, wenn er den Rechner heruntergefahren hat. Beim Programmieren hängt sein Blick in der Befehlszeile fest. Lo teilt ihm mit, sie sei auf dem Weg nach Rom. Dann schreibt sie an Frank, der die Mail sicher erst morgen bei der Arbeit lesen wird. Erreichen kann er sie nicht, weil sie das Handy aufs Festnetz umgeleitet hat. Sie hat es nur für den Notfall mitgenommen, obwohl ihr auch nach längerem Nachdenken keine Großstadtnot eingefallen ist, aus der sie das Handy retten könnte. *Stell dir vor: Rom. Also jetzt noch Internetcafé München, aber gleich steig ich in den Nachtzug. Bin eine Weile weg.* Für diesen Text hat sie einen Euro benötigt, und sie weiß immer noch nicht, wie er weitergehen soll. Kurz bevor ihr Guthaben verbraucht ist, schreibt sie: *Jetzt ist das Guthaben,* dann reicht es nicht mal für den Send-Button.

EN 287 ab München Hbf

Ihr Liegewagenabteil ist komplett belegt. Der Italiener, der oben links liegt, will ihr helfen, den Rucksack auf die Ablage zu heben, aber sie schüttelt *Grazie* sagend den Kopf und verstaut das Gepäck lieber bei den Füßen, um nicht den Kontakt zu verlieren. Bequem ist das nicht, aber möglich, wenn man nur 163 cm misst.

Bei der Sendung hat der Quizmaster zu ihrer Mutter gesagt, das sei ja ungewöhnlich, dass die Mutter so viel größer als die Tochter sei. Wie denn der Vater aussehe? Natürlich trug ihre Mutter auch noch hohe Pumps.

Lo hat beim Denken an den Nägeln gekaut. Das weiß sie von Sandra. Du sahst gut aus, aber dauernd die Finger im Mund. Sandra ist die Einzige, der sie vorher davon erzählt hat.

Lo war sauer, dass ihre Mutter sie einfach mit angemeldet hatte. Na komm, Liebes, das muss sich doch auch mal lohnen, dass wir dich haben studieren lassen, sagte sie am Telefon und ihr Lachen machte es auch nicht besser.

Ich kenn die Sendung nicht mal, ich hab keine Ahnung von Geographie oder Geschichte. Warum hast du nicht Jasmin oder Kai verpflichtet? Aber ihre Mutter hatte Lo schon während der gemeinsamen Schwangerschaft für ihr intelligentestes Kind gehalten, vielleicht weil die Positionen schönstes und fröhlichstes schon vergeben waren. Ich bin ja auch noch da, meinte sie, und wenn gar nichts hilft, raten wir eben.

Lo dachte, sie würden das Casting in Oldenburg ohnehin nicht überstehen. Bei der Vorstellungsrunde sagte sie: Meine Hobbys sind Lesen, Musikhören und Schwedenrätsel. Ihr Caster fand das lustig. Die Testfragen waren nicht leicht und sie wunderte sich von Runde zu Runde über das Weiterkommen, während ihre Mutter nichts anderes erwartet hatte. Auf der Fahrt zur Aufzeichnung in Hamburg teilte sie bereits provisorisch das Preisgeld unter den Familienmitgliedern auf. Sie erreichten die zweite Gewinnstufe mit nur einem Veto.

Am Schluss fragte der smarte Quizmaster, was sie jetzt mit dem vielen Geld anfangen wollten. Und ihre Mutter sagte: Ein neues Leben, was Lo peinlich war und das Publikum begeisterte. Der Quizmaster wollte natürlich Genaueres wissen und die Mutter ließ sich nicht lange bitten: Ayurveda in Indien, sagte sie, New York, vielleicht ein bisschen Botox. Er winkte charmant ab, wozu denn das? Völlig unnötig. Und die kluge Tochter, was wolle denn die machen. Lo antwortete, sie hätte noch keinen Plan, sie hätte sich da in etwas hinein geraten. Und dann, als der Quizmaster schon irgendwohin überleiten wollte, sagte sie doch noch: Rom, ich werde nach Rom fahren. Aber das haben sie rausgeschnitten.

Als sie aufwacht, kann sie Italien schon riechen. Als ob Oreganopollen durch die Luft flögen. Sie greift nach dem Rucksack und schält sich aus dem weißen Baumwollkokon. Leider fühlt sie sich nicht wie ein Schmetterling und nach den jüngsten Informationen der Abteiltürscheibe sieht sie auch nicht so aus. Unten rechts hustet jemand. Als sie das Schloss der Tür öffnet, klackt es neben dem Ohr der jungen Finnin, die am Abend zuvor bereits um halb elf gebeten hatte, das Licht zu löschen. Jetzt mault sie etwas in ihrer Muttersprache.

Auf dem Gang steht eine hellblonde Dame mit dunklem Haaransatz am offenen Fenster und raucht. Ihre Haare wehen im Wind. Dass es noch Züge gibt, bei denen man

die Fenster öffnen kann, denkt Lo. Mit Schwung zieht sie, aber das Fenster bewegt sich nicht. Sie muss mit beiden Armen gleich viel Kraft ausüben. Sie will auch wehende Haare. Die blonde Frau schaut genervt, weil Lo beim Rütteln zu viel Krach macht. Also versucht sie es mit Ruhe und Geduld, was – das hätte sie sich denken können – zum Erfolg führt. Natürlich darf man sich nicht hinauslehnen. *Non sporgersi*. Aber das ist ihr egal, der warme Wind versöhnt sie sofort. Was ihr fehlt, ist das Schild *Non sputare nella carrozza*. Das hat sie schon als Kind gemocht. Sie kann sich allerdings in ihrer Kindheit an keine einzige Zugfahrt durch Italien erinnern, immer waren sie mit irgendeinem Opel unterwegs. Ganz klassisch: Vater drei Viertel der Strecke hinter dem Steuer, Mutter daneben, mit der Provianttasche zwischen den Füßen, hinten drei Kinder, die streiten oder aus Autokennzeichen Sätze basteln. Schon damals kurbelte sie gern das Fenster herunter und ließ so lange die Haare wehen, bis Jasmin sich beschwerte, es würde ziehen.
Draußen scheint die Morgensonne auf eine hellbraune Landschaft. Dazwischen manchmal Rottöne von Oleander und Bougainville. Es gibt sicher zehn Fotos, auf denen ihre Mutter neben einer Bougainville steht. Bougainville heißt auch eine Insel mit matrilinearem Erbrecht, das hat ihnen in Hamburg Glück gebracht. Rundherum Farben zum Einsüden. *Einsüden* schreibt Lo als erstes Wort in die neue Liste in ihrem Handheld, die sie *Wieder_Worte.doc* genannt hat. In die alte Liste kamen nur gefundene Wörter, das letzte war *Erdungsgarnitur*. In einer halben Stunde wird sie in Rom ankommen. Zuerst wird sie sich ein Hotel suchen. Dann ein Sommerkleid kaufen. Sie hat keine Lust gehabt einen Koffer mitzunehmen. In ihrem Abteil stehen sich jetzt alle gegenseitig auf den Füßen. Sie fischt nach ihren Schuhen

und wartet im Vorraum, während sie durch die Außenbezirke von Rom fahren. Termini. Das muss Ende bedeuten, denkt sie. Sie kehrt tatsächlich zurück. Was ist mit ihrer Münze passiert, die sie vor mehr als zehn Jahren in den Brunnen geworfen hat? Wo kommen die alle hin? In den Fonds zur Erhaltung römischer Barockkunstwerke? In die Anita-Ekberg-Stiftung zur Bekämpfung von Magersucht? Wahrscheinlich sackt die rechtslastige Regierung das ganze Geld ein. Zum Trevi-Brunnen könnte sie auch als Erstes gehen, aber das widerspräche allen Regeln der Dramaturgie. Jetzt bedauert sie, dass sie nicht vorher nochmals *Roman Holiday* geschaut hat. Einen Mann kennen lernen oder eine Vespa mieten. Das wäre gut. Sie wollte doch schon immer Vespa fahren. Oder sie geht zur Bocca della Verità, steckt die Hand hinein und sagt laut und deutlich: Ich bin mutig. Sie hätte nicht herfahren sollen. Das Beste wird sein, erst mal am Bahnhof einen Cappuccino zu trinken.

Sie ist da. In einem riesigen Bahnhof voller Lärm und Bewegung. Nur die Menschen mit Rollkoffern, die mit ihr angekommen sind, stehen so lautlos und unschlüssig herum wie sie. Alle anderen versuchen Züge, Busse oder S-Bahnen zu erreichen. Elegante Damen und Herren mit schönen Schuhen und dazu passenden Aktentaschen. Mütter, die Kleinkinder hinter sich herziehen. Schülerinnen mit kurzen Röcken unter dem Bauchnabel. Jungs mit halblangen Locken und Bartexperimenten.
Der Kellner sieht sie nicht. Sie würde sich ja gern an die Bar stellen, aber da ist kein Platz. Also geht sie ihm entgegen, gibt ihm Zeichen, dass er sie draußen unter dem Himmel der Bahnhofshalle findet. Endlich kommt ihr Cappuccino. Er schmeckt dünn. Sie fragt sich, was sie hier überhaupt macht.

Hier sitzen gar keine Römer. Bloß Touristen wie sie. Im Zug war alles so selbstverständlich. Schon allein das Gefühl unterwegs zu sein. Einen Plan zu haben. Lo legt vier Euro auf die Theke und sucht nach einem großen *I*. Sie braucht einen Stadtplan, auf dem die Hotels drauf sind. Es sollte zentral sein und zwei oder drei Sterne haben. Sie könnte sich jetzt auch vier leisten, aber das käme ihr großkotzig vor. Schon so hat sie oft genug im Hotel das Gefühl, den Papierkorb leeren und die Betten machen zu müssen.
Ihr Blick fällt auf die große elektronische Anzeigetafel mit den Abfahrtszeiten. Der nächste Zug fährt nach Bozen. Schwer zu rechtfertigen. Sie kann doch ihr Geld nicht fürs Hin- und Herfahren vergeuden. Andererseits hat sie jetzt Geld. Mehr oder weniger redlich verdient. Sie könnte Sandra in Osnabrück besuchen. Und dann weitersehen. Oder einfach einen Zug nach Hause nehmen.
Sie denkt daran, dass morgen Mittwoch ist und Frank abends Basketball hat. Danach treffen sie sich sonst meistens, weil Anne beim Karate ist und außerdem keinen Verdacht schöpft, wenn Frank sagt, dass er mit den Teamkollegen noch was trinken war.
Lo rennt zu *Binario 23* und steigt in einen Erste-Klasse-Wagen. Noch bevor sie in der zweiten Klasse angekommen ist, setzt sich der Zug in Bewegung. Das muss an einer speziellen Sternen-Konstellation liegen. So spontan war sie nicht mehr, seit sie als Kind aus dem Skikurs weggelaufen ist, ins falsche Tal abgefahren, um Sepp zu suchen, ihren Lieblingskellner aus dem Hotel, der von einem Jahr aufs andere die Stelle gewechselt hatte, was ihr mit Sieben noch unbegreiflich war.

ES 9484 ab Roma Termini

Sie findet zwei Plätze in Fahrtrichtung, einen für sich, einen für den Rucksack. Die gleichen Einkaufszentren, Parkplätze und Wohnblöcke ziehen an ihr vorbei. Wäsche hängt meterweit von einer Häuserwand zur nächsten. Aus einem Fenster lehnt eine junge Frau, die ihre Unterwäsche wieder zurückkurbelt.
Früher ist Lo gern rückwärts gefahren. Sie wollte sehen, was hinter ihr liegt. Damals hat sie auch noch versucht, in ihrer Kindheit nach den Gründen für ihr gegenwärtiges Befinden zu suchen. Heute wird ihr beim Rückwärtsfahren übel.
Hinter ihr streitet ein Paar im Pensionsalter. Die Frau wirft dem Mann vor, er stelle ihr seine Freunde nicht vor. Lo ist enttäuscht von sich. Sie wollte doch an den schwarzen Strand von Ostia, sie wollte auf einem Wochenmarkt rote Unterwäsche aus Polyester kaufen und auf der Terrasse einer kleinen Taverne Focaccia essen, jeden Tag, bis die Kellner sie kennen, einen Lieblingskellner haben, immer das gleiche Getränk trinken und dabei alten Männern beim Boccia zugucken. Aber sie kann ja wieder zurück. Sie kann zu Sandra fahren und wieder zurück nach Rom.

Als die beiden beginnen, sich lautstark Vorwürfe zu machen, sucht Lo sich ein leeres Sechserabteil und zieht die Vorhänge zu, damit niemand auf die Idee kommt sich dazuzusetzen. Bei der Rückfahrt von der Abiturreise hat ihr zwischen Rom und München ein Mann namens Francesco in solch einem vollbesetzten Sechserabteil einen Heiratsantrag gemacht. Er hatte durch den Spalt zwischen den Vorhängen

fünf Frauen und einen freien Platz gesehen, seinen Freund im Gang stehen lassen und kurz darauf mit einer wortreichen Werbung begonnen, die er, wenige Minuten, bevor er aussteigen musste, auf Knien vollendete. Irgendwer hat ihm dafür Platz gemacht. Lo erinnert sich zwar an sehr viel heftigere Flirts auf dieser Reise, aber trotzdem hat sie danach noch oft erzählt, sie hätte im August Anno Tobak ihren ersten und einzigen Antrag erhalten und würde ihr damaliges unkooperatives Verhalten langsam bereuen. Wenn Markus dabei war, sagte er dann so etwas wie: Du und heiraten, für dich ist ja schon der Abschluss eines Zeitungsabos eine unzumutbare Lebensentscheidung. Eigentlich war er der grundsätzlich Heiratswillige von ihnen. Aber angetragen hat er nicht, und insofern findet Lo den Vergleich auch schief, weil die von der Zeitung eben wenigstens fragen.
Die Vorhänge wackeln, aber bloß, weil jemand vorbeigegangen ist. Im Nebenabteil hört sie eine italienische Familie. Die Kinder sind laut, die Mutter ist streng, der Vater beschwichtigend. Er nennt seine Tochter *Principessa*, und Lo würde gerne wissen, wie die Kleine aussieht. Ihre Nichte Lucie wollte nie Prinzessin sein, sondern erst Prinz Harry, dann Harry Potter, und seit Lo im Fernsehen gewonnen hat, will sie Tante sein. Immerhin eine Frau, fand Lo und Jasmin gab ihr Recht.

Es ist so kalt im Abteil, dass sie sich mit ihrer Jacke zudeckt. Der Zug bremst abrupt, als hätte jemand die Notbremse gezogen. Sie stehen irgendwo auf der Strecke. Rechts vom Zug fällt eine Böschung steil ab, zu einem Bachlauf. Mit ein paar großen und kleinen Steinen könnte man den stauen, denkt Lo, und an ihren Vater, der ihr früher bei solchen Dingen geholfen hat. Sie zieht den Vorhang auf, um zu sehen, was auf der anderen Seite liegt: eine Wiese mit weißen, blauen und rosafarbenen Blumen. Sie stellt sich in den Gang und hält den Kopf aus dem Fenster. Das könnte ein Ort zum Bleiben sein. Denkt wohl auch der Zugführer, denn der Zug fährt nicht weiter. Nachdem jemand etwas durchgesagt hat, das Lo nur zum Teil verstanden hat, steigt die italienische Familie aus dem Nachbarabteil aus. Die Eltern setzen sich auf eine mitgebrachte Decke in die Sonne, die Kinder spielen Fangen, nur *Principessa*, die ein weißes Kleid mit lila Sternchen trägt, pflückt Blumen. Auch die anderen Reisenden sind ausgestiegen, laufen umher und schnappen Luft. Lo sieht Blumen, die wie Schlüsselblumen aussehen, bloß rosa, und verlässt den Zug. Schlüsselreizblumen müssten die heißen, denn sobald die ersten auftauchten, hielt ihr Vater auf den Reisen in die Alpen am Straßenrand und sie durfte aussteigen und pflücken. Auch jetzt pflückt sie rosa Schlüsselblumen, für Sandra, obwohl sie nicht sicher ist, ob sie geschützt sind. Obwohl sie nicht weiß, ob sie die Reise überstehen werden. Sieht sich selbst in weißem Kleid, einen Sonnenhut tragend. Nicht Jeans und ein schwarzes T-Shirt. Dass ihr der David-Hamilton-Kalender das Hirn weichgezeichnet hat, denkt sie. Und hat wieder die Bilder vor Augen, die in ihrem Jugendzimmer hingen. Frauen in dünnen Stoffen und ohne Konturen.

Der Schaffner gibt Zeichen, dass es weitergeht. Die Mutter faltet die Decke zusammen. Der Vater nimmt die kleine Tochter, die ihre Blumen in die Wiese zurückgeworfen hat, auf die Schulter. Auch die einzelnen älteren Männer, die Lo vorhin, als sie durch den Zug lief, komische Töne hinterhergeschickt haben, steigen wieder ein. Tagsüber sieht man wenigstens etwas von der Gegend, denkt sie. Es wird grüner und gebirgiger, die Kleider der Menschen auf den Bahnhöfen werden dicker. Schon in Bozen beginnt sie, Italien zu vermissen.

Dass sie den Tunnel verschlafen hat, hält sie für ein gutes Zeichen. Bloß hat sie vergessen darüber nachzudenken, wie spät es sein wird, wenn sie wieder in München ankommt. Im Reisezentrum erfährt sie, dass es im *CityNightLine* nach Köln nur noch Ruhesessel gibt, umsteigen müsste sie zu nachtschlafener Zeit. „Und woandershin?“, fragt sie, worauf der Mann mit dem Berliner Akzent seine buschigen Augenbrauen hochzieht.
Schließlich hält sie eine Reservierung für ein Sechserabteil im CNL Orion nach Dresden in Händen und macht sich wieder auf den Weg Richtung Cola-Werbung. Am Zeitungsstand steht der gleiche Verkäufer wie gestern. Er kennt sie nicht mehr, dabei könnte man ihr Lächeln und ihre frisurresistenten Locken durchaus als markant bezeichnen. Aber Lo ist gewöhnt, dass sie den Leuten zwar auf-, aber nicht wieder einfällt.

Das Internetcafé ist laut und überfüllt. Lo bekommt trotzdem einen Bildschirm an der Bar, einen Rotwein und ein Glas Wasser für den Blumenstrauß. Zeit genug, etwas Warmes zu essen und E-Mails zu schreiben, denkt sie, bestellt Pasta und loggt sich ein. Frank hat ihr von der Arbeit aus geschrieben: Hallo und bis bald, dazwischen, dass er morgen nicht zum Basketball geht. Er hat panische Angst, ihr E-Mail-Verkehr könnte ihn kompromittieren. Am meisten, sagt er, fürchte er sich vor Würmern, die ihre oder seine Mails direkt an Anne weiterleiten. Er spricht auch nie aufs Band und seine SMS findet sie ähnlich persönlich wie die ihres Service Providers. Nur wenn sie telefonieren, vergisst er jede Vorsicht. Aber Lo macht diese Pseudonähe bloß mürbe. Telefon kann Begegnung nicht ersetzen und Sex am Telefon hat sie bereits beim ersten Mal mehr als Mutprobe empfunden, er hätte sie auch bitten können, ihn zum Bungeejumping zu begleiten. Oft haben diese Telefonate bloß ihr Alleinsein verstärkt. Und dann der immer schwieriger zu verscheuchende Gedanke, dass er die Zigarette danach schon wieder mit Anne raucht.

Sie sollte ihm unbedingt schreiben, denkt sie, dass sein Terminplan ihr so was von egal ist, weil sie in Rom ist, oder jedenfalls unterwegs dorthin. Oder in Dresden. Was eigentlich viel spektakulärer ist, weil sie dort noch nie war. Sie ist Worst-Case-Wessi. Weder vor noch nach der Wende über Berlin hinausgekommen. Sie sollte die Gelegenheit nutzen und weiter nach Osten fahren. Polen, Tschechien oder Ungarn. Sie könnte auch die Transsibirische nehmen. Lieber Frank. Viele Grüße aus Nowosibirsk.

Zuerst antwortet sie aber Jonas. Das Wort des Tages ist Selbst-Coaching. In der persönlichen Mail fragt er, ob sie ihm die komplette sechste Staffel in der Kopf-Tiefzieh-Box auf Italienisch mitbringen könne. Jonas sammelt alles von den Simpsons. Jetzt muss sie wohl nochmals nach Italien. Überhaupt schreibt sie besser niemandem, dass sie nicht dort ist, bevor sie nicht irgendwo ist. Außer Sandra. Und Markus. Markus wird von ihrer Kündigung gar nichts halten. Such dir doch erst was Neues, hätte er gesagt. Und was willst du allein in Rom? Italienisch lernen? Das ist doch nicht mal eine Weltsprache. Lo denkt, dass es gut ist, wenn sie eine Weile nicht jeden Tag telefonieren. Auch für ihn und Letizia. Wie die beiden Freundinnen vorher kann Letizia Lo nicht leiden, was Lo verstehen kann. Wenn Markus

Probleme mit Letizia hat, wenn die zu wenig Zeit hat, weil sie probt oder spielt, dann sitzt er bei Lo in der Küche und klagt. Lo fragt sich, warum er sich immer wunderschöne ehrgeizige Frauen sucht, die – wie er sagt – furchtbar kompliziert sind, und sich dann bei ihr beschwert, sie seien nicht so wie sie. Sie versteht auch nicht, wie er vergessen konnte, dass sie ihn damals betrogen hat. Nach der kurzen Mail an Markus teilt sie Sandra mit, sie sei auf dem Weg zu ihr, Kai, dass sie jetzt fast so viel reise wie er und dass ihr das gut tue, dann isst sie Cannelloni und starrt dabei auf die Bildschirmnachrichten.
Erst jetzt fällt ihr auf, dass sie vergessen hat, das Briefwahlkuvert einzuwerfen. Ob sie sich die Unterlagen nochmals schicken lassen kann, postlagernd? Oder es ist ein Wink des Schicksals. Sie soll wieder nach Hause fahren und ihre Stimme am Sonntag persönlich vorbeibringen. Wieso man nicht online wählen kann, fragt sie sich, dann zahlt sie bei der Kellnerin mit der Lücke zwischen den Schneidezähnen, schenkt ihr den Blumenstrauß und beeilt sich zum Zug zu kommen.

CNL 1908 ab München Hbf

Der Liegewagenschaffner hat ihr lächelnd eine Liege zugewiesen. Und Lo ist aufgefallen, wie verschwitzt sie sich schon nach einem Tag fühlt. Das kommt davon, wenn man nie *InterRail* gemacht hat. Jetzt ist sie zu alt, denkt sie, während sie sich durch die Liegewagen schlängelt. Wie für die meisten Vergünstigungen. Endlich spannt der Bar- und Loungewagen seinen Sternenhimmel aus winzigen Dioden über ihr auf. Hinter einer langen Theke stehen Kellner, deren Westen Lo an Bettbezüge erinnern. Mond und Sterne auf blauem Grund. Der Zug setzt sich wieder in Bewegung. Dass sich die Regentropfen am Fenster halten können, verwundert sie. Dann beginnen sie doch zu laufen, wie Spermien in einem Sexualkunde-Lehrfilm. Die Kellner wechseln bei gedämpftem Licht die Aschenbecher, schenken nach, alles wackelt. Zwei Frauen schreiben SMS, eine telefoniert, dann ist der Empfang weg. „Das ist auf dieser Strecke oft so", sagt ein Herr, der seine Regenjacke angelassen hat. Langsam wird es richtig voll. Säße sie auf einem Hocker, nicht auf einer gepolsterten Stange, und liefen nicht gerade kichernde Mädchen vorbei, die in Augsburg am falschen Ende des Zugs eingestiegen sind, könnte sie sich beinahe wie in einer Hotelbar fühlen. Die Frau mit den kurzen hellblonden Haaren neben ihr trägt ein gestreiftes Kleid in Buntstiftfarben über der Jeans, liest *Cosmopolitan* und bekommt gerade das zweite Weizenbier. Ende Zwanzig, schätzt Lo. Frauen, die Frauenzeitungen lesen, sind ihr suspekt. Besonders weil sie selbst nicht dagegen immun ist. Aber wenigstens würde sie nie eine kaufen. Die Frau bietet ihr Chips an. Lo nimmt zwei und lächelt sie dankbar an. Um sie herum wird es immer enger. Der

Liegewagenschaffner kommt und fragt Lo, was sie trinken möchte. „Jetzt müssen sogar die Liegewagenschaffner im Service einspringen", sagt sie, als er außer Hörweite ist, und die Frau fragt ungläubig: „Dieser Mann wird dich morgen wecken? Ich hätte zur Feier des Tages doch mal eine Liege nehmen sollen." Sie reicht Lo die Hand: „Isa Sleeperette, ganz ohne Betreuung." Lo sagt *Lo*, und da kommt der Schaffner schon zurück und gießt formvollendet den Rotwein ein. Die beiden Frauen lachen.
„Welche Feier des Tages?" Isa hat heute mit Erfolg ihre Promotion verteidigt. Jetzt ist sie auf dem Weg nach Dresden, um Lars zu treffen, der in Kopenhagen lebt. Sie treffen sich alle drei Wochen in einer anderen europäischen Stadt. Mit Lars will Isa irgendwann in Portugal ein Surfhotel eröffnen und einen Thriller drehen, der in *Seaworld* spielt. „Flippers verhaltensgestörter Sohn als Selbstmordattentäter", flüstert sie, „mehr kann ich nicht verraten."
Isa lacht viel und trinkt viel Weizenbier. Der Schaffner, den beide so attraktiv finden, teilt bedauernd mit, dass der Wein aus sei. Lo steigt auf Campari um und stößt mit Isa auf die Promotion an. „Worüber?", fragt sie. „Medienethik. Lass uns von etwas anderem sprechen." – „Und die Forschungsgegenstände?", fragt Lo mit Blick auf den Zeitschriftenstapel. „Hat mir meine Schwester zur Promotion geschenkt, als Ausgleich." Nicht weit von ihnen spielen vier Männer lautstark Karten. Ein Mann mit Cola hat eine Frau mit Bier angesprochen. Isa erzählt vom Reisen, und wo man am besten im Bahnhof duschen kann, *McClean* im Bahnhof Zoo kann sie empfehlen. Über Berlin kommen sie auf die Wahl und die vergessenen Wahlunterlagen. „Hast du nicht jemand, der deinen Schlüssel hat und den Umschlag für dich einwerfen kann?"

Aber Lo will Markus nicht anrufen, sie müsste so viel erklären, da fährt sie lieber selbst hin. Isa wird am Sonntag pünktlich in ihrem Wahllokal erscheinen und nachher auf eine WG-Wahlparty gehen. „So was gibt's noch?", fragt Lo erstaunt, traut sich aber nicht zu fragen, wo Isa ankreuzen wird. Versucht stattdessen sich über die Wahlkampfthemen heranzutasten. Sie weiß nur deshalb so gut Bescheid, weil sie erst vorgestern den Wahl-O-Mat-Test im Internet gemacht hat. Mit dem grünen Programm hatte sie die zweitmeisten Übereinstimmungen und konnte sich danach einreden, nicht bloß nach Gefühl zu wählen.
Ausstieg aus der Atomenergie? Ja. EU-Beitritt der Türkei? Ja. Auch beim Abbau der Agrarsubventionen sind sie sich einig. Elternunabhängiges *Bafög*? „Unbedingt", sagt Isa, „auch Kinder von reichen Eltern verdienen Unabhängigkeit." Generelles Tempolimit findet sie an sich sinnvoll, aber subjektiv undenkbar, für sie sind schon österreichische Autobahnen eine Zumutung. „Dann wählst du nicht grün?", fragt Lo nun doch. „Grün wählen, das bedeutet auch immer ein bisschen sich zu drücken, findest du nicht?", fragt Isa zurück. Lo weiß selbst, dass es sie eher zu den Einflussarmen zieht, aber Position, denkt sie, Position bezieht man ja doch. „Du glaubst doch nicht etwa an Schwarz-Grün?" Sie fahren durch einen Tunnel, Lo kann die Antwort nicht verstehen. „Meinst du", hört sie Isa fragen, „für den Wahlausgang könnte es von Bedeutung sein, ob die Kandidaten Kinder haben, weil man Eltern mehr Verantwortung zutraut?" Das fände Lo absurd. „Helmut Kohl hat Kinder", sagt sie, „George Bush hat Kinder. Weißt Du, wer alles Kinder hat?" Das beantworte ihre Frage nicht, oder eben doch, die seien schließlich gewählt worden. Es gehe ums Zutrauen, nicht ums Verdienen, und mit einer Wendung, die Lo auf

den Getränkekonsum zurückführt, teilt sie mit, dass sie angefangen habe darüber nachzudenken, einfach so, vor kurzem. „Aber ich weiß es einfach nicht. Willst du Kinder?“ – „Keine Ahnung“, Lo fühlt sich überrumpelt, „es ist gerade nicht sonderlich aktuell.“ Das war es eigentlich noch nie, wenn man von dem Unfall mit Markus absieht, denkt sie und erinnert sich genau an den Tag, sie waren erst zwei Monate zusammen, und niemand außer ihr hätte einen Test gemacht, bei einer derart verschwindend geringen Wahrscheinlichkeit.

Lo redet nicht einmal mit Sandra darüber, von ihrer Mutter wird sie auch nicht mehr gefragt, die scheint sie diesbezüglich aufgegeben zu haben und hält sogar für wahrscheinlicher, dass Kai versehentlich Vater wird, obwohl das vollkommen abwegig ist.

Isa hat während der Antwort verständnisvoll genickt. „Noch ist ja alles möglich“, sagt sie lachend und sie trinken darauf, auch wenn Lo *alles* bezweifelt. Ihr sind schon einige Züge abgefahren.

Isa schaut auf die Uhr und trinkt ihr Glas leer: „Ich glaub, ich muss schlafen, sonst sehe ich morgen beim Aussteigen noch verkatert aus! Wir haben uns drei Wochen nicht gesehen.“ Sie diktieren einander ihre Handynummern, dann gehen sie in verschiedene Richtungen. „Frohes Erwachen“, lacht Isa noch, mit Blick auf den nach wie vor sehr beschäftigten Schlafwagenschaffner.

Lo fühlt sich gerädert. Die Nacht war unruhig. Jeder Bahnhof hat sich mit Licht und Geräuschen durchs offene Fenster gedrängt. Ihr Schaffner weckt sie sachlich, beziehungsweise geht er, nachdem er festgestellt hat, dass sie bereits wach ist, eilig und ohne zu lächeln weiter.

Lo hört gleichmäßiges Atmen, oben rechts liegt jemand und schläft. Während sie sich leise umzieht, die Hose hat sie noch nicht gefunden, schauen zwei Männer durch die Scheibe herein und reden leise miteinander. Zuerst begreift Lo gar nicht, dass die beiden ins Dunkle starren, sie nicht sehen können. Gerade, als sie sich beruhigen will, geht die Tür auf, einer der beiden greift auf das mittlere Bett links. Sie hält den Atem an. Überlegt, ob sie schreien soll. Anscheinend findet der Mann nicht, was er sucht, zieht den Arm zurück und verschwindet. Lo, die mit dem Rücken an die Leiter gepresst auf ihrer Jeans steht, hat er nicht gesehen. Zum ersten Mal auf dieser Reise fühlt sie sich allein.

Isa winkt, bevor sie einem großen blonden Mann in die Arme fällt. So sieht ein Däne aus, denkt Lo und macht sich Sorgen über das Ausmaß ihrer Vorurteilskraft. Als ob das mit den Frauenzeitungen nicht gereicht hätte. Aber Reisen soll ja immerhin helfen.
Zuerst besorgt sie sich einen Latte Macchiato zum Mitnehmen, weil sie den Kaffee im Zug nicht trinken konnte, dann sucht sie das Reisezentrumsprovisorium. Sie findet es komisch, nach Hause zu fahren, nur um einen Brief einzuwerfen. Während sie in der Schlange vor dem Schalter Kaffee trinkt, fällt ihr ein, dass sie zuhause duschen kann. Jetzt hat sie schon zwei Gründe.
Am Schalter erfährt sie, dass ihr Zug fünfzig Minuten Verspätung hat. „Wo nimmt der schon so früh am Morgen so viel Verspätung her?“, fragt der Mann hinter ihr. „Aus Prag“, antwortet die Dame in Blau.
Die schönste Stadt Europas, hat Kai zu Lo gesagt, als er von Prag zurückkam. Aber sie solle bald hinfahren, sonst wäre es vorbei. Das ist jetzt schon sechs Jahre her. Sie überlegt,

was sie mit den fünfzig Minuten Stillstand machen soll. In Dresden ein Sommerkleid kaufen. H&M ist überall. Überall gleich und überall gleich verdächtig. Sie könnte sich jetzt was Besseres leisten. Aber Jonas sagt, teuer bedeute noch lange nicht fair. Auch Top-Designer ließen in chinesischen Sweatshops nähen. Er kauft alle seine Kleider bei Greenpeace. T-Shirts mit Delfinen, Hosen mit Delfinen, Jacken mit Regenbogen. Korrekt und cool sei schwierig, sagt er, und dass er hofft, dass es irgendwann so viel Greenpeace-Shops gibt wie H&M-Filialen. Lo hätte gern, dass H&M auf der Clean-Cloth-Liste der fairen Anbieter stünde und sie mit gutem Gewissen in der Kiste wühlen könnte. Aber recht und billig ist auch schwierig. Absurd, dass sich morgens um zehn schon zwölf Frauen in einer Schlange vor den Kabinen zusammengefunden haben. Sie hat keine Nerven zum Einkaufen. Wenn sie zur Frauenkirchenbaustelle oder zur Semperoper ginge, würde sie nachher wenigstens etwas gesehen haben.

EC 178 ab Dresden Hbf

Lo flucht. Da steht ihr Zug und noch bevor sie oben ankommt, hört sie die Durchsage: Achtung an Gleis 17. Der Zug fährt ab. Sie ist über dreißig Minuten zu früh. Sie rennt. Schon wieder. Dabei hat sie doch Urlaub, genauer gesagt Resturlaub. Aber sie will nicht Stunden hier warten, bloß weil die Deutsche Bahn nicht in der Lage ist, korrekte Angaben zu machen. Sie wird diesen Zug erreichen und es wird ein gutes Omen sein.

Jemand ruft ihr etwas zu. Sie drückt den Hebel herunter und zieht. Die Tür geht auf. Der Zug bewegt sich. Lo springt. Bei so etwas ist mal jemand hängengeblieben und meterweit mitgeschleift worden. Zu Tode. Sie hat es aber geschafft. Sie ist drin. Als sie sich umdreht, um die Tür zuzumachen, sieht sie in das verzogene Gesicht eines orange gekleideten Mannes, der sie vom Bahnsteig aus anschreit. Lo versucht beschwichtigend zu gucken. Dann sucht sie ein freies Abteil.

„Halt“, ruft ein Mann in Blau mit rotblondem Bart und die Frau neben ihm mit der gleichen Uniform fragt: „Haben Sie uns nicht gehört? Das ist verboten, was Sie da eben getan haben.“ – „Ich habe nichts gehört, weil ich so schnell gerannt bin.“ – „Folgen Sie mir“, sagt der Mann. Und er geht tatsächlich vor, während die Frau dicht hinter Lo bleibt, als ob Fluchtgefahr bestünde. Als ob Lo aus dem Zug, den sie so dringend erreichen wollte, nun wieder raus wollte. „Sie steigen in Neustadt aus!“, sagt der Bärtige, zieht eine Abteiltür auf und lässt Lo vorgehen.

Draußen im Gang steht ein großer schlaksiger Typ mit einer Brille, die Lo an Hermann Hesse erinnert. Er nimmt die Kopfhörer ab und schaut sie neugierig an. Auch ein bisschen konspirativ, kommt ihr vor. Vielleicht wird er ihr gleich den Weg freischießen und sie werden gemeinsam über das Zugdach fliehen, er mit Waffe, sie mit Handschellen. Vor dem nächsten Tunnel springen sie ab und rollen die Böschung hinunter.

„Was haben Sie sich dabei gedacht? Das ist sehr gefährlich. Für Sie und für andere." Mit dem pädagogischen Anspruch der Frau hat Lo nicht gerechnet, außerdem hat sie sich nichts gedacht, sie hat bloß sehr schnell reagiert. „Der Zug sollte fünfzig Minuten Verspätung haben. Und dann stellt man sich darauf ein. Und dann fährt er einem vor der Nase weg. Und ich, ich muss nach Berlin. Dringend. Zu einem Vorstellungsgespräch."

Sie weiß selbst nicht, wieso sie auf einmal so dreist lügen kann. Früher hat sie sich für eine Verfechterin der Wahrheit gehalten, aber inzwischen spricht sie meist nur noch von Authentizität. Der Mann jedenfalls hat bei jedem ihrer Worte böser geschaut. Und wenn er fragen sollte, als was sie sich vorstellen will, müsste sie sich irgendwas im Bereich Ferienfreizeit oder Soziokulturelle Animation ausdenken, um in diesen Klamotten glaubwürdig zu wirken. Der Mann zieht einen Block aus der Tasche.

„Ich muss den Job kriegen, das müssen Sie doch verstehen." Einen Moment lang glaubt sie sich selbst und dem angenehmen Gefühl einer Dringlichkeit. „Na gut", sagt die Frau und der Mann steckt den Block weg, „bleiben Sie sitzen, aber machen Sie das nicht noch einmal. So wichtig kann auch heutzutage kein Job sein, dass Sie Ihr Leben riskieren."

Beim Rausgehen schimpft der Mann darüber, dass ein einziger von diesen alten Ostblockwagen die ganze Türblockierung blockiert. Lo trinkt einen Schluck aus ihrer Wasser-

flasche und schließt die Augen. Ihr ist ein bisschen übel. Vielleicht vom Lügen.
Als sie die Augen wieder öffnet, geht die Tür auf. „Thomas", der junge Mann mit der Brille streckt ihr seine Hand hin, „ich habe gesehen, wie du auf den Zug gesprungen bist." Er setzt sich ihr gegenüber: „Machst du das öfter?" Sie schüttelt den Kopf: „Ich fange gerade erst damit an." – „Mit Zug-Surfen?" – „Mit Zugfahren", antwortet sie und findet, dass es gut klingt, wenn auch nicht gerade waghalsig: Und was machen Sie so? *Ich fahre Zug.* „Montag noch Dortmund, gestern Rom, heute Dresden." – „Und die Frisur sitzt?" Thomas lacht und fragt, ob das System habe: „Kommt jetzt wieder was mit R?" – „Nein, wieder eine Hauptstadt." Es beginnt ihr Spaß zu machen. „Und dann nochmals Dortmund. Und wo willst du hin?" Thomas richtet sich auf: „Ich fahre nach Paris!" – „Wieso?", fragt sie und er stutzt. „Aus Spaß. Du bist ja wohl auch nicht beruflich unterwegs?"
Der Minibarverkäufer öffnet die Tür und fragt: „Kaffee, kalte Getränke, Sandwichs?" Beide schütteln synchron den Kopf und Lo überlegt, ob sie jetzt eine SMS schreiben soll, um das Gespräch versanden zu lassen, oder einfach bis Berlin weiter mit Thomas reden. „Also, was machst du in Paris?", fragt sie. „Dachte, da müsste man mal gewesen sein", Thomas holt eine Tabakpackung aus der Tasche und fragt, ob sie was rauchen will. Normalerweise würde sie nicht so entsetzt gucken, aber es ist erst einige Minuten her, dass sie den Fängen der Bahnpolizei entkommen ist.
„Hab nur gedacht. Wegen der Aufregung", meint Thomas und steckt die Packung weg. Er zieht die Vorhänge zu, schlupft aus den Turnschuhen und legt seine Füße auf den Sitz neben ihr. Dann beginnt er mit einem Zipfel seines olivgrünen T-Shirts die Brille zu putzen. In seinem

Bauchnabel glänzt ein Ring. Einen Bauch scheint er nicht zu haben.

„Also. Jetzt aber mal im Ernst. Wieso fährst du Zug?" Thomas sieht sie erwartungsvoll an. Er hat sich wohl in den Kopf gesetzt, dass irgendetwas an Lo außergewöhnlich ist, und sie würde ihm gerne Recht geben. „Ich habe eine Wette verloren", sagt sie, dann denkt sie, dass das zu anstrengend wird, und erzählt von dem Geld, das sie beim Quiz gewonnen hat. Thomas richtet sich wieder auf. „Darf ich dich verwenden?", fragt er. „Was?" – „Na, die Szene eben, das mit dem Aufspringen, und auch dass du in der Gegend herumfährst, ich schreibe einen Roman." Eine Romanfigur, denkt sie. Das ist ein Anfang.

„Eigentlich bin ich Slammer. Poetry Slam. Sagt dir das was?" Sie war schon als Zuschauerin bei einem Slam und stellt sich Thomas auf der Bühne vor: Das Mikrophon mit beiden Händen am Mund, rhythmisch von einem langen Bein auf das andere tretend, vielleicht reimt er sogar. Oder schleudert wie ein Helikopter mit dem Mikrofonständer. „Willst du mal hören?", er hält ihr seinen mp3-Player hin. „Ich kann dir leider keine CD schenken. Hab nur so wenige dabei und will sie verkaufen." – „Was kosten sie denn?" – „Zehn." – „Okay, ich nehme eine. Aber wenn ich in deinem Roman vorkomme, will ich ein Gratisexemplar mit Widmung." Er lacht wieder.

„Du denkst, ich mach Witze." Jetzt lehnt er sich entspannt zurück, als habe er schon viele Interviews gegeben: „Ich werde reich mit dem Schreiben. Oder wenigstens erfolgreich." – „Und hast du auch einen Plan B?" – „Maschinenbau. Aber darauf hab ich so keine Lust mehr." Er gibt ihr eine CD und den mp3-Player. Das will sie nicht. Dass er ihr dabei zuschaut. Man sieht ihr immer gleich an, was sie

von allem hält. Dieses offene Gesicht, so nennt es ihr Vater, hat sich auch im Umgang mit ihrem Chef als nachteilig erwiesen.
„Dann hören wir eben Musik“, sagt Thomas, „ich habe noch einen zweiten Kopfhörer.“ Er setzt sich neben sie und sie steckt die Stöpsel in die Ohren. Die Musik ist ihr fremd, aber es tut gut, einfach zuzuhören und aus dem Fenster zu schauen. Schon beim dritten Stück nimmt Thomas ihr den Kopfhörer wieder ab: „Weißt du was, wenn du sowieso nur herumfährst, kannst du genauso gut mit nach Paris fahren. Wäre wieder eine Hauptstadt. Warst du schon da?“
Als sie dreizehn war, hat sie Kai dort besucht. Er wohnte mit Serge in einer alten Wohnung in der Rue du Faubourg St. Honoré. Morgens schlief er immer lang und sie stand ungeduldig vor seinem Bett und quengelte. Beim Arc de Triomphe wäre sie beinahe überfahren worden und in La Défense war es so zugig, dass sie sich erkältete. Aber einmal waren sie auch zu dritt am Montmartre in einem Lokal, das *Clair de la Lune* hieß, und nachher noch in einer Bar in der Nähe von *Moulin Rouge* und an diesem Abend fühlte sie sich sehr weltmännisch. Sie hatte damals noch keinen Sinn für feministische Linguistik.
Ansonsten erinnert sie sich vor allem an die Wohnung mit den Kakerlaken und die mürrische Concierge, die nichts von homosexuellen Partnerschaften hielt. Das ließ sie immer an Serge aus, den sie darauf aufmerksam machte, er sei zu laut, er müsse die Fenster putzen und dürfe den Müll nicht so früh vor die Tür stellen. Kai hingegen grüßte sie freundlich, was vermutlich an der Uniform lag. Die hat ihm schon oft genutzt. Die meisten Leute stehen auf Piloten, sogar solche, die vor lauter Flugangst nie fliegen.

Lo mochte Serge. Er erlaubte ihr sein Auto zu lenken, während er sich eine Zigarette anzündete, und schenkte ihr auch immer ein halbes Glas Wein ein, wenn sie in der Küche zu Abend aßen.

Jetzt nimmt sie Thomas die Kopfhörer ab. „Ist gut, ich komme mit, letztes Mal war ich nicht mal beim Eiffelturm." Thomas scheint nichts anderes erwartet zu haben, er lächelt wissend: „Du bist spontan!" – „Ich muss aber vorher noch in Dortmund vorbei, etwas erledigen", fällt ihr ein. „Klar, die Stadt mit D", sagt er und dann: „Macht nichts. Ich fahr erst am Abend in Berlin los. Ein Kollege schuldet mir Geld, das ich für die Reise brauch. Wir verabreden uns einfach im Nachtzug." Lo geht aufs WC und schreibt eine SMS an Sandra, dass ihr Besuch sich verschieben wird.

„So, jetzt brauche ich aber noch mehr Fleisch am Knochen", sagt Thomas, als sie wiederkommt, „sonst dichte ich dir noch was an, das dir nicht gefällt, und dann hab ich ne Klage am Hals." – „Die Gefahr, verklagt zu werden, ist am geringsten, wenn ich mich nicht wiedererkenne."

Er setzt sich zurück auf den Platz gegenüber, öffnet eine Kladde und lehnt seinen langen Oberkörper nach vorn. „Okay, konkreter: Beziehung?" – „Nein" – „Beruf?" – „Nein" – „Berufung?" Ihr Lachen klingt wie ein Auto, das nicht anspringt. „Nicht mal eine Lieblingsfarbe?" – „Bunt und schwarz." Er seufzt. „Wo möchtest du in fünf Jahren sein?" Jetzt wird sie ungeduldig. „Was soll das werden, ein Verhör?" Thomas klappt das Buch zu und sieht enttäuscht aus. „Schon gut, schon gut, dann eben nicht." Lo versucht das Thema zu wechseln: „Glaubst du, CDs mit deutschen Texten lassen sich in Frankreich verkaufen?" – „Gibt doch genug deutsche Touristen. Und dann geht's ja auch um den Rhythmus." Sie setzen beide die Kopfhörer auf und schauen aus dem Fenster, bis Schönefeld kommt. Lo bekommt eine SMS von Sandra: *Schade!!! Hatte mich schon auf dich gefreut. Ruf doch mal an. Lande immer auf deinem ab. Alles ok?!? Wieso paris? Wie heißt er denn ;-) kuss S.* Sandra weiß zwar von Frank, aber sie unterschlägt ihn, so gut sie kann. Sie hofft, so könnte er Lo auch mal versehentlich entfallen.

ICE 848 ab Berlin Ostbahnhof

Jemand tippt ihr auf die Schulter. Sie ist eingeschlafen. Sie weiß nicht, wo sie ist. Der Kontrolleur sagt, es tue ihm leid, aber er müsse ihre Karte sehen. Wo ist Thomas? Wo ist der Rucksack? Das kann ja nicht sein. Sie schaut sich um, ICE, ziemlich voll, neben ihr ein Mann um die Fünfzig, der die *taz* liest.

Dann fällt es ihr ein. Thomas ist in Berlin und ihren Rucksack hat sie unter den Sitz geschoben. Sie kramt die Karte heraus. Hinter ihr schnarcht einer, aber den wird der Zugchef, so steht es auf seinem Schildchen, auch nicht mehr lange schlafen lassen. Thomas wird sie im NZ 242 in Hannover treffen, weil der Nachtzug in Dortmund nicht hält. Sie haben in Berlin zusammen reserviert. Zu Liegewagen musste sie ihn überreden, er wollte eigentlich in einem normalen Abteil die Sitze zusammenschieben.

Benzin, das auf den Feldern wächst, liest sie, aber da blättert der Mann neben ihr schon wieder um. Das ist eine Krankheit von ihr. Schon als Kind hat sie ihre Umwelt damit terrorisiert, dass sie alles, was Buchstaben hatte, laut vorgelesen hat: *Bitte keine heiße Asche einfüllen, Schillerstraße, Karstadt, Blumen Meier, Wir geben ihrer Zukunft ein Zuhause.* Heute liest sie immerhin leise.

Jetzt beispielsweise, dass der UN-Gipfel eine Riesenenttäuschung ist. Besonders in Sachen Armutsbekämpfung. In ihren Augen war dieses ganze Jahr eine Enttäuschung. Und dass die Wahlen etwas bringen werden, kann sie sich auch nicht vorstellen. Der Mann blättert um, mit einem Seitenblick, als seien die Informationen in der Zeitung geheim. Sie lächelt ertappt. Er reicht ihr wortlos den Wirtschaftsteil.

Je näher sie Dortmund kommen, desto mehr hat sie das Bedürfnis sich zu verstecken. Für manche Menschen ist eine solche Zugfahrt wirklich eine Straftat, auch wenn sie einen gültigen Fahrausweis haben. Das weiß sie, seit ein Kommilitone sie vor Jahren zu einem Treffen seiner Asylgruppe mitgenommen hat, wo sie gerade den Fall eines Mannes betreuten, der bloß mit seiner Fußballmannschaft zu Auswärtsspielen fahren wollte. Weil er aber während des Asylverfahrens den Bezirk der Ausländerbehörde nicht verlassen durfte, wurde er verurteilt. Und das verstößt nicht nur gegen Menschenrechte und Europarecht, es wirkt sich auch noch auf den Ausländeranteil in der Verbrechensstatistik aus, hat die Juristin in der Gruppe damals wütend erklärt. Lo ist nicht lange dabei geblieben. Bloß passives Mitglied ist sie noch. Und unterschreibt, was man ihr schickt.

In der Stadt ist es noch schlimmer. Wenn sie eine Kapuze hätte, würde sie die jetzt in die Augen ziehen. Vom Bus aus sieht sie Karla aus dem Fitness-Studio, die ihr zuwinkt. Gegen alle Vernunft fixiert sie an Karla vorbei die Ampel. Als ob Karla sie aufhalten könnte. Als ob irgendjemand, der sie hier sieht, sie zur Rechenschaft ziehen könnte. Erst als sie die Tür ihrer Wohnung hinter sich schließt, fühlt sie sich in Sicherheit. Sie wirft ihre Jacke über den Anrufbeantworter, der hektisch blinkt. Der Kühlschrank ist leer, wie immer. Nur die Flasche Champagner, für die sich seit ihrem Dreißigsten kein Anlass gefunden hat, steht in der Tür und wartet. Auf dem Bett liegt der Umschlag, den sie nicht mal frankieren muss. Freimachen. Frank und frei, denkt sie, das ist auch so ein Widerspruch.
Sie legt das Kuvert vor die Wohnungstür, geht duschen und dann ins Bett. Einen Wecker stellt sie nicht. Sollte sie

verschlafen, bleibt sie eben da. Was soll sie denn in Paris? Mit Thomas? „Alles, was du verpasst hast“, hat er gesagt, „und auf der dritten Plattform gönnen wir uns eine Sportzigarette.“ Sie fand das Wort komisch und ihn auch. Wenn sie hier bliebe, wäre das völlig in Ordnung. Er würde nicht auf sie warten müssen, erst im Liegewagen bemerken, dass sie nicht kommt. Er wollte ja sowieso reisen, allein. Und dass ihre Karte verfiele, wäre wirklich nicht schlimm. Über dem Abwägen schläft sie ein.

Nach drei Stunden wacht sie zum vierten Mal auf, stopft noch ein paar Kleidungsstücke in den Rucksack, bindet eine wärmere Jacke um und verlässt die Wohnung. Erst beim Briefkasten fällt ihr auf, dass sie nicht mal im Internet war.

NZ 242 ab Hannover Hbf

Eine blonde Frau in Los Alter versucht ihr Laken auszubreiten. Dabei rutscht das T-Shirt hoch und man kann ihren Rücken vom Steißbein bis zu den Schulterblättern sehen. Thomas' Blick scheint auf diesem Stück Rücken festzukleben und Lo muss ihn anstupsen, damit er dem Paar Platz macht, das sich hinter ihnen durch die enge Tür zwängt.
„Hello, I'm Ray", sagt der Mann und hält ihr seine große gepolsterte Hand hin, „this is Jill, my beloved wife!" Beide zusammen schätzt Lo auf circa vier Zentner, sein Anteil dürfte drei Fünftel ausmachen. „Nice to meet you", sagt sie, weil ihr so schnell nichts anderes einfällt, und die anderen beiden sagen *Thomas* und *Rita*. Alle schütteln einander die Hände. Außer sie und Thomas, und Jill und Ray. Das macht acht Schütteln.
Jill und Ray haben ihr Gepäck schon in Berlin verstaut und sind dann gleich ins Bordrestaurant gegangen, sie haben die Liegen ganz oben bekommen und niemand traut sich, ihnen einen Tausch anzubieten. Thomas hat sich rechts neben Lo seitlich eingerollt und lehnt den Kopf hinunter zu Rita. Er will wissen, wo sie herkommt. Sie sagt: „Hannover. Und ihr?"
Thomas antwortet für Lo mit: „Ich bin aus Dresden! Sie aus Dortmund. Wir kennen uns erst seit heut morgen."
Das kränkt sie schon, dass Thomas offenbar beim Anblick von Rita entschieden hat, dass doch lieber sie seine Romanfigur werden soll oder sonst was in seinem Leben. Vielleicht ist es wie mit dem Heiratsantrag und den Zeitungsabos. Auch wenn Thomas ihr nicht besonders gefällt: Er hätte sie trotzdem noch etwas länger spannend finden können.

Aber wahrscheinlich, denkt sie, während sie sich in der Koje einrichtet, haben ihre Antworten ihn schon zwischen Priestewitz und Zabeltitz desillusioniert. Dass sie aber andererseits auch keinen Mann mehr wollte, den ihre Unschärfe zum Projizieren einlädt. Dass ohnehin alles an der Eitelkeit liegt und Rita wohl einfach die bessere Figur für seinen Roman bietet. Los Brillenetui fällt von ihrem Bett herunter. Rita hebt es auf und hält es ihr lächelnd entgegen.

Inzwischen ist auch Ray oben angekommen und er sagt lachend, dass sie besser den Kopf einziehen sollten, falls er mal herunterfällt. Er macht eine riesige Ausbuchtung in die Liege über ihr, mit der er eindeutig ihren Luftraum verletzt. Lo ist nicht sicher, ob ihn diese Liege tragen kann. Jill liegt schon unter ihrer Decke und schreibt in ein Buch, auf dem *The road less travelled* steht. Sie fragt besorgt zu ihm rüber: „Is it ok for you, darling?“ Scheinbar ist es das, denn nach zehn Minuten beginnen beide gleichmäßig und leise im Rhythmus des Zuges zu schnarchen. Gekränkte Eitelkeit ist ein flaches Gefühl. Lo versucht wenigstens tief zu atmen.

Thomas flüstert zu Rita: „Was liest du da?“ Rita liest Hemingway auf Französisch. „Reisevorbereitung“, sagt sie. Aber vom *Fest fürs Leben* ist noch keine Vorahnung zu bekommen. Die Luft nimmt ab, das Schnarchen zu. Lo bittet Thomas um seinen mp3-Player. „Willst du jetzt meine Texte hören“, fragt er. Dass sie ihm nun auch noch bei seiner Werbung helfen darf, findet sie überflüssig. Aber sein Plan geht auf. Rita fragt sofort: „Was für Texte denn?“ Nun folgt erst ein von Zwischenfragen unterbrochener Vortrag über Slam Poetry. Erst dann gibt er Lo ein paar Alternativen bekannt. Sie entscheidet sich für Bruckners Neunte. Sonst hört sie nie Klassik, aber es passt zu ihrer Stimmung und in erster Linie dient es der Übertönung von Jills und Rays Schnarchen. Sie sollte öfters Klassik hören, denkt sie, kurz bevor sie einschläft.

Sie wacht auf, weil der Zug stehen geblieben ist. Inzwischen dichtet doch Thomas in ihren Ohren, sie schaltet aus. Über ihr brennt die kleine Leselampe. Wo sind wir, denkt sie. Wo sind Thomas und Rita? In ihren Betten liegen sie nicht, aber ihre Sachen sind noch da. Lo zieht die Schuhe an, nimmt den Rucksack und geht sie suchen. Hätte sie Jill und Ray wecken sollen? Aber um einen Notfall handelt es sich wohl kaum. Ob sie schon lange stehen. Lo denkt an Italien. Bitte Blumen pflücken, dann geht es weiter. Sie findet es seltsam, so schnell auf das Ende eines stehenden Zuges zuzugehen. Findet es überhaupt seltsam, durch Züge zu laufen. Nicht bloß wegen Einstein.
Im Großraumwagen für Raucher sitzen Thomas und Rita nebeneinander an einem Tisch, lachend, mit Zigaretten und Plastikbechern voll Rotwein in der Hand. Lo setzt sich ihnen gegenüber gegen die Fahrtrichtung. Thomas sagt: „Der Zug steht."
Draußen ist nicht viel zu erkennen. Ein mittelgroßer Bahnhof mit französisch klingendem Namen. Lo sitzt nicht mal dann gern gegen die Fahrtrichtung, wenn der Zug steht. Auch deswegen steht sie nach ein paar Minuten wieder auf, nimmt ihren Rucksack und steigt aus. Auf dem Bahnsteig wartet sie auf Thomas und Rita, die nachkommen, nachdem sie ihre Sachen geholt und Jill und Ray Bescheid gesagt haben. Rita sagt: „Vielleicht streiken die Belgier."

Lo sitzt schon fast eine Stunde an den Rucksack gelehnt auf dem Fußboden der Bahnhofshalle von Charleroi und friert. Überall im Bahnhof lagern Leute an oder auf ihren Gepäckstücken. Jill und Ray sitzen Rücken an Rücken auf ihren *Visit-Europe*-Rucksäcken und scheinen schon wieder zu schlafen. Niemand weiß, was eigentlich los ist. Thomas läuft hin und her. Rita sagt: „Er macht mich nervös." Als er zurückkommt und sich neben sie auf den kalten Boden setzt, sagt er: „Ich hab nichts rausgefunden!" Lo wundert das nicht. Man kann ohnehin die ganze Halle überblicken. Sie ist voller Reisender. Viele Junge, viele Paare – es sollte schließlich nach Paris gehen. Die meisten schauen müde aus, manche wütend. Wenn es hier irgendjemand gäbe, der zuständig wäre, könnte man das auf den ersten Blick sehen.

Auf den ersten Blick ist Lo der Mann mit dem Cello aufgefallen. Er und sein Freund haben eine Steinbank erwischt, gar nicht weit von ihr. Sie findet, er könnte ihr eigentlich seinen Platz anbieten. Besser noch der Freund. Sie hält ihn für einen Belgier, den mit dem Cello. Der erste Mann, der sie geküsst hat, war auch Belgier und sieben Jahre älter als sie.

Der Cellist hat dunkle Haare, eine hohe Stirn und Augenbrauen, die ein bisschen zusammengewachsen sind. Das kann sie von ihrem Platz aus sehen. Er erinnert sie an den jungen Alain Delon, ein bisschen weniger schön. Groß scheint er zu sein, die Beine hat er weit von sich gestreckt. Das Cello hält er im Arm. Lo glaubt, dass sie ihm auch aufgefallen ist. Oder er schaut wegen Rita herüber.

Die wird gerade von Thomas gefragt, wie lange sie in Paris bleiben will. Lo dachte, das hätte er längst geklärt. Aber Rita gegenüber scheint er weniger locker zu sein. Rita antwortet: „Vier Tage. Ich geh in die Jugendherberge." – „Wir auch", sagt Thomas. Kurz überlegt Lo, wen er mit *wir* meint. Und

beginnt fast schon ein bisschen mit Thomas zu fühlen, der Rita durch seine Brille fixiert, als habe er Angst, dass sie sich jeden Moment in Luft auflösen könnte.
Jemand spricht Französisch durch die Lautsprecher. Alle schauen sich um, als seien sie umstellt. Schauen sich gegenseitig an, als ob sie sich antworten würden. Jill und Ray wachen auf und fragen die französischen Mädchen neben sich auf Englisch, was los ist. Thomas springt auf, als ob er dann besser hören könnte. Der Belgier, der wahrscheinlich Franzose ist, steht auch auf, langsam, nimmt das Cello. Dann geht er an Lo vorbei und sagt: „Avec le tram ... Streetcar." Ihr fällt der Film aus den Fünfzigern ein und der Name der Straßenbahn. Rita, die wohl von der Lautsprecherdurchsage überrumpelt wurde, fragt: „Comment? Pas vrai!" Der Mann mit dem Cello nickt und schaut dabei Lo an, länger als es unter Fremden üblich ist. Seine grünen Augen wirken auf sie wie die *Bitte-folgen*-Leuchtschrift an Streifenwagen, bloß viel beruhigender. Dann geht er raus. Langsam auch die anderen. Zuerst die französisch Sprechenden, dann die Amerikaner, die sofort gefragt haben, und irgendwann die, die einfach hinterhergehen.
Draußen vor dem Bahnhof steht eine sehr lange Straßenbahn. Mit der soll es über die Grenze gehen. So viel hat Rita bei der dritten Durchsage verstanden. Rita ist aber weg und Thomas ebenfalls. Lo kommt sich ein bisschen betrunken vor. Der Schlafmangel, denkt sie und dass sie sich so zuletzt vor zehn Jahren gefühlt hat.
Sie steigt in die überfüllte Straßenbahn und stößt gegen ein Cello. „Pardon", sagt sie, und Alain, so nennt sie ihn, provisorisch, schiebt das Cello auf seine andere Seite. Jetzt stehen sie nebeneinander. Er trägt einen halblangen blauen Mantel, der sie an die Abbildung des Mörders aus ihrem

Kalle-Blomquist-Buch erinnert. Eigentlich sieht er überhaupt mehr aus wie der Mörder als wie Alain Delon. Aber der Mörder aus *Kalle Blomquist* hatte ihr schon immer gefallen. Es stört sie nicht, dass andere nachdrängen und sie näher an ihn heranrückt. Er riecht altmodisch. Bisschen Moschus ist sicher dabei. Wieso Frank kein Rasierwasser benutzt, fragt sie sich, und ob er spüren kann, dass sie sich entfernt. Wahrscheinlich wäre er genauso froh, wie der Chef es war, wenn sie ihm die Entscheidung abnähme.
Lo schaut hoch und der Mörder lächelt. Nein, Mörder will sie ihn auch provisorisch nicht nennen. Das Cello kommt wieder näher. Es will seinen Platz zurück. Sie könnte ihn jetzt fragen, wo es hingeht. Ob er das genau verstanden hat. Aber Jill und Ray stehen ganz in der Nähe. Jill lacht zu ihr rüber: „Funny journey“, und Ray meint: „Funny country.“ Ob er überhaupt weiß, dass er in Belgien ist, denkt sie. Schon wieder. Das mit den Vorurteilen scheint im Alter schlimmer zu werden. Sie findet sich kaum noch ohne sie zurecht. Manchmal würde sie ihr Weltbild gern neu aufsetzen, wie einen Computer, alle Trojaner und Viren, übrig gebliebene Dateien von nutzlosen Programmen entfernen.
Die Straßenbahn fährt los. Sie spürt einen Handrücken an ihrem. Er bleibt einfach da und gibt die Bewegungen der Straßenbahn an sie weiter. Es ist sehr eng. Als die Straßenbahn mit einem Ruck stehen bleibt, kommt ihr das Cello entgegen. Über ihr sagt eine dunkle Stimme: „Pardon.“ Sie versucht den Kopf zu drehen, aber es geht nicht. Alles drängt aus der Straßenbahn. Einen Moment lang fürchtet sie ihn zu verlieren. Aber er lässt sich nicht verlieren. Er wartet auf sie und sagt: „Nous prenons le bus!“ Es ist seltsam, wie genau sie weiß, wen er mit *nous* meint.

Lo sieht Thomas, der Rita hinterherhastet. Alle laufen auf die Busse zu, die auf der anderen Seite des Platzes stehen. Es dämmert schon ein bisschen. Lo ist sich sicher, dass sie neben Alain sitzen wird. Thomas wird neben Rita sitzen. Er läuft mit ihr auf den ersten Bus zu. Erst als er auf den Stufen steht, dreht er sich um und ruft Lo zu: „Hier gibt's noch viel Platz." Jetzt findet sie ihn schon rührend. Sie winkt zurück und geht mit Alain auf den zweiten Bus zu. Alain verstaut sein Cello im Gepäckraum. Er trennt sich offensichtlich nur ungern. Völlig selbstverständlich setzen sie sich in eine Bank. Alains Freund steigt auch in den Bus, lächelt ihnen zu und geht ganz nach hinten. Jill und Ray winken und lachen von der Rückbank des ersten Busses. Dann lehnt sich Jill an Rays Schulter. Wahrscheinlich können sie auch im Bus auf der letzten Bank schlafen.
Alain heißt Jean-Philippe und spricht auch ein bisschen Englisch. Er ist Franzose. Lo versucht, Französisch zu sprechen: „D'ou est-ce que tu viens?" – „I'm from Paris." Er nimmt ihre Hand. „Qu'est-ce que tu fais?" – „I'm Musician: Cello!", sagt er, als stünde es neben ihm. „I'm working in a ... boulangerie" – „Bäcker?!" – „La boulangerie à l'Opéra, best croissants in town. You should come there."
Der Bus fährt los. Seine Hand liegt auf ihrer Hand. Ihre Hand liegt auf ihrem Oberschenkel. „Et toi?" Sie weiß es nicht. Sie hätte auch gern ein Cello, an dem man sie erkennen könnte, aber sie hat nur den winzigen Rucksack: „Je travaille", sagt sie. Er schaut fragend. Dann fällt es ihr ein: „I travel, I'm travelling!" Sie muss lachen. Auch weil man so etwas *falsche Freunde* nennt. Jean-Philippe schaut noch immer fragend. Sie versucht zu umschreiben, was sie tut. Dann legt er den Arm um sie und sie sagen beide eine Weile nichts und schauen aus dem Fenster ins Morgengrauen.

Irgendwo zwischen Amiens und Paris küssen sie sich. Rundherum scheinen alle zu schlafen.
Als sie aussteigen, ist es hell. Lo wollte eigentlich die Erste sein, die den Eiffelturm sieht. Jetzt sieht sie wieder nur einen Bahnhof. Jean-Philippe nimmt dem Busfahrer das Cello ab und redet mit seinem Freund, der das Auto irgendwo geparkt hat und es eilig zu haben scheint. „Prends soin de toi", sagt er leise und sie küssen sich noch einmal kurz zum Abschied. Es fühlt sich sehr flüchtig an. Jetzt hier in der Morgensonne vor dem Gare du Nord erscheint es ihr weniger folgerichtig, auch wenn seine Augen noch grüner leuchten.
Thomas und Rita stehen auf einmal neben ihr. Jean-Philippe geht schon hinter seinem Freund um die Straßenecke, ohne sich nochmals umzudrehen. Erst als er nicht mehr zu sehen ist, traut sich Thomas zu sprechen: „Komm, wir gehen erst mal zur Jugendherberge und dann gleich zum Montmartre!" Lo schüttelt bloß den Kopf. „Viel Spaß", sagt sie. „Ich muss weiter, weiter nach Süden!"

Von diesem Bahnhof aus kommt sie nicht in den Süden. Sie muss auf jeden Fall durch die Stadt. Sandra schreibt sie eine SMS, dass Paris doch irgendwie die Stadt der Liebe ist, schickt sie aber nicht ab. Trotzdem wäre es schön, ihr davon erzählen zu können. Das Ganze nochmals im Erzählen zu wiederholen, bevor es verschwindet. Irgendwann wird sie sich bloß noch an das Cello erinnern und vielleicht an den Mantel. Sie könnte ihn in der Bäckerei besuchen. Vielleicht nächstes Mal. Heute, hat er gesagt, muss er nicht arbeiten.
Sie schreibt Frank eine SMS, dass sie in Paris ist, dass Paris schön ist. Bin froh, dass wir uns eine Weile nicht sehen,

schreibt sie. Dann lehnt sie sich an einen kleinen Kiosk und wartet auf seine Antwort. Noch traut sie sich nicht aus dem Bahnhof hinaus, aus Angst, die beiden könnten noch draußen stehen und ihre Pläne diskutieren. Sie hätte ihn nach seiner Handynummer fragen können. Er hätte sie fragen können. Ihre rechte Hand vibriert.
Was machst du in Paris? Mit wem bist du dort? Wann sehen wir uns? Ms.u Das Kürzel hat er sich ziemlich zu Anfang ausgedacht. *Miss You*. Sie weiß, dass er eifersüchtig ist. Und als wenn es nicht absurd genug wäre, dass er überhaupt Besitzansprüche stellt, hat sie es auch manchmal bewusst darauf angelegt. Eitelkeit und Eifersucht sind Freundinnen. Dann gab es noch so etwas wie Trotz. „Einem Mann, der seine Freundin betrügt, muss man ja wohl nicht treu sein", hat sie zu Sandra gesagt. Als ob es da Regeln gäbe.
Jetzt versucht sie Frank ohne jede Strategie nicht zu antworten. Sie bereut, ihm geschrieben zu haben. Immer braucht sie Katalysatoren. Erst das Quiz, jetzt der Kuss. Sie schaltet das Handy aus und fühlt sich getrennt.

Am Kiosk ersteht sie einen Stadtplan und tritt aus dem Bahnhof hinaus. Der kürzeste Weg zwischen zwei Punkten ist zwar die U-Bahn, denkt sie, aber sie möchte wenigstens ein bisschen Paris sehen, wenn's geht, am Eiffelturm vorbeigehen. Sie muss sich nicht originell verhalten. Wenn es in Rom mehrere Bahnhöfe gäbe, wenn sie Termini hätte verlassen müssen, dann wäre sie vielleicht irgendwo vorbeigekommen, am Forum oder am Kolosseum. Dann wäre sie vielleicht doch geblieben. Dieser Boulevard de Magenta bietet allerdings keinen Grund zum Bleiben. Die Autos haben die Bürgersteige und Bäume vierspurig gegen die Häuser gedrängt. Dann doch lieber unterirdisch reisen.

Die nächstgelegene Metro-Station heißt Jacques Soundso und dort steigt sie in die 5, die zum Gare d'Austerlitz fährt. Man soll ja von einem Wort nur die ersten und letzten Buchstaben benötigen, die dazwischen können vertauscht sein, und doch kann man es sich erschließen. In diesem Falle können in der Mitte sogar vier andere Buchstaben sein und trotzdem beklemmt sie das Wort. Dabei hat dieser Bahnhof seinen eigenen Krieg. Ihre innere Zensurbehörde reicht sofort Beschwerde wegen Tabubruch ein. Die Gedanken sind nicht frei. Das haben sie sich bloß in der katholischen Jugendgruppe gegenseitig eingesungen. Lo kann so vieles nicht denken, nicht weiter und schon gar nicht zu Ende. Sie holt ihr Handy hervor und schaltet es wieder ein. Tatsächlich hat Frank noch eine SMS geschickt. Ich kann dich nicht erreichen, schreibt er. Wann kommst du wieder? Es wäre so einfach zu antworten. Beim Alten zu bleiben. Weiter zu hoffen. Weiter zu warten. Sie ist schon ziemlich geübt darin, sich wie ein Zweitwagen zu fühlen. So ein schnelles Cabriocoupé, mit dem man nicht zu Ikea fahren kann. Ein Auto für schönes Wetter, das man abstößt, sobald es Mucken macht. Sie weiß selbst, dass das Bild nicht aufgeht. Liebhaberwagen werden viel besser gepflegt als Liebhaberinnen. Sie ist nicht zynisch. Was aber wahr ist: Mit Sprache kann sie sich von allem ablenken. Besonders von Gefühlen. Assoziieren, um zu dissoziieren. Sprache ist eine großartige Hilfskonstruktion um fernzubleiben, denkt sie. Zugfahren irgendwie auch.

Sie schickt ihrer Mutter eine SMS. Vielleicht ist sie schon bei Kai. Mit dem vielen Geld, meinte sie, kann ich ihn einfach schnell in New York besuchen, wenn er mal drei Tage am Stück dort ist. In der Metro wird Lo gegen eine *Le Monde* lesende Frau gepresst. Sie faltet trotz der Enge ihren Stadtplan auseinander, die Frau klappt *Le Monde* zu und fragt, ob sie ihr helfen könne. Lo erfährt, dass man vom Gare d'Austerlitz nicht nach Nizza kommt und dass sie für den TGV eine Reservierung braucht. An der Metrostation Bastille ist der Sturm auf die Wände gemalt und sie kann einen Fluss sehen, wahrscheinlich die Seine. Bloß der Eiffelturm scheint sie zu meiden wie Meg Ryan in *French Kiss*.

TGV 6175 ab Paris Gare-de-Lyon

Jetzt sitzt sie in einem TGV ans Meer. Der Zug der großen Geschwindigkeit. Der TGV hat eine ähnlich komische Nase wie die Concorde früher. Lo hält es für möglich, dass das mit De Gaulle zusammen hängt, der sicher ein Faible für auffällige Nasen hatte. Obwohl die besten Tage der Innenausstattung lange vorbei sind, traut sie sich nicht wie sonst die Knie anzuziehen und die Füße gegen die Rückenlehne des Vordersitzes zu stellen. Auch nicht die Schuhe auszuziehen.

Sie denkt an den Schaffner, der sie vorhin beinahe aus dem Zug werfen wollte, weil sie nicht wusste, dass *Composter* entwerten heißt, was sie vor dem Einsteigen hätte tun müssen, weil es auf ihrem Ticket steht. Er hat ein Auge zugedrückt und sie hat sich, wegen des Glücks, das sie hatte, einen Kugelschreiber gekauft, mit TGV-Schriftzug. Es ist tatsächlich ein bisschen wie im Flugzeug, bloß gibt es mehr Platz und mehr Abwechslung beim Rausschauen. Und was für eine Aussicht. *A landscape to die for* entziffert sie auf der Rückseite des Reiseführers, den die Frau gegenüber liest. Sie findet sich beneidenswert.

Ihre ehemaligen Kollegen haben jetzt bald Feierabend. Während an ihr Sonnenblumenfelder, Hügel, Weinberge, Viadukte und Rennradfahrer vorbeigeflogen sind, haben sie in ihre Bildschirme gestarrt und sich die Augen verdorben. Sie hingegen hat Weitsicht, denkt Lo, und dann kommt ein Tunnel und gleich darauf sieht sie das Meer. Nach Jahren wieder. Es hat sich überhaupt nicht verändert. Dass sie das gleich hätte machen sollen anstatt nach Rom zu fahren, denkt sie. Dass sie sofort ans Meer gehen wird, sobald sie in

Nizza ankommt. Das Fenster lässt sich nicht öffnen, auch nicht mit Ruhe und Geduld.
Noch liegen eine Straße, eine Uferpromenade und ein Strand zwischen ihnen. Sie hat sich drei Mal in der Altstadt verlaufen, bis sie endlich das Rauschen hörte, und dann waren es nur die Autos auf dem Boulevard des Anglais. Aber jetzt hat sie es gefunden. Dass es ihr gefehlt hat, wusste sie erst, als es da war.
Mit den Füßen im Sand stehend und in ihrem Rucksack wühlend, fehlt ihr etwas anderes. Sie hat den Badeanzug nicht eingepackt. Oder zugunsten des Fliespullis ausgepackt. Jedenfalls ist er nicht da. Ihr bleiben noch vier Stunden bis zum Nachtzug, es wird schon kühler, soll sie jetzt shoppen gehen, wobei shoppen viel zu lustvoll klingt für Bademodenkauf. Nur ungern erinnert sie sich an das letzte Mal.
Auf der anderen Seite der palmengesäumten Straße sieht sie eine Hotelboutique. Wahrscheinlich kostet dort ein Bikinihöschen so viel wie ein TGV-Billet erster Klasse. Beim Eintreten stolpert sie. Ihre Augen hatten sich gerade an das Meersonnenlicht gewöhnt. Drinnen herrscht dezentes Halbdunkel, aber sie ist sicher, dass unter den Kabinenvorhängen Neon hervorleuchtet.
Zwei Verkäuferinnen stürzen auf sie zu und wollen ihr helfen. Die ältere der beiden, deren Brille an einer goldenen Kette um ihren Hals baumelt, hält ihr einen braungemusterten Badeanzug hin. Er erinnert Lo an eine Louis-Vuitton-Tasche und am schlimmsten findet sie, dass er ihr vermutlich perfekt passen würde, mit den eingearbeiteten Körbchen. „Je préfère noir“, sagt sie und greift nach einem Modell, das leider – die Verkäuferin bedauert es sehr – in ihrer Größe nicht da ist. Dafür hält die Jüngere drei andere in der Hand und schickt Lo damit in die Kabine. Die Ältere

schiebt schon den Vorhang zur Seite, als sie gerade erst in dem ersten drin steckt. Und sie steckt wirklich drin, irgendwie fest. „Ca ne va pas“, sagt die Frau bestimmt. Sie hat ihre Brille jetzt aufgesetzt. Das Neonlicht steht auch ihr nicht gut zu Gesicht.

Schließlich nimmt Lo einen schwarzen Badeanzug mit Herz-Dekolleté und extra tiefem Beinausschnitt, der zwar die Beine nicht länger, aber dafür die Kurven hyberbolischer macht. „Comme Esther Williams“, sagt die jüngere Verkäuferin freundlich, wahrscheinlich immer, wenn dieses Modell verkauft wird. Alle sind sehr zufrieden mit der Wahl, nicht zuletzt deshalb, weil es sich um ein Produkt aus dem Hochpreissegment handelt. Das Good-Cop-Bad-Cop-Prinzip funktioniert also auch im Einzelhandel, denkt Lo. Es hat fünfundvierzig Minuten gedauert. Es ist vorbei. Sie wird einfach an noch viel mehr Meere fahren, damit sich dieser Badeanzug amortisiert. Als sie aus dem Geschäft rauskommt, ist es noch da. Groß, blau und offen. Alles hat einen Grund, denkt sie, und schreibt es in die Liste, obwohl es ein Satz ist, und nicht mal ein guter.

Ihren Rucksack drückt sie einem sympathischen Herrn im Smoking in die Hand, der am Strand bunte Drinks mixt, und dem offenbar ihr Esther-Williams-Ausschnitt gefällt, was sie in Kauf nimmt, solange er hinter seiner Bar steht und auf ihre Habseligkeiten aufpasst. Sie glaubt sich zu erinnern, dass Habseligkeiten zum schönsten deutschen Wort gekürt worden ist. *Wer hat, wird selig*, und *Geiz ist geil*. Den kann man ihr nicht vorwerfen, sie kurbelt gleich die ganze europäische Wirtschaft an mit ihrem Reisewahn. Vielleicht sollte sie sich doch über Sonderangebote informieren, aber jetzt geht sie erst mal ins Wasser.

Arc 1101 ab Port-Bou

Das Meer kann nichts dafür, es war weich und warm, es hat Wellen für sie geschlagen und gerauscht hat es auch. Es ist immer noch vollkommen blau. Trotzdem lässt sie es links liegen und schaut rechts aus dem Fenster, wo ein riesiger Stier zweidimensional neben der parallel verlaufenden Straße steht. Ihr Badeanzug ist trocken geblieben. Nur bis zu den Oberschenkeln war sie im Wasser, inmitten von Quallen. Jetzt ist sie in einer neuen Spurweite unterwegs.
Lo gefallen die Wechsel: Polsterstoffe, Sitznachbarn, Sonnenstand, Geruch, Schaffner. Und beim Umsteigen Bahnhöfe zum Beinevertreten. Bahnsteige zum Rauf- und Runterlaufen. Luft über dem Kopf und ein anständiger Kaffee. Die Strecke bis zum nächsten Halt erscheint ihr lang. Lo versucht Wechsel in der Landschaft wahrzunehmen. Variationen. Gerade als sie der Gleichmäßigkeit etwas abgewinnen kann, gerade als sie denkt, dass sie sich diesen Ausblick merken könnte, um ihn sich später bei einer Entspannungsübung vorzustellen, hat sie ein Blackout, wird sie wieder auf den erleuchteten Innenraum zurückgeworfen. Sie weiß es ja: ohne Tunnel keine Berge. Jedenfalls keine Fahrt durch die Berge. Höchstens an ihnen entlang. Wenn Lo sie versetzen könnte, stünden sie ihr immer zur Seite.
Im Tunnel sind Fensterplätze eher unangenehm. Aber der Blick in die andere Richtung bleibt immer wieder am Bildschirm des jungen Mannes mit der Architektenbrille hängen. Er schaut *Léon der Profi*. Jean Reno gießt gerade eine Topfpflanze. Lo würde gerne eine anonyme Umfrage machen, ob Auftragskiller sich im Film adäquat dargestellt finden. Ohne Ton und damit auch ohne die allwissende Musik

merkt sie nicht früh genug, wann sie wegschauen muss. Vorsichtshalber wendet sie den Kopf der Tunnelwand zu, als Gary Oldman auftaucht.
Natürlich hält sie Tunnel für praktisch. Als technische Leistung ähnlich beeindruckend wie Flugzeuge. Aber als Ort eignen sie sich bloß für Klaustrophile. Oder Maschinen. Als sie erfahren hat, dass die Schweizer Berge von Panzern bewohnt werden, war sie enttäuscht. Ausgerechnet die Schweizer Berge.
Dass jetzt auch noch ein Kind weint, macht es nicht einfacher. Dass sie mit niemandem reden kann, dass sie nicht mal einem fremden Gespräch richtig folgen kann, keine Musik hat, dass sie nicht weiß, wie lang der Tunnel ist, all das macht es wirklich nicht einfacher. Sie sollte wenigstens in Zügen reisen, in denen sie versteht, was um sie herum gesprochen wird. Sie nimmt ihren Handheld hervor und schreibt *Verwandtwortungslos* in ihre Liste.
Dann wird es heller. Licht am Ende des Tunnels. Das ist eine Wendung, die glücklich macht, und wenn sie noch so abgegriffen ist. Der Mann, der dem Killer zuschaut, verkleinert den Winkel zwischen Bildschirm und Tastatur. Um Lo herum piept und vibriert es. Auch ihr Handy hat wieder Empfang. Sandra will wissen, wie Paris ist und wie es Thomas geht. Lo antwortet, dass sie beides nicht wisse, weil sie schon auf dem Weg nach Madrid sei. *Hast du dich einer japanischen reisegruppe angeschlossen,* fragt Sandra zurück.
Das, findet Lo, ist das Großartige an SMS. Man fühlt sich augenblicklich weniger allein und muss doch niemandem Rede und Antwort stehen. *Liebe, bin alleinreisend. Da ich kein Motiv habe, kann man mir auch nichts nachweisen. Aber irgendwann komm ich sicher wieder zurück auf Start. Kuss.*
Sie hat eine Freundin. Sie ist längst nicht so einsam, wie

sie aussieht. An diese Großstadtnot hatte sie nicht gedacht, aber jetzt ist sie sehr froh, dass sie das Handy mitgenommen hat und dass es in modernen Zügen Steckdosen gibt. Sie muss aufpassen, nicht triumphierend zu gucken, als es wieder vibriert. *Bin nächstes wochenende in zürich. Kommst du dort vorbei? Dann bringe ich dir frische wäsche an den zug ;-)* Sandra hat Recht. Wahrscheinlich will sich deshalb niemand neben sie setzen. Was auch von Vorteil sein könnte, aber nur dann, wenn man nicht selbst am liebsten von sich abrücken würde.
Sandra hat seit zwei Jahren eine Fernbeziehung mit Reto. Und es klappt. Sie in Osnabrück, er in Zürich. Wenn er mit dem Studium fertig ist, sucht er sich vielleicht was in Osnabrück. Das hält Lo für ein gutes Zeichen, wenn jemand aus Liebe nach Osnabrück ziehen will. Und das, obwohl Zürich zu den Städten mit der höchsten Lebensqualität weltweit gehört. Ob sie dorthin fahren und das Paar besuchen soll, weiß sie trotzdem noch nicht. Sie verschiebt die Antwort und geht zum WC, um sich Spenderseife unter die Achseln zu schmieren.

Vor dem Anschlag hatte sie den Namen des Bahnhofs nicht mal gehört. Sie kannte nur den Flughafen. Ein Bahnhof wie ein tropisches Gewächshaus, riesige Palmen, dazwischen dieselbe Geschäftigkeit wie in Rom oder Paris. Kerzen sieht sie keine.
Sie fragt sich, warum sie sich das antut. Was soll das für eine Prüfung sein. Sie ist nie besonders gern allein gewesen. Die meisten Erkenntnisse hat sie beim Reden. Wieso sitzt sie hier allein auf einer Bank in einem traumatisierten Bahnhof und sucht nach Narben. Zuhause könnte sie mit irgendwem ins Kino gehen. Über Beziehungen reden.

Sätze aussprechen, die sie schon hundertmal gesagt hat, ohne dass sie ihr deswegen weniger richtig erscheinen. „Das kenne ich auch", könnte sie pseudoempathisch sagen und irgendeinen Vorfall aus ihrem Leben erzählen, ohne sich zu wundern, dass er sie immer noch nicht langweilt. So ist es doch und das hat sie doch auch gestört. Und trotzdem möchte sie das jetzt tun: mit jemandem ohne Anstrengung über irgendetwas Vertrautes reden.

Früher wollte sie immer in die Wüste. Eigentlich will sie es immer noch. Hatte es nur vergessen. Mit dem vielen Geld könnte sie jetzt leicht eine Reise in die Sahara machen. Das wäre viel besser gewesen, um in sich zu gehen. Immer hat sie sich das so vorgestellt, dass sie vierzig Tage in die Wüste geht und dort allen Anfechtungen widersteht. Und nachher geläutert zurückkommt. Stattdessen bewegt sie sich in überfüllten Zügen auf dem Weg zu überfüllten Bahnhöfen, irrt durch Europa, küsst fremde Männer. Wie das kathartisch sein soll, fragt sie sich und dann fällt ihr auch noch ein, dass es diesen Ort gar nicht mehr gäbe, wenn die vierte Bombe damals auch gezündet worden wäre.

Sie will nicht in Madrid sein. *Madrid me mata*, hat sie auf einer Häuserwand gelesen, als der Zug durch die Vorstädte fuhr. Die Vorstädte sehen sich alle so ähnlich.

Dabei hat sie schöne Erinnerungen an diese Stadt. Sie war mit Markus dort, im Retiro sind sie Boot gefahren, während jemand am Ufer auf dem Saxophon *Take five* gespielt hat. Sie sind beinahe gekentert. Und sie kann sich noch genau daran erinnern, dass sie dachte: Hoffentlich bleibt es so. Hoffentlich bleiben wir so verliebt. An das Gefühl selbst kann sie sich nicht mehr erinnern.

Sie sollte doch lieber an einen Ort fahren, an dem sie noch nie war. Und nicht schon wieder in eine Hauptstadt.

Sie ist in Atocha hängengeblieben. Als bestünde die Gefahr, die Erinnerung an die Stadt zu zertreten, hat sie keinen Fuß aus dem Bahnhof gesetzt. Sie denkt an den Trauerort, den sie beinahe nicht gefunden hätte. An die Videowand. Dass sie dort am Espacio de Palabras ihre Hand hätte scannen lassen können. Doch noch eine Bocca della Verità, aber sie hat sich nicht getraut und auch keine Worte gefunden. Tausende haben ihren Handabdruck auf dem Screen hinterlassen und sich eingeschrieben, wie in ein Gästebuch. Ist es bloß das Menschsein, das sie so angegangen ist, fragt sie sich, oder ist es die Angst, das Näherrücken von Gefahr. Jetzt zum Beispiel fährt sie genau diese Strecke und fürchtet sich gegen jede Wahrscheinlichkeit.
In der *20minutos* der Frau nebenan liest sie: *Conservadores y socialdemócratras, muy igualados a dos días de las elecciones alemanas* und dass noch fünfundzwanzig Prozent der Deutschen unentschieden sind, was sie wählen sollen. Die Frau steigt aus und Lo hat nichts mehr zu lesen. Überhaupt ist der Wagen leer für einen Freitagabend.
Ihr schräg gegenüber sitzen zwei junge Männer. Der am Fenster, der einen Schnurrbart hat, schaut sie die ganze Zeit an. Aus den Augenwinkeln sieht sie, wie er ihre Brüste anstarrt. Das hat sie schon immer gehasst, so fixiert zu werden, dass nur noch ein halber Gesichtskreis bleibt. So einschränkend, dass sie jetzt nicht mal mehr sehen kann, ob der Mann inzwischen den Blick abgewendet hat. Er könnte für sie nicht anwesender sein, dieser Mann.
Sie wünscht sich Schutz. Ausgerechnet sie, die immer wahrgenommen werden will, wünscht sich eine Tarnkappe oder doch wenigstens eine Ablenkung für diesen Mann. Der andere soll mit ihm sprechen. Jemand soll ihn anrufen. Sie nimmt das Handy heraus und wählt ihre eigene Nummer,

damit der Mann keinesfalls auf die Idee kommt, sie anzusprechen. Besetzt. Sie redet trotzdem, bis sie in Chamartin ankommen.
Die beiden Männer steigen hinter ihr aus und einer von beiden sagt etwas über ihren Po. Dafür reichen sie, ihre beschissenen Fremdsprachenkenntnisse. Ohne ihre Schritte zu beschleunigen, geht sie zu den Rolltreppen.

D 205 ab Madrid Chamartin

Sie will sich nicht wiederholen. Nicht zweimal an denselben Bahnhof. In denselben Zug steigt man ohnehin nicht zweimal, selbst wenn er denselben Namen trägt, die Wagen sind nicht dieselben, nicht in derselben Reihenfolge, ein anderer Speisewagen. Dass Züge wie Bausätze sind, denkt sie, und es nicht leicht sein wird, an immer neuen Bahnhöfen umzusteigen. Dass sie, wenn sie sich solch eine Regel auferlegte, nicht zum Gare de Lyon zurückkehren könnte, in das schöne Restaurant mit der edlen Toilette und dem Portwein à discrétion.

Andererseits hatte sie zuhause genug Rituale. Die Müslibrötchen beim Reformhaus neben dem Bahnhof, den Latte Macchiato in der Cafeteria am Anfang der Fußgängerzone, die Spinatkartoffelsuppe in der Kneipe, die zum Programmkino gehört. Und sonntags immer am Bahnhof Milch kaufen und in jeder zweiten Mittagspause das Tomaten-Mozzarella-Sandwich aus der Kantine holen und vor dem Bildschirm essen. Sie ist auf Entzug. Schon über sechzig Stunden ohne Internet, ohne Computer überhaupt, das kommt ihr unnatürlich vor. Eigentlich müsste sie doch die Stellenangebote sichten, die sie per Abo gemailt bekommt. Und was könnte inzwischen nicht alles passiert sein? Was könnten sich nicht für Chancen eröffnen, ohne dass sie es bemerkt.

Dieses Gefühl hat sie noch immer, nach so vielen Jahren Fenster öffnen, Blick ohne Ferne, fallende Zeichen, Ein- und Ausgabezeilen. Suchen und vergessen. Und trotzdem nach wie vor das Gefühl, dort im Land der eingehenden Nachrichten, der Weiterleitung, Blindkopie und Verlinkung seien die Chancen viel größer und weiter verbreitet als im

richtigen Leben. Als hier zum Beispiel im Zug von Madrid nach Hendaye, der *Stern* heißt. Hier an dem Ort, der sich bewegt, der durch die Nacht unterwegs ist, einer Gemeinschaft von Menschen mit gleichem *Origen* und *Destino* eine Schlafstatt bietend. Ihr neues Bezugssystem. Überschaubar, im Gegensatz zum Internet.
Als sie vom Speisewagen zurückkommt, sind die anderen Betten noch immer unbelegt. Sie legt sich unter das Laken, dankbar für das Alleinsein, und denkt an Charleroi, die Busfahrt durch Frankreich und daran, dass er vielleicht auch an sie denkt.
Das gleichmäßige Rattern beruhigt. Am Vorhang vorbei schaut sie in die Nacht, kurz nach Avila denkt sie noch über das Wort *Bleibe* nach und ob man das auch von einem Zug sagen könnte.

Sie hat sich nicht wiederholt. In Montparnasse kommt sie an und von Est aus kann sie weiterfahren. Es ist Samstagmittag, die Sonne scheint und sie könnte an der Oper vorbeigehen und ein paar Croissants kaufen. Die Oper liegt quasi auf dem Weg. Lo fragt sich, ob es eine Stadt gibt, die mehr Fernbahnhöfe hat als Paris.
In der ersten Bäckerei steht eine ältere Dame allein hinter Brötchen und Torten. Die nächste Bäckerei ist eine Kette, die es auch in Deutschland gibt. An der dritten steht: *Les meilleurs croissants de la ville.*
In einem kleinen freundlichen Raum mit viel Gelb verkauft eine junge Frau mit goldenen Haaren das Gebäck. Lo weiß, dass sie jetzt fragen muss. Wo sie schon mal da ist. Weil sie sich sonst feige fühlen würde. Die Frau lächelt bedauernd. So ein Pech, sagt sie, normalerweise wäre er heute da. Aber er hat am Abend ein Konzert irgendwo bei Nizza.

Sie sei die Vertretung. Ob sie etwas ausrichten solle. „Non merci“, oder „Oui, un moment s.v.p.“ Lo schreibt mit ihrem TGV-Kuli auf ihr Ticket: *Unfortunately I missed you. Hope to meet you next time. Kiss Lo,* faltet es zusammen und gibt es der geduldig wartenden Frau. Wenn das seine Freundin wäre, hätte er ihr wohl nicht die Bäckerei empfohlen, denkt Lo und kauft ein Croissant.
Während sie es draußen auf einer Bank isst, fragt sie sich, wieso sie ihre Nummer nicht dazugeschrieben hat. Krümelt ihre Kleider voll. Findet das Croissant zu fett. Sie hat ja sowieso nicht vor, nach Paris zurückzukommen, denkt sie und schaltet das Handy ein. Tatsächlich hat Frank geschrieben. *Wieso meldest du dich nicht? Können wir uns sehen? Wann bist du in der Nähe? Du fehlst mir.* Er hat es anonym vom Internet aus geschickt, aber sie wüsste nicht, wer sonst dahinterstecken sollte. Solche Scherze würde sich keine ihrer Freundinnen erlauben. Auch die nächste SMS ist von ihm. *Habe Jonas getroffen. Er sagt, du bist in Rom und hast gekündigt. Mache mir Sorgen. Bitte schick mir Nachricht. Was ist mit Mittwoch?* Offenbar hat er eine telepathische Verbindung zu ihr oder besser eine Art Warnsystem. Misstrauisch schaut Lo das Handy an, als habe es über Satellit ihren genauen Standpunkt und sogar ihr Verhalten in der letzten halben Stunde preisgegeben. Dann piept es wieder und sie liest, dass ihre Mutter in New York ist. *Liebes, danke für deine SMS. Ich hatte schon oft bei dir versucht. Geht es dir gut? Hier in New York ist es ganz großartig. Ich gehe gleich alleine ins Metropolitan Museum und am Abend mit Kai in die Opera. Nur schade, dass du nicht bei uns bist. Umarmung von deiner Mutter.* Ihre Mutter schreibt immer lange SMS. Nicht oft, aber wenn dann lange. Sie ist auch die einzige Person, die Lo ab und zu einen Brief schreibt.

Einen richtigen Brief mit der Post. Worüber Lo sich immer freut.

Lo ruft jemand, und erst findet sie es normal, und dann gar nicht. Es war kein französisches *Lo.* Es war ganz leicht sächsisch und sie überlegt so zu tun, als hätte sie es nicht gehört. Aber da berührt sie schon jemand am Arm und Thomas sagt: „Du bist ja doch geblieben." Er zieht sie zu einem Tisch, auf dem er Cola und Kladde zurückgelassen hat. „Setz dich, was trinkst du?" Sie nimmt einen Kaffee und fragt nicht, wo Rita ist. „Hast du schon was geschrieben?." Er blättert wie in einem Daumenkino durch seine Kladde. Lauter eng beschriebene Seiten. „Es geht ganz gut. Und du? Was hast du gemacht?" Auch er ist dezent. „Nizza, Barcelona, Madrid", sagt sie, „ich war mit den Füßen im Meer." – „Nichts mit D dabei. Und wie viel Länder hast du jetzt?" – „Erst vier!" – „War das Wasser zu kalt?" – „Feuerquallen", kaum sieht sie Thomas, lügt sie schon wieder. „Kommst du mit mir zum Père Lachaise?" Er will sicher zu Jim Morrison, eine Sportzigarette rauchen. „Ich möchte zu Yves Montand und Gertrude Stein", ergänzt er und Lo nimmt sich vor, langsamer zu denken. Eine Rolle ist eine Rolle ist eine Rolle. Sie gibt ihre auf: „Es waren ganz normale Quallen." Thomas lächelt. „Schlimm genug", sagt er und verzieht das Gesicht. „Mit denen wollt ich auch nicht zu tun haben. Ich fahr übrigens heut Nacht zurück. Wählen. Komm doch mit!" Lo will sich noch nicht festlegen, aber sie bestellen zwei Panaché und stoßen auf ihr Wiedersehen an. Lo ist froh, dass er sie von der Straße geholt hat, er hat doch schon etwas Vertrautes.

Eine Stunde später fahren sie zum Bahnhof und reservieren, bis Frankfurt gemeinsam, dann er weiter nach Dresden, Lo nach Berlin. „Wieso kaufst du kein *InterRail*-Ticket",

fragt Thomas, und gerade als Lo sich geschmeichelt fühlen will, meint er, dass es das doch auch für Erwachsene gäbe. Bei dem Wort zuckt sie ein bisschen zusammen. Aber dann nimmt sie sich vor, sich morgen in Berlin ein *InterRail* zu besorgen.
Auf dem Père Lachaise besuchen sie auch noch Simone Signoret, Alice B. Toklas, Oscar Wilde und Théodore Géricault, dessen *Floß der Medusa* Lo seit dem Kunstunterricht verfolgt, auf seinem Grab ist es auch. Suchen zuerst, mit dem Friedhofsplan in der Hand, und als sie alle gefunden haben, finden beide, dass sie nicht gehen sollten, ohne bei Jim Morrison vorbeizuschauen. Er liegt ohnehin auf dem Weg nach draußen, sechste Division, zweite Reihe. Immer noch eine Pilgerstätte, immer noch frische Blumen. Weder Thomas noch Lo können griechisch. Und trauen sich auch nicht zu fragen, was die Inschrift auf dem Grab bedeutet, halten sich stattdessen einige Minuten in angemessener Entfernung auf. Thomas ist ein bisschen enttäuscht, dass er keinen Joint ablegen kann, weil es viel zu viele Leute, Wachen und Videokameras gibt. So, also hierher kommen die Leute, um zu sterben, denkt Lo. Und dass Rilke auf dem anderen Friedhof liegt.
Später auf dem Flohmarkt kauft Thomas eine Schallplatte von Juliette Gréco und *Les Fleurs du Mal* zweisprachig und Lo ein rotes Kleid mit tiefem Ausschnitt, das Thomas sehr schön findet. „Steht dir gut, rot“, meint er, als sie hinter dem Vorhang hervorkommt. Wann sie es anziehen wird, weiß sie noch nicht, es nimmt jedenfalls kaum Platz im Rucksack weg.

Abends im Restaurant, Lo wollte ins *Clair de la Lune*, aber das war zu teuer, also kehren sie in einer Pizzeria in der Nähe vom Gare de l'Est ein, trinken sie fast eine Flasche Rotwein und reden dann doch noch über Rita und Jean-Philippe: „Wir hatten schon am Eiffelturm eine unheilbare Zerrüttung. Sie wollte unbedingt in den Louvre, ich wollte zum Friedhof. Sie wollte unbedingt nach Versailles, ich wollte auf der Seine fahren. Ich habe vorher *Before Sunset* geschaut, sie hat Hemingway gelesen. Der Eiffelturm war unser kleinster gemeinsamer Nenner, aber sie hatte keine Lust anzustehen und fand runtergucken auch nicht so wichtig." Thomas nimmt einen großen Schluck Wein und sieht trotz allem so aus, als hätte er sich zur Not angepasst, wenn sie ihn bloß gelassen hätte. „Ich hatte ja mit Jean-Philippe auch nur die Odyssee gemeinsam", sagt Lo, „ich weiß nichts über ihn." Thomas richtet sich auf, wie vor Tagen im Zug: „Nein, nein, zwischen euch war doch was, das hat man ja gesehen, warum bist du denn einfach weitergefahren?" Auf Thomas ist Verlass, denkt Lo, aber wie immer, wenn erwünschter Widerspruch eintritt, erregt er ihren eigenen. Sie erzählt, wie sie vorher in der Nähe der Oper nach Jean-Philippe gesucht hat, aber auch von Frank und dass überhaupt alles verfahren ist. „Den musst du verlassen", sagt Thomas, nimmt seine Brille ab und schaut ihr in die Augen, „du hast doch was Besseres verdient, du findest doch leicht was Besseres." Lo denkt an die Bremer Stadtmusikanten, während Thomas wieder die Brille mit dem T-Shirt-Zipfel putzt. Sie ist ihm trotzdem dankbar. „Genau, auf was Besseres!" Mit der Neige stoßen sie an.

Berlin Zoologischer Garten

Anfangs saß an diesem Tisch nur ein alter braungebrannter Mann mit goldgeränderter Brille, der Zeitung las. Wie immer bei alten Leuten hatte sie zuerst eine grundsätzlich wohlwollende Haltung, wahrscheinlich zum Teil Arroganz. Inzwischen fragt sie sich ernsthaft, ob es eine obere Wahlaltergrenze für Männer geben sollte.
Nach und nach kommen immer mehr Siebzigjährige und polemisieren bei Kaffee und Zigaretten. Zuerst geht es um einen Gewerkschaftshalunken, dann verteidigt der Mann mit der goldenen Brille den Atombombenabwurf der Amerikaner. Lo fühlt sich geräuchert und akustisch verschmutzt. So toll ist es auch nicht, im eigenen Sprachraum zu sein. Als sie aufsteht, haben sie wieder das Thema gewechselt, jemand benutzt das Wort *Montanunion*. Wieso darf der Mann mit der Goldbrille Einfluss auf ihre Zukunft nehmen, fragt sie sich, wo er doch nur noch zwei, drei Jahre zu leben hat. Ihre innere Zensurbehörde hat heute Sonntag.

Als sie den Bahnhof verlässt, herrscht Kanzlerwetter. Abgesehen von der bunten *InterRail*-Europakarte, auf der sie ab jetzt die gefahrenen Strecken einzeichnen kann, hat sie schon wieder keinen Plan. Für die Großleinwand vor dem Reichstag ist es viel zu früh. Das macht erst Sinn, wenn die ersten Prognosen da sind. Gestern auf dem Friedhof hatte sie sich noch vorgenommen, zuerst zu den Stelen zu gehen, aber jetzt hier im hellen Sonnenschein schreckt sie davor zurück, sich in ihre Schatten zu begeben. Später. Sie wird später dorthin gehen.

Wenn sie von der Arbeit aus für ein verlängertes Wochenende nach Berlin gefahren wäre, hätte sie in jedem Fall das Denkmal besucht. Weil sie sich dazu verpflichtet gefühlt hätte. Weil sie mit Fragen gerechnet hätte, in der Kaffeeküche mit beiden Händen die Tasse mit dem lachenden Bildschirm umfassend, damit gerechnet, dass Jonas oder ein anderer fragt: Wie ist es dort? Was hältst du davon? Und jetzt, ganz allein und niemandem Rechenschaft schuldig, fühlt sie sich genauso verpflichtet. Wie vor ein paar Wochen, nicht umzuschalten, als die Sendungen zum sechzigsten Jahrestag des Kriegsendes in Deutschland kamen. Nicht auszuschalten. Sie lenkt ihren Schritt Richtung Mitte.
Erst nachdem sie am Alexanderplatz war, nachdem sie in den Hackeschen Höfen Salat gegessen hat, im Sonnentop, weil es so warm war, erst dann geht sie dorthin und bedeckt ihre Schultern wie in einer italienischen Kirche. Von außen denkt sie, dass es zu schön ist. Zu groß. Dass es ihr etwas vormachen will.
Und auch drinnen ist wieder alles im Kopf. Das ist kein Ort, an den man gern geht. Der Kanzler hat gelogen. Kein Ort, an dem man gern ist. Für sie ist es einer von den Orten, die *Denkmal* heißen und *Denk immer* meinen, *Denk angemessener, Denk nicht, fühl!* Und das versucht sie. Zu fühlen. Und genau darin scheint ihr die größte Anmaßung überhaupt zu liegen.
In Madrid hat sie dem Trauern nicht getraut. Hier misstraut sie ihrer Scham. Sie fragt sich, in welcher Rolle sie heute unterwegs ist. Und empfindet ihre Beklemmung unter den dunklen hohen, sich neigenden Stelen als autosuggestiv. Und doch glaubt sie an die Kraft von Orten. Das Gestapo-Gefängnis in Köln fällt ihr ein, das sie vor Jahren mit dem Geschichtskurs besucht hat, das sie vergessen hatte,

die Inschriften auf den Zellenwänden. Und das Gefühl dazu. Die Kraft von Worten. Sie ist es, die sich etwas vormachen will.

Zusammen mit Szymon, Maria und Pawel steht Lo vor dem Reichstag und schaut erst einem Reporter beim Witze machen und dann sich selbst beim Zuschauen zu. Das *Erste Deutsche Fernsehen* filmt sie dabei, wie sie *Erstes Deutsches Fernsehen* gucken. Lo hat die drei auf der Wiese getroffen, auf der sie sich von der Sonne hat wärmen lassen, nachdem sie aus dem Labyrinth herausgefunden hat. Sie hatten dasselbe Ziel.

Viele Leute sind noch nicht da, aber die Stimmung ist durchwegs optimistisch. Allen scheint alles möglich zu sein. Maria erzählt, dass sie Germanistik studiert und Szymon findet, sie sollten Bier trinken. Er verschwindet und kommt mit vier Dosen wieder: „Es gab keine Flaschen", entschuldigt er sich.

Als dann die erste Hochrechnung kommt, sind die vier in der Menge auf dem Bildschirm nicht mehr auszumachen, worüber Lo froh ist, denn ein Mann mit einem Mikrofon geht auf Stimmenfang, und sie möchte sich nicht schon wieder vor Fernsehdeutschland zum Affen machen. Was ungerecht ist: In Wirklichkeit war es ein sehr schönes Gefühl, als der Quizmaster, nachdem sie die Antwort eingelockt und ihre Mutter keinen Gebrauch von ihrem Vetorecht gemacht hatte, lachend meinte: Bougainville ist richtig.Und dann fielen Silberstreifen vom Himmel und sie einander in die Arme. Ihrer Mutter kamen die Tränen.

Der Mann mit dem Mikrofon kommt gefährlich nah, so dass die vier einen Kreis bilden, um nicht angesprochen zu werden. „Ich wähle nächste Woche zum ersten Mal", sagt

Maria, „Zuhause würde ich gern gefragt. Schade, dass man bei uns keine Frau wählen kann."
„Kann man bei uns auch nicht", sagt eine Frau Mitte Vierzig, die neben ihnen steht. Maria schaut erstaunt aus dem Kreis und streicht ihre langen weißblonden Haare aus dem Gesicht: „Aber ihr habt immerhin eine Kandidatin! Das ist doch gut." Die Frau sieht das nicht so, sie winkt ab und wendet sich wieder der Leinwand zu. Diejenigen, die dort ihre Meinung sagen, sind vorsichtiger, sie trauen auch den Zahlen noch nicht, noch immer ist überall Hoffen. Auch Lo hofft, obwohl sie sich der Absurdität des Gefühls bewusst ist. Es kommt ihr nicht wesentlich rationaler vor, als für einen Fußballverein Tränen zu vergießen.
Pawel, Maria und Szymon nehmen sie mit zu einer Bar, die keinen Namen hat und bei der man klingeln muss. Draußen über der Haustür baumelt ein Lockenwickler an einer Art Fahnenstange. „Das bedeutet geöffnet", erklärt Szymon, der seit drei Jahren in Berlin lebt. Drinnen sitzt man unter Trockenhaubenmonstern, die das Licht geben und Lo an alte Filme über amerikanische Provinzstädte erinnern.
Sie sind viel zu früh, die Einzigen außer zwei sehr großen Jungs, die in der Ecke Tischfussball spielen. Hinter der Bar läuft ein Fernseher mit einer Bildschirmdiagonale von höchstens zehn Zoll und die junge Frau mit den geflochtenen Zöpfen gibt ihnen die neusten Hochrechnungen bekannt und stampft vier Caipiroshkas. Sie trinken schnell und essen Erdnüsse, weil sie unterwegs keinen offenen Currywurststand gefunden haben. Sie hatten sich auf Currywurst versteift.
Als die beiden Zwei-Meter-Jungs, die offenbar selbst dort arbeiten oder wohnen, aufhören zu spielen, weil ihnen wahrscheinlich der Rücken vom Runterbeugen wehtut,

übernehmen die vier den Tisch. Maria will mit Lo gegen die Männer spielen. Die Männer schauen mitleidig, obwohl sie – nach Los Einschätzung – beide in Maria verliebt sind. Maria verteilt ihr riesiges Peppermint-Patty-Lächeln gerecht unter beiden.
Pawel will ihnen drei Tore Vorsprung geben. Jetzt schauen die beiden Frauen mitleidig. „Ihr dürft nicht drehen", sagt Szymon streng, nachdem Maria das zweite Tor mit wildem Kurbeln geschossen hat. Sie ist eigentlich Torwartin, aber sie stürmt aus der hintersten Reihe. Lo legt sich den Ball vor, täuscht an und dann knallt der Ball gegen die Rückwand des Tores und zum Glück nicht wieder raus. Pawel stöhnt und schaut sie an, als sehe er sie zum ersten Mal. Maria und Lo hüpfen. Szymon schiebt Pawel weg, um den Tormann zu übernehmen. Währenddessen hebt er die Hand mit vier Fingern. „Ihr wollt uns betrunken machen", jubelt Maria, „weil ihr sonst keine Chance habt."
Pawel und Szymon sehen aus, als wollten sie jetzt ernst machen und tatsächlich schießt Pawel zwei Tore gleich hintereinander. „Unhaltbar", sagt Lo zu Maria, die lacht. Als es fünf zu fünf steht, ist kein Ball mehr da. „Cholera", flucht Szymon, „wir hatten gerade einen Lauf." Alle vier saugen noch den letzten Alkohol aus den Limetten und verziehen das Gesicht. Dann bringen sie Lo zum Bahnhof Lichtenberg. Dass sie nach Warschau weiterfährt, ist seit der zweiten Hochrechnung ausgemachte Sache. Das geht ja nicht, dass sie noch nie in Polen war.

D 345 ab Berlin-Lichtenberg

Jetzt ist es halb sechs, genauso gut könnte es nachts um drei sein. In diesem Bahnhof gibt es keine Tageszeit. Er hat den Zug verschluckt, noch bevor sie die Vorhänge aufgezogen hat. Sie könnte überall sein, überall unter der Erde. Von der Zeit her muss es aber Warszawa Centralna sein. Sonst hätte sie der polnische Liegewagenschaffner nicht vor einer halben Stunde geweckt. Kawa?, hat er gefragt. Und sie hat ihn aus winzigen Augen angesehen und genickt. Sie hat den Kaffee stehen lassen, weil er zu stark war und es – wie immer – nur Kaffeesahne dazu gab. Jetzt fürchtet sie, dass auch das *Coffeeheaven* nicht überirdisch ist, auch wenn der Kaffee so schmecken soll. Maria hat ihr empfohlen, dort zu frühstücken, allerdings bezweifelt, dass es um halb sechs schon geöffnet hat.
Alle drei haben Lo wegen der Ankunftszeit bemitleidet, aber sie hat an ihre Pendlerzeiten zurückgedacht und die Vorstellung schön gefunden, das Gleis entlang zu spazieren, um unüberdacht das Morgenrot zu sehen. Weitsicht zu haben am Ende des Bahnsteigs, wo bloß Schienen und Zwischenräume sind, wo der Himmel mit einem Netz von Drähten gerastert ist und nur orangefarbene Menschen Zutritt haben. Dort wollte sie den Zeitraum überbrücken, in dem es für alles andere zu früh ist. Stattdessen ist sie in einem Tunnelbahnhof gelandet. Die Neonröhren an der Decke laufen auf einen Fluchtpunkt zu, der außerhalb des Sichtbaren liegt und Tageslicht verheißt. Sie will hier raus.

Mit schnellen Schritten erreicht sie den Zug am übernächsten Gleis, steigt ein und schreibt *Fluchtpunkt* in ihre

Wortliste. Sortiert sie alphabetisch, aber macht es dann rückgängig, weil die Liste auch eine Art Reisetagebuch sein soll.

EC 131 ab Warszawa Centralna

Rückgängig war schon immer ihre Lieblingsfunktion, *Ctrl Z* und die Welt ist wieder in Ordnung. Vor einigen Wochen nach einem langen Arbeitstag vor dem Computer hat sie bei einer Freundin lauter schmutzige Gläser und Teller in eine Spülmaschine mit sauberem Geschirr geräumt und dann eine Hundertstelsekunde lang ernsthaft nach *Ctrl Z* gesucht. Zuerst musste sie über sich lachen, hielt dann aber diese professionelle Deformierung genau wie ihre neue Kurzsichtigkeit für ein Zeichen, das sie nicht einfach übersehen sollte.

Lo schämt sich. Was würden Maria, Pawel und Szymon sagen, wenn sie wüssten, dass sie ausgerechnet in ihrer Heimatstadt einen neuen Kurzaufenthaltsrekord aufgestellt hat. Sie hat noch immer vor Augen, wie Pawel, Szymon und Maria am Bahnsteig stehen und ihr nachwinken. Maria auf einem Bein, ihre weiße Socke schwenkend, die sie extra dafür ausgezogen hat. Lo hätte gern ein Foto mit dem Handy gemacht, aber dann hätte sie nicht zurückwinken können. Sie geht in den Speisewagen und bestellt wieder *Kawa* und ein Glas Milch extra. Neben ihr liest jemand Zeitung. Zum ersten Mal kann sie wirklich nichts lesen. Nur die Fotos und die Prozentzahlen erkennt sie, nachdem sie ihre Brille aufgesetzt hat. Das Ergebnis ist denkbar knapp. Wirklich entschieden ist nichts. Lo denkt, dass sie wieder in ein deutschsprachiges Land muss, wenn sie verstehen will, was passiert. Sie schreibt eine SMS an Sandra. *Und jetzt? Was glaubst du? Jamaika? Ich bin zwischen Warschau und Wien. Vielleicht bis Samstag. Kuss Lo* Dann leitet sie die gesendete SMS an Markus weiter, der

immerhin Politikwissenschaft studiert hat. Sie ändert nur den Schluss.
Markus antwortet sofort. Er habe ihr gemailt und mache sich schon wieder Sorgen. Ruf doch mal an! Er glaubt an eine große Koalition. Sie findet es seltsam, dass es sie, seit sie unterwegs ist, viel mehr interessiert, was in ihrem Land passiert. Manchmal denkt sie auch, sie müsste besonders gut informiert sein, falls jemand wie Maria sie nach irgendetwas fragte. So wie sie jetzt manchmal denkt, sie müsse im Ausland einen guten Eindruck hinterlassen, als eine Art reisende Botschafterin zur Bekämpfung von eigenen und fremden Vorurteilen.
„Katowice", sagt der Kellner, der Milch und Kaffee bringt, weil sie im Plan die Stadt sucht, durch die sie gerade fahren. Viel Industrie, viele Hochhäuser, sie weiß nichts darüber. Er sagt, er sei dort geboren. „Deutsch ist die Sprache meiner Mutter", sagt er, „woher kommen Sie?" Lo weiß nie, ob sie die Stadt nennen soll, in der sich ihre Wohnung befindet oder die, in der sie geboren ist. Sie entscheidet sich für Dortmund. „Da gibt es auch viel Bergbau, oder? Mein Vater war Bergmann." Bevor sie noch etwas darauf sagen kann, wird er an einen anderen Tisch zum Zahlen gerufen. Nachher kommt er zu ihr zurück und erzählt, dass sein Vater an den Folgen seiner Arbeit gestorben ist. Zum Glück gäbe es jetzt auch bessere Jobs in der Stadt. Aber er habe keinen davon erwischt. Er lacht. „Was macht Ihr Vater?" Wieso, fragt sich Lo, hat dieser Mann so viel Zeit bei ihr herumzustehen. Und schämt sich schon wieder, weil ihr Vater Arzt ist und noch lebt. Sie sagt Arzt. Er schaut sie prüfend an: „Arzt ist gut. Manche Ärzte sind gut. Manche sind Arschlöcher." Sie weiß nicht, wo er ihren Vater einordnen würde, und ob man seinen hätte retten können. „Und

Sie?“ Lo möchte zahlen. Sie möchte nicht schon morgens um neun erklären, warum sie freiwillig, oder nennt man das mutwillig, einen guten Job aufgegeben hat. Dass sie im Mittelwohlstand geboren und auch noch mithilfe ihrer Halbbildung zu einem Haufen Geld gekommen ist. „Ich möchte zahlen“, sagt sie lächelnd, so dass er ihr nicht böse sein kann, „ich muss ein bisschen schlafen.“ Sie geht ins Abteil zurück und wacht erst kurz vor Ostrava wieder auf.

IC 142 ab Ostrava-Svinov

Nachdem die Frau im hellblauen Strickpulli mit dem blonden Jungen auf dem WC war, ist es nicht mehr zu benutzen. Lo denkt, dass er wohl noch nicht zielen kann. Ihr ist blümerant, sie hat ja auch nichts als Milch und Kaffee im Bauch. Waren das Tiere oder Baumstümpfe, da draußen in der Wiese? Manchmal würde sie gern zurückspulen. Über Tiere an der Bahntrasse freut sie sich immer. Hasen, Fasane oder Rehe. Ansonsten bietet die Aussicht nicht so viel Abwechslung, wie sie erwartet hatte. Sehen die Wälder hier anders aus als in Bayern? War die Landschaft in Südfrankreich schöner als die in Kastilien? Wirklich beeindruckt ist sie bloß von Bergen und Weite. Große Himmel oder zerklüftete Felsen berühren sie.
Der slowakische Schaffner ist auffallend groß und erinnert sie mit seinen zusammengewachsenen Brauen an Jean-Philippe. Sie weiß wirklich nichts über ihn. Vielleicht wählt er Le Pen oder betrügt seine Frau. Vorgestern hat sie zuletzt von Frank gehört. Danach das Handy nicht wieder angestellt. Auf Bahnhöfen ist die Uhrzeit unübersehbar. Dafür muss sie nicht auf ihr Handy schauen.
Die Orte sind hier so flach, selbst die Kirchtürme sind niedrig. An einem kleinen Bahnhof steht ein grüner Speisewagen mit Spitzengardinen an den Fenstern. Hinter ihr telefoniert ein Mann mit einer sehr angenehmen Stimme. Auch die Begrüßungen durch den Lautsprecher gefallen ihr, obwohl oder vielleicht auch weil sie nichts versteht. Mitten im Nirgendwo feiert die Feuerwehr auf einer Wiese ein Fest. Der blonde Junge ruft bei jedem Fluss *Voda*. Ihr erstes slowakisches Wort.

EN 466 ab Wien Westbahnhof

Aus Gründen, die sich auch ihren zahlreichen Mitreisenden nicht erschließen, gibt es in diesem *Wiener Walzer* an der Stelle, wo die Liegesessel sein sollten, nur einen bunttapezierten österreichischen Großraumwagen, der mit Menschen, Gepäck und Kleidungsstücken vollgestopft ist. Weil die Liegewagen belegt sind, schlägt sich Lo zum ungarischen Speisewagen durch.
Auf einem Papierschild an der Tür steht: *Es tut uns leid, Sie zu informieren, dass es nicht die Möglichkeit von mit einer Credit oder Debitkarte zur Zeit zahlen an Bord gibt.* Damit hatte sie sowieso nicht gerechnet. Innerlich lässt sie die maschinelle Übersetzung hochleben. Wahrscheinlich ein Bereich der Datenverarbeitung, der mehr neue Arbeitsplätze schafft als einspart, wenn man an die ganze Nachbearbeitung denkt. An der Wand hängen Fotos von Müttern mit Kindern im Liegewagenbett. In die Länge gezogen. Die Perspektive täuscht eine Bequemlichkeit vor, die sie noch in keinem ihrer Nachtzüge gefunden hat.
Sie setzt sich zu einem jungen Mann an den Tisch und bestellt Rotwein. Der junge Mann ein weiteres Bier. Lo fragt sich, wieso der Kellner mit ihr Englisch redet, mit dem Mann aber Deutsch, wo doch sie Deutsch spricht und der junge Mann Schweizerisch? Der ungarische Rotwein schmeckt ihr. Sie isst Frittatensuppe dazu.
Schon die zweite heute. Weil es in Wien in Strömen geregnet hat, ist sie in einem Café gegenüber vom Bahnhof geblieben, in dem die Kellner besonders unfreundlich waren, und hat in fünf verschiedenen Zeitungen alles über die Wahl gelesen.

In ihrem toten Winkel sagt eine junge Frauenstimme: „Warum müssen die mir auch gleich ein Herz geben? Und noch dazu ein blutendes?“ Die Antwort versteht sie nicht, weil noch weiter hinten drei junge Männer gleichzeitig über etwas lachen. Ein Mann mit Glatze kommt in den Wagen und fragt sie, ob es ihr hier besser gefalle. Erst als er mit drei Bieren wieder draußen ist, erinnert sie sich, dass es der Wiener ist, der im Großraumwagen den Platz schräg gegenüber hatte. „Ich hab das Gefühl, Klappen bluten mehr als Bypässe“, sagt die Stimme von vorhin. Eine andere erwidert: „Mir hat Tina das letzte Herz vor der Nase weggeschnappt, dabei kann die das noch gar nicht. Stell dir vor, du hast irgendwann dein Diplom und kannst kein Herz abholen.“ Auch der Schweizer hat jetzt den Kopf gehoben, vergewissert sich über den Anblick ihrer großen Augen, dass sie das gleiche verstanden hat, und grinst. Dann zeigt er auf ihren Handheld, den sie zusammen mit dem Handy auf den Tisch gelegt hat: „Bist du mit dem zufrieden?“
Freddy ist Vorarlberger, Programmierer und Netzwerkspezialist. Er kennt sich überhaupt mit allem aus und hilft Lo eine Bluetooth-Verbindung zwischen Handy und Handheld herzustellen. Die beiden Geräte liegen nebeneinander auf dem Tisch und blinken blau. Sie beobachten sie aufmerksam, als wohnten sie der seltenen Zoobegattung zweier Wasserfrösche bei. „Sie erkennen einander“, sagt Freddy zufrieden. Lo tippt auf *Ok* und die Kontaktdaten wandern über den Tisch. Freddy arbeitet bei einer Software-Design-Firma in Liechtenstein. „Kommen wir da durch?“, fragt Lo, nimmt sich aber vor, ihm nicht von ihrer Länderstatistik zu erzählen.
Stattdessen reden sie über *Natural Language Processing* und *Nomadic Working*. Über Absurdität im Allgemeinen kommen

sie auf Bernd Pfarr. Zwischendurch kehrt der Wiener zurück, um Nachschub zu holen: „Du sitzt ja immer noch hier!“, bemerkt er. Freddy war letztes Jahr auch bei der Pfarr-Ausstellung in Hannover und mag besonders das Bild mit dem jonglierenden Bär, der den Stau aus dem Nichts verursacht. Sie bestellen weiter Wein und Bier, bis sie bemerken, dass sie die Letzten sind. Zwischen Innsbruck und Feldkirch flüstern sie im Stockdunkeln weiter. Die ungarischen Speisewagenmitarbeiter schlafen eingerollt auf den Bänken am anderen Ende des Wagens. Um halb fünf ruft Freddys Freundin an und besteht darauf, ihn in einer Viertelstunde mit dem Auto abzuholen. Lo winkt in Feldkirch, dann geht sie doch noch auf ihren Platz zurück. Ein kleines blondes Mädchen schiebt seine Füße unter die Achseln der Mutter, die gegen die Fensterscheibe gelehnt schläft.

Basel SBB

Das neunte Land, wenn man Liechtenstein nicht mitzählt. Sie nimmt eine Zeitung von der Garderobe und bewundert die hohe Decke des Lokals, das *Brasserie* heißt. Während sie noch auf die riesigen nicht unbedingt schönen Bilder und den Schriftzug *Varieté de Bâle* starrt, kommt der Kellner und fragt, was sie will. „Milchkaffee und Croissant, bitte", sagt sie. „Schale und Gipfeli, gerne", sagt er. „Schale?", wiederholt sie fast mechanisch, aber da ist er schon wieder weg. Die Frau am Nebentisch kommt ihr lachend zu Hilfe. „Das heißt so bei uns, ist ein Milchkaffee, warst du noch nie in der Schweiz?" Sie gibt Lo die Hand: „Julia, ich darf dich doch duzen." Lo nickt und da kommt schon ihr Frühstück. „Doch, als Kind war ich schon mal in der Schweiz, aber da durfte ich noch keinen Kaffee trinken." – „Und was führt dich zu uns", fragt Julia und lacht dabei, als wäre sie die Empfangsdame der Schweiz. Die für willkommene Gäste. In einem Auffanglager sieht Lo sie definitiv nicht.
Sie erzählt mal wieder von ihrer Odyssee und Julias ohnehin schon sehr große Augen werden noch größer. „Verrückt, da hast du ja in der letzten Woche zehntausend Streckenkilometer gemacht!" Julias Stimme wird heller. „Und nie irgendwo übernachtet?" Lo stellt fest, dass sie stolz darauf ist, zählt die Nachtzüge und *CityNightLines* auf, sie könnte sogar zum Beweis die Tickets hervorholen, bis zum *InterRail*-Kauf hat sie alle aufbewahrt. Nur das von Hendaye nach Paris liegt vermutlich im Papierkorb einer Bäckerei. „Machst du eine Reportage?" Daran hat sie nie gedacht. „Nein, ich sammle bloß Fahrscheine." Julia lacht wieder. „Du solltest etwas darüber schreiben. Kannst du

schreiben?“ Lo denkt, dass sie ihre Handlung doch schon an Thomas verschenkt hat, wovon er allerdings nach Rita nie mehr gesprochen hat. „Was meinst du mit schreiben“, fragt sie. Ihr letzter Text war ein Aufsatz über die Extrahierung von Wortneuschöpfungen aus großen Sprachkorpora und deren Systematisierung.

„Weißt du was, probier's doch einfach mal! Ich bin Redakteurin bei *VIA*, beim Schweizer Bahnmagazin. Du könntest doch was für uns machen. Eine Kolumne zum Beispiel.“ Julia winkt dem Kellner, der sie ohnehin die ganze Zeit nicht aus den Augen gelassen hat. „Komm, wir trinken einen Prosecco auf dein Unternehmen. Musst dich auch noch gar nicht entscheiden.“ Lo stößt mit Julia auf das Nicht-Entscheiden-Müssen an, Julia mit ihr auf das Unternehmen, das Lo eigentlich für Unternehmensbegrenzung hält, aber das sagt sie nicht, weil sie sich über das freut, was Julia ihr zutraut.

Julia ist wegen der De Kooning-Ausstellung in Basel. Sie macht einen Bericht. Dann muss sie nochmals nach Bern und abends mit dem Nachtzug nach Leipzig und Halle. „Im Bahnhof Halle hängen die Gewinner vom *World Press Award*. Nächstes Jahr soll die Ausstellung auch in die Schweiz wandern. Kommst du mit?“ Sie stoßen nochmals an. „Gern, ich hatte ohnehin noch kein neues Ziel.“ Julia hat schon eine Reservierung im Einzelschlafwagen. Lo sichert sich einen Platz im Vierer-Liegewagen-Damenabteil und steigt dann allein in einen Zug, der nach Ziegelbrücke fährt, weil ihr der Name des Ortes gefällt.

EC 9 ab Basel SBB

Hier ist Dort steht auf einem Plakat mit einem gemalten Frauengesicht. *Dort ist Hier* steht auf einem zweiten daneben. Als sie aus einem langen Tunnel hervorkommen, ist es auf einmal bewölkt. Einen Moment lang hält Lo es für möglich, dass der Kühlturm zur Linken all diese Wolken produziert. Aber es wird eher noch wolkiger, als sie sich vom AKW entfernen.

Hier endet fast jeder Ort mit *Wil*. Ob *Wil* vielleicht Weiler entspricht und ob es auch Langwil gibt. Ihr ist Langeweile fremd. Es sei denn, sie wird zu etwas gezwungen. Und selbst dann gelingt es ihr meistens, sich im Kopf zu unterhalten.

Aus dem Unterdeck des Wagens hört sie, dass sie jetzt auf dem Oberdeck von der *Elvetino Railbar* bedient wird. Der Verkäufer mit der kleinen Brille und den dunklen Bartstoppeln tanzt und singt durch den Wagen. Er fragt jeden Fahrgast: „Dasselbe wie immer?" Ihr erklärt er in gebrochenem Deutsch: „Heute Sonderpreise, alles fast ausverkauft, aber ich extra für Sie reserviert." Lo kauft ein Käsesandwich. „Extra für Sie, letztes Sandwich, wie finden Sie das?" Er lacht. Seine Performance erheitert den ganzen Wagen. „Sie sollten Weiterbildungskurse für Verkauf geben!", sagt die ältere Frau am gegenüberliegenden Fenster. Ein Schweizer sagt zu seiner deutschen Nachbarin, dass ein Schweizer nie so aufgestellt sein würde, bei solch einem Job. Sie könnte eine Reportage über Minibarkeeper machen. Wie unterschiedlich sie in den verschiedenen Ländern auftreten. Wie ihre Arbeitsbedingungen sind. In Deutschland hat sie einen gesehen, der die Preise für Getränke und Snacks auf der

Rückseite seines T-Shirts stehen hatte. Das kam ihr unwürdig vor, als Preisliste durch einen Zug laufen zu müssen. Und sie hat auch den Sinn nicht verstanden. Soll man dem Mann, wenn er mit dem Wagen bereits vorbei ist, nachrufen, dass er zurückkommen solle. Bei solchen Schnäppchenpreisen nehme man doch eine Cola.

CNL 50478 ab Zürich HB

Sie ist zu früh dran. Dabei hat sie in Einsiedeln auf einer Bank zwei Stunden geschlafen. Einsiedeln, weil sie es auf dem Streckenplan neben dem WC entdeckt hatte, und Ziegelbrücke kein richtiger Ort war. In der Schweiz, hatte sie gedacht, kommt Einsiedeln der Wüste sicher am nächsten.
Als sie ihr Damenabteil findet, ist es schon fast voll. Oben rechts liegt ein Mann Mitte Fünfzig. Unten stehen zwei Frauen. Die ältere sortiert die Koffer. Es ist zwar ein Schlafwagen, aber das Abteil ist furchtbar eng. Bevor sie noch etwas sagen kann, stürmt der Schaffner, der vorhin noch draußen eine geraucht hat, auf Lo zu: „Ich kann nichts dafür! Dass Sie da jetzt einen Mann drin haben." Auf seinem Namenschild steht Herr Leiner. Sie versucht sich auch in das Abteil zu zwängen. Die junge Frau weicht erschrocken zurück. Ihre Mutter redet ihr gut zu. Erst jetzt realisiert Lo, dass die Tochter eine Behinderung hat. „Es tut mir sehr leid, aber sie haben uns dieses Abteil gegeben. Am Schalter hat niemand *Damen* gesagt." Die Dame versucht Lo möglichst viel Platz zu machen. Der Herr lächelt entschuldigend von oben: „Ich kann leider nicht zur Frau werden", sagt er, als hätte er es schon vergeblich versucht.
„Wir kriegen das schon hin. Sie gehören jetzt einfach zur Familie." Die Frau lacht so herzlich, Lo hat ein schlechtes Gewissen, dass sie trotzdem lieber ein Abteil für sich alleine hätte, und fragt sich, ob sie das auch hätte, das schlechte Gewissen, wenn die Tochter nicht behindert wäre. Der Gedanke macht ihr ein noch schlechteres. „Wenn mein Mann schnarcht, stoße ich ihn einfach an", sagt die Dame jetzt, „nicht, Kurt, das machen wir schon." Kurt ist schon beinahe

eingeschlafen, die Tochter will wissen, wann es endlich losgeht, und beginnt sich bei offener Tür auszuziehen. Lo stellt sich in den Gang, weil es so eng ist, und die Dame erzählt ihr, dass sie mit Stefanie, so heißt ihre Tochter, nachts oft raus müsse und dass sie zu dritt den ältesten Sohn besucht haben: „Er wohnt jetzt schon sieben Jahre in Zürich." – „Und sehen Sie sich oft?", fragt Lo und macht sich dünn, weil sich ein dicker Mann mit dicker Aktentasche an ihr vorbeidrängt. „Eine Woche im Jahr sind wir dort und einmal pro Jahr kommen sie nach Leipzig", sie strahlt, „den Kleinsten haben wir zum ersten Mal gesehen." Sie dreht sich um, um Stefanie zu helfen, die Mühe mit dem Nachthemd hat.
Lo fragt sich, wo Julia bleibt. Nun muss sie doch das Handy anstellen, so weit draußen auf dem Gleis steht keine Uhr mehr. Nachdem sie den PIN-Code eingegeben hat, kommen mehrere SMS an, die letzte von Julia: *Stecke fest, es hat wohl einen Unfall gegeben. Werde es leider nicht auf den CNL schaffen. Melde mich wieder. Gute Reise. Herzlich Julia.* Lo hatte sich auf die Fahrt mit Julia gefreut. Darauf, mit ihr im Speisewagen zu essen und zu reden und nicht allein zu sein. Sie schreibt zurück: *Das ist ja wirklich Mist. Vielleicht wartet ja der Zug. Wir stehen noch.* Aber da bewegt er sich schon und sie korrigiert: *Wir fahren los. Kann ich vielleicht dein Abteil nehmen? In meinem Damenabteil ist ein Mann. Klar,* antwortet Julia und gibt die Nummer durch. Sie hat immer die Luxusklasse, wegen ihres Jobs. Lo sagt sich, dass die Familie selbst froh darüber sein wird, mehr Platz zu haben und ungestört zu sein, aber sie kommt sich trotzdem vor wie die Leute, die in der ersten Reihe im Theater immer Angst haben, sie würden einbezogen.
Als Herr Leiner mit Wolldecken beladen bei ihr vorbeikommt, hält sie ihn an und erklärt ihm die Lage. „Das ist

wirklich unmöglich, dass die mit einem Mann im Damenabteil sind. Das steht doch auf dem Ticket. Da muss man doch draufgucken", murmelt er vor sich hin und Lo widerspricht ihm. Das könne doch schließlich mal passieren, so eine Fehlbuchung. Sie möchte nicht, dass es wirkt, als stünde sie auf seiner Seite, nur weil er auf ihrer steht. „Welche Nummer hatte die Dame, die nicht kommt?" Herr Leiner geleitet sie zu einem Deluxe-Abteil. „Dürfte ich eigentlich gar nicht", sagt er leise. „Das könnten wir ja noch weiterverkaufen, aber in Ihrem Fall." Er zwinkert und zeigt ihr Dusche und Toilette, Lo ist beeindruckt und trinkt erst mal den Saft, der auf dem Tisch steht.

Dann macht sie sich auf den Weg zu ihrem ursprünglichen Abteil. Stefanies Mutter freut sich mit ihr: „Das ist ja prima, dann wünsch ich Ihnen eine bequeme Reise und eine gute Nacht." Kurt nickt dazu und Stefanie liegt schon eingerollt mit dem Gesicht zur Wand. Lo entschuldigt sich für die Störung und wünscht gute Heimreise. Dann geht sie allein in das zehn Wagen entfernte Zugrestaurant und bestellt Wein und Fisch.

Zwei Tische weiter sagt gerade eine deutsche Frau mit platinblonden Haaren zum Schweizer Kellner: „Die Schweizer sind schon ein liebes Völkchen." Der Kellner lächelt die Dame freundlich an. Das Schlimmste an Klischees ist ja ihre andauernde Bestätigung. Nachdem Lo zuerst innerlich eine andere Staatsbürgerschaft beantragt hat, hält sie es einen kurzen größenwahnsinnigen Moment lang für möglich, eine Mission zu haben. Sie wird deutsche Bescheidenheit in die Welt tragen.

Gleichzeitig mit dem Fisch kommt auch eine SMS von Julia: *Euer Zug wartet in Basel auf unseren. Ich schaffe es doch noch.* Lo schreibt zurück, schlingt den Fisch runter und kippt den

Wein hinterher. Sie muss daran denken, dass ihr Großvater immer gesagt hat, dass so ein Fisch schwimmen muss. Von Eile beim Essen und Trinken hielt er allerdings nichts. Lo denkt oft an den Großvater, alle paar Monate träumt sie ihn herbei, als Lebenden oder lebendigen Toten. Er war Reisender. *Wie ich jetzt,* würde sie gern sagen, aber er hat damit sein Geld verdient.

„Ich habe gerade gehört, dass der Zug warten muss", sagt Herr Leiner, als sie außer Atem bei ihm ankommt. „Sie hätten sich nicht so beeilen müssen."
Bei der Familie aus Leipzig ist die Tür schon zu. Lo geht leise rein, die Mutter ist noch wach: „Kein Problem, da müssen Sie sich doch nicht aufregen", flüstert sie, weil Lo sich schon wieder entschuldigt. Von hinten tippt Herr Leiner ihr auf die Schulter und flüstert ebenfalls: „Ich hab ein ganz leeres Liegewagenabteil für Sie, was sagen Sie?" Sie steht mit dem Rucksack zwischen Bett und Tür. Vor ihr lächelt die nette Frau, hinter ihr der freundliche Schaffner. Rückwärts geht sie wieder raus und sagt noch drei Mal *Danke* und *Gutnacht.* Herr Leiner geleitet sie zwei Wagen weiter in ein Sechserabteil und übergibt sie seiner Kollegin.
Als sie endlich wieder im Speisewagen sitzt, einen zweiten Wein in kleinen Schlucken trinkt, ist sie froh, dass Julia auf ihr Fragen hin von sich erzählt. Fotos hervorholt. Ihr Mann und die zwei Kinder. Alle drei sehen süß aus. Der Mann ein bisschen wie ein zerstreuter Professor. Heutzutage gibt es ja schon sehr junge Professoren, denkt Lo und bewundert das Fachwerkhaus, das hinter der Familie steht, und die Katzen, die in der Wiese liegen.
„In ein paar Tagen fahren wir an die Riviera", sagt Julia und dass Lo sie dort unbedingt besuchen solle, es sei wunder-

schön und das Meer sicher noch warm. *Das Meer,* denkt Lo und verspricht es. „Ruf einfach kurz vorher an und komm vorbei, wir sind zehn Tage in Diano Marina. Dort können wir dann auch schon Näheres wegen der Kolumne besprechen.“ Lo sagt zu, so unverbindlich sie kann. „Ich frage inzwischen in der Redaktion nach und du lässt es dir einfach mal durch den Kopf gehen“, sagt Julia und Lo hält das für einen guten Zeitpunkt, um von ihren Überlegungen zu den Minibarverkäufern zu erzählen. Julia nickt, während Lo redet, und sagt dann, dass ein Freund von ihr das eine Weile gemacht habe. Er sei Jurist aus dem Iran und könne in der Schweiz nicht in seinem Job arbeiten, wegen des Rechtssystems. „Das ist Knochenarbeit, wirklich, ich bewundere jeden, der dabei lacht und freundlich ist. Obwohl kaum Aussicht auf Trinkgeld besteht.“ Und das sei eigentlich eine gute Idee, wenn nicht ausgerechnet im nächsten Heft das Porträt von dem Railbar-Mitarbeiter aus Ghana erschiene. Sie zündet sich eine Zigarette an.
„Können sich eigentlich alle Deutschen so schlecht entscheiden?“, fragt sie plötzlich, und Lo fühlt sich angegriffen, allgemein und im Besonderen. „Ich meine wegen der Wahl. Das ist ja ein bisschen wie bei dir. Weder bleiben noch ändern.“ Julia stützt ihr Kinn auf den Händen ab, die Ellbogen auf dem Tisch und scheint nachzudenken. „Aber bei der Wahl liegt es doch am Mangel der Alternativen, nicht an deren Überfluss.“ Von der Wahl zu sprechen, findet Lo in Ordnung. Damit hat sie kein Problem. „Natürlich bist du nicht wie die deutschen Wählerinnen“, Julia betont das *die* und macht eine Pause zwischen *Wähler* und *innen,* „aber es gibt doch eine Parallele hinsichtlich der Unbeweglichkeit.“ – „Du findest mich unbeweglich? Heute Morgen hast du noch meine Kilometer gezählt?“ – „Ja, natürlich, ich

meine ja *innen*", sagt Julia und lächelt dabei, als meine sie es nicht ganz ernst. „Wenn ich wollte, dass mir jemand ungefragt die Meinung sagt, hätte ich meine Schwester besucht", sagt Lo und lächelt auch.
Julia legt die Hand auf ihren Arm und entschuldigt sich. „Weißt du", sagt sie, „ich habe mir bloß heute den ganzen Tag darüber Gedanken gemacht, was dich wohl treibt. Aber ich bewundere dich nach wie vor dafür. Ich würde mich das gar nicht trauen, alles hinter mir zu lassen und ohne Perspektive zu sein."
Erst als sie in ihrem Bett liegt, liest Lo die anderen SMS. Alle drei sind von Frank und er hat sie sogar von seinem Handy aus geschickt. Er will sie unbedingt sehen. Fährt auch eine Strecke mit ihr, wenn es sein muss. Lässt sogar Basketball ausfallen. Morgen Abend um halb sechs will er in Dortmund zu ihr in den Zug steigen, sie soll ihm noch den Wagen durchgeben, möglichst nicht Großraum.

IC 2142 ab Halle (Saale) Hbf

Ihr Blick ist müde. Lo kann gar nichts mehr festhalten. Ihr ist, als ob es tausend Scheiben gäbe. Sie muss Bummelzüge nehmen, denkt sie. Sie muss langsamer unterwegs sein. Es geht alles viel zu schnell.
Die prämierten Fotos in Halle waren eindrucksvoll. Aber das Bild mit der trauernden indischen Frau war verstörend. Neben ihr sieht man den Arm einer Leiche. Lo wollte automatisch wegzoomen. Julia hat draußen auf sie gewartet, weil es ihr zu viel war.
Eben, als Lo zur Toilette wollte, ist sie jemandem auf den Schoß gefallen. Sie hält auch die Klos nicht mehr aus. Ihre Unterhose ist nass geworden, weil sie nicht aufgepasst hat. Weil sie sich nicht hinsetzen wollte. Sie hat sie ausgezogen und in den Mülleimer geworfen. Jetzt fühlt sie sich nackt, obwohl sie eine Hose trägt.
Sie kommen an einem leeren Schwimmbecken vorbei, das ganz allein in die Landschaft eingelassen ist. Es hat schmutzig braune Ränder. Ein Stück weiter steht von einem Versorgungskontor nur noch eine Wand und daneben parkt ein weißer Kleintransporter mit dem Schriftzug Mobildiskothek.
Neben Lo sitzt ein Zugführer und liest. Sie fragt sich, was er liest und wieso er ohne Not gegen die Fahrtrichtung sitzt. Wahrscheinlich hat er den Zug nach Leipzig gefahren und jetzt hebt er die ganze Strecke rückwärts wieder auf, nur ein paar Wagen hinter seinem Zugführercockpit. Ob er nicht erster Klasse fahren darf. Oder will er nicht. Sie erkennt, dass es eine Fachzeitschrift für Eisenbahner ist. Draußen viel Himmel, Schornsteine, Obstbaumalleen, eine stehende Uhr auf einem leer stehenden Haus. „Hunger, Durst,

Essen, Trinken", ruft der Minibarverkäufer und schiebt den Wagen an ihr vorbei, der Lo jetzt viel schwerer vorkommt.

Ost-Westfalen hat sie verschlafen. Warum nicht einfach abbrechen. Nach Hause gehen. Baden. Frank dorthin bestellen. Mit ihm schlafen. Zusehen, wie er im Bad verschwindet, frisch geduscht herauskommt, sich langsam im Türrahmen anzieht, bevor er ihr einen Kuss zuwirft und geht. Danach sofort einschlafen und frühestens nach vierundzwanzig Stunden wieder aufwachen.
Sie sieht ihn mit langen Schritten den Bahnsteig herunter kommen. Er hat sich wieder Bart wachsen lassen. Das geht schnell bei ihm. Weder Anne noch Lo gefällt diese Kombination aus Schnurr- und Ziegenbart, aber er fühlt sich anscheinend wie alle drei Musketiere zusammen. Lo hat sich immer seinem Geschmack entsprechend gekleidet, wenn sie verabredet waren. Sie weiß genau, was er schön findet. Zuerst schließt er Tür und Vorhang, dann setzt er sich ihr gegenüber und schaut sie an. „Gut siehst du aus", sagt er, „wild und abenteuerlich, wie aus einem Road-Movie." – „Rail-Movie", widerspricht sie. Er nimmt ihre Hände: „Du bist schon viel zu lange weg."
Sonst hat meist Lo die Gelegenheiten geschaffen. So viel Initiative wie heute hat Frank nur in den ersten Wochen ergriffen. Bevor er mit Anne zusammen kam. Lo hielt diese Wochen für ihren gemeinsamen Anfang. Manchmal denkt sie, dass Frank das ausgeschlossen hat, weil sie gleich am ersten Abend zusammen im Bett waren. Er zieht sie zu sich, auf seinen Schoß und küsst sie. Dass sie ihn so gerne küsst, erscheint ihr jetzt kontraproduktiv.
„Willst du gar nicht wissen, was ich erlebt habe", fragt sie und legt den Kopf in den Nacken. Er fährt mit seiner Hand

in das rechte Bein ihrer weiten Hose. „Sicher! Aber wir haben doch nur so wenig Zeit!“, links und rechts von seinen großen weichen Lippen vertiefen sich die Mir-kann-man-nicht-böse-sein-Grübchen.
Sie weiß, wie es weitergeht, und ärgert sich über sich selbst, weil sie nicht nochmals auf die Toilette zurückgekehrt ist, um sich umzuziehen. Weil sie stattdessen eingeschlafen ist und weil es sogar möglich wäre, dass ihr Unbewusstes etwas damit zu tun hat. Unter ihrem Po spürt sie, dass Frank realisiert hat, dass sie keinen Slip trägt, und denkt, es sei seinetwegen. Er hat ihr schon immer mehr Freizügigkeit zugetraut als sie sich selbst. Aus irgendeinem Grunde hält er sie seit ihrer ersten Begegnung auf einer Wohnheimparty für aufregend und ungezügelt.
Franks Augen sind geschlossen, seine andere Hand fährt unter ihr T-Shirt, und Lo denkt zuerst, dass in Dortmund Personalwechsel war, und dann, dass sie jetzt nicht mehr Franks Abenteuer sein will. Abrupt rutscht sie von ihm runter und fragt ihn, wie es eigentlich seiner seriösen Freundin gehe. Dabei versucht sie nicht zwischen seine Beine zu sehen, weil sie noch immer nicht frei davon ist, sich für eine durch ihr Mitwirken entstandene Erektion verantwortlich zu fühlen.
Frank antwortet nicht. Jetzt tut es Lo fast schon wieder leid, dass sie alles verdorben hat. Sie hätten zwischen Gelsenkirchen und Essen miteinander schlafen können, denkt sie und dass das vielleicht wirklich wild und abenteuerlich gewesen wäre. Vielleicht sogar ein bisschen riskant. Vielleicht sogar schön.
„Du willst von mir immer nur die Highlights, immer nur die spannenden Szenen, Elfmeterschießen“, sagt sie und merkt, dass sie sich verrennt. Auch wenn es stimmt, dass

Frank jemand ist, der lieber die Zusammenfassung im Sportstudio sieht als ein ganzes Spiel. „Ich bin kein Cabrio", sagt sie dann. Er zieht die Augenbrauen über seinen wasserblauen Augen zusammen. Wie soll er das auch verstehen können. Beide rücken so weit wie möglich voneinander ab.

Frank redet nie viel. Er ist ein stiller Typ und Lo hat ihn lange für geheimnisvoll gehalten. Wenn er redet, macht er Witze, spricht vom Basketball oder sorgt sich um einen seiner Freunde. Lo glaubt, dass er ein guter Freund ist. Dass er vielleicht sogar gut für Anne ist. Er ist häuslich, attraktiv, praktisch veranlagt, humorvoll, kann kochen und redet immer nur positiv von ihr. Sie selbst ist sein einziger Haken, denkt Lo und dass sie sich manchmal zumindest vordergründig gewünscht hat, er würde sich für sie entscheiden, aber wahrscheinlich hätte sie ihm nicht mal bis zum nächsten Basketballabend getraut. Er rutscht zu ihr rüber und nimmt sie in den Arm. „Aber es war doch immer alles klar zwischen uns, du brauchst mich doch nicht, Lo, du wolltest doch auch nie, dass ich Anne verlasse." Sie nickt und versucht den Wasserstand in ihren Augen unter der Lidkante zu halten. „Aber ich will das hier auch nicht mehr! Ich will was anderes." Frank schaut sie ratlos an. Warum er was anderes mit Anne wollte und nicht mit ihr, traut sich Lo auch jetzt nicht zu fragen. Obwohl sie sich ewig an den Tag erinnern wird, als er es ihr sagte, am Telefon.

Sie fahren aus Düsseldorf raus. Gleich neben der Bahnlinie sieht sie Frauen halbnackt an ihren Fenstern stehen. Ihre Handynummern stehen gut lesbar daneben, so dass man schon vor der Ankunft anrufen kann, um keine Zeit zu verlieren. Eine Frau kämmt sich die langen braunen Haare, die ihre üppigen Brüste halb verdecken.

„Aber wir sehen uns doch noch", sagt Frank. „Einfach so, meine ich, wir können doch noch zusammen ins Kino gehen." Sie muss an den Namen des Films denken, von dem sie beide höchstens die ersten zehn Minuten mitbekommen haben.
„Jetzt fahre ich erst mal weiter und suche mir einen Job in einer Stadt weit weg von dir." Wenigstens ein bisschen leiden soll er, denkt sie. Und das tut er auch. Er hält ihre Hand, bis sie in Köln sind, dann kauft er ihr ein Buch, eine kleine Holz-Tigerente und etwas zu essen für die Reise, bringt sie an den Zug nach Mailand und drückt sie zum Abschied fest an sich.

NZ 301 ab Köln Hbf

Es ist voll und warm im Abteil, Lo liegt links unten, über ihr vier schnarchende und hustende Männer. Sie spürt die Bazillen in der überheizten Luft auf sich zusteuern. Wenn sie wenigstens wieder Musik hätte, um die Geräusche zu übertönen. Mit einem Mal kommt es ihr gänzlich verrückt vor, dass sie freiwillig auf so engem Raum mit vier fremden Menschen liegt. Und auch noch vorhat, in den schutzlosen Zustand Schlaf zu fallen. Sie möchte nicht mehr unter fremden Menschen schlafen. Sie muss auf ihre Wertsachen achten, die in der Ecke hinter ihrem Kopf liegen.
Sie will einen geschützten Raum, ihre eigene Luft atmen, es gibt hier nur circa sieben Kubikmeter Luft für fünf Personen. Das Buch, das Frank ihr geschenkt hat, heißt *Die Umarmung*. Deswegen oder wegen des Covers hat er es wohl ausgewählt. Bestimmt nicht geahnt, wie traurig und aussichtslos es ist. Es zieht sie hinein, lenkt sie ab und sie möchte weiterlesen. Sie sollte schlafen, denkt sie, damit sie nicht krank wird, und löscht über ihrem Kopf das letzte Licht. Wäre sie doch schon vor den anderen eingeschlafen. Die Bahnhöfe sind zu hell, ihr Rücken tut weh, die Brust, sie darf nicht krank werden, das würde alles verunmöglichen.
Der Zug wird so schnell. Er macht eine Vollbremsung. In dieser Lage zu sterben. Jetzt so zu sterben. Sie schreckt auf. Der Zug fährt ganz gleichmäßig. Sie war kurz weg. Das Schnarchen über ihr schwillt an. Einer hat einen Aussetzer. Lo kann kaum atmen und dreht sich auf den Rücken. Die Tür geht auf. Jemand kommt rein. Eine Frau. Sie behauptet, etwas im Abteil vergessen zu haben. Dann will sie hinter Los Kopf greifen. Lo hält ihr Portemonnaie und das Handy mit

beiden Händen fest. Die Frau legt eine Rohrzange um ihr Handgelenk. Lo ist hellwach. Sie kann hier nicht schlafen.

Zum Glück ist diese Paranoianacht vorbei. Sie hat Halsschmerzen. Sie ist verspannt. Sie hat sich geoutet und kann nicht mehr in ihr altes Verhältnis zurück. Mit ihrer Pflegeleichtigkeit hat sie die wichtigste Qualifikation verloren. Wer will schon eine weinende Geliebte? Wer will schon einen indifferenten Liebhaber? Er hätte ja auch alles stehen und liegen lassen und mitkommen können. Aber er wollte ja nur Dortmund – Köln.

Suo biglietto al paradiso steht in riesigen Lettern an der Front der Bahnhofshalle. Werbung für *Nestea.* Lo hatte sich mal vorgenommen, Nestlé zu boykottieren, aber einsehen müssen, dass das einem Hungerstreik gleich käme. Es muss doch hier irgendwo ein Café geben, denkt sie. Alles so groß und laut und unübersichtlich. Termini war gemütlich dagegen. Neben der Rolltreppe, hoch oben auf einem Sims ein bräunlich-verwelkter Blumenstrauß. Wie ist der dort hingekommen? Nicht mal eine Bar, um im Stehen einen Espresso zu nehmen, bloß überdimensionierte Säulen, Tore, Skulpturen. Die eingeölten Dolce&Gabbana-Männer auf dem riesigen Plakat erinnern Lo an Arno Breker. Sie will einen Kaffee. Sie muss raus aus diesem Gebäude.

Unter der Wolkendecke ist es kühl. Dabei hatte sie gehofft, von der Sonne aufgewärmt zu werden. Auf dem riesigen Vorplatz stehend versucht sie die römische Zahl auf dem Bahnhof zu lesen, um ihren Mussoliniverdacht zu erhärten. Selbst mit der neuen Brille nicht zu entziffern. Dafür eine *1924* auf der kleinen orangefarbenen Straßenbahn, die am Rand des Platzes hält und eher wie ein Schienenreinigungsfahrzeug aussieht. Weit und breit kein Café.

An einem Kiosk kauft Lo sich *Die Welt* und *Corriere della Sera*, setzt sich auf einen Stein und liest in der deutschen Zeitung, dass die Deutschen immer noch keine Regierung haben und sich ein Beispiel an den Italienern nehmen sollen, die so etwas locker aushalten. Wie aber halten die ihren Staatspräsidenten aus, der ihr aus dem italienischen Sportteil entgegengrinst? Seit Neuestem gilt ja auch Österreich in Deutschland als Vorbild für alles Mögliche. Wenn sie mehr oder weniger unmotiviert beginnt, über Rechtspopulismus nachzudenken, ist das ein schlechtes Zeichen. Sie braucht dringend einen Kaffee.

Die Wasserfratze an der Ecke des Bahnhofs spuckt über das Becken hinaus. Bei dieser Architektur ist ja wohl alles misslungen. Jetzt auch noch nasse Füße, wo sie doch schon Halsweh hat.

Einfach nur nach Hause, denkt sie. Sie will einfach nur etwas Alltägliches tun. Dabei hat sie dieses Wort früher gehasst. Sie möchte in einem Stau stehen und dabei ihre Lieblingsmusik hören, sie möchte E-Mails lesen, mit Markus telefonieren, das Treppenhaus in ihrer Etage putzen. Wieso sollte sie nicht mit Markus telefonieren? *Roaming* ist zwar Englisch für *Wucher*, aber was soll der Geiz, wenn man bedenkt, was sie alles mit dem *InterRail* spart.

Markus meldet sich mit Vor- und Nachnamen und dem Namen seiner Firma. „Stör ich?" – „Nein, endlich rufst du an, wie geht es dir?", er klingt richtig aufgeregt. „Solala", sagt sie. Schließlich will sie Aufmunterung. „Was machst du nur, warum hast du denn den Job gekündigt? Nur wegen dem Chef?"

Lo kann Markus nicht die Wahrheit sagen. Er weiß nichts von ihrem Verhältnis mit Frank. Sie haben über fast alles gesprochen, aber das mit Frank hätte er nicht wissen wollen.

Warum ist das gewonnene Geld nicht Grund genug? Und was heißt überhaupt: nur wegen dem Chef? Aber Markus hat ja immer gefunden, bei dem Gehalt und den Freiheiten könne man doch ein bisschen Sexismus in Kauf nehmen. Sein eigener Chef ist machtgeil und schmückt sich andauernd mit den Abschlüssen seiner Angestellten.
„Ich hab da einfach nicht hingepasst." Markus räuspert sich. Er spielt mit wechselndem Erfolg Investmentberater. „Wieso nicht dahin gepasst", fragt er dann, „jetzt sag nicht, du suchst deine Bestimmung, du warst gut in dem Job, du hattest supernette Kollegen. Kein halbwegs normaler Mensch würde in der heutigen Zeit so einen Job kündigen." Nicht normal war die Reaktion ihres Chefs gewesen. Wie er ihr die Hand auf die Schulter gelegt und *Das wird dir gut tun* gesagt hatte. *Ich hab immer gedacht, du musst mal hier raus,* so als wäre es seine Idee gewesen.
Weil es in der Leitung still bleibt, fragt Markus: „Wo bist du überhaupt? Was hast du jetzt vor? Bist du wenigstens erleichtert?", und weil sie immer noch nicht antwortet, fügt er flüsternd hinzu, dass er auch schon zwei, drei Bewerbungen geschrieben habe.
„Ich bin in Mailand und fahre gleich weiter nach Budapest. Wenn man Slowenien mitzählt, wo ich allerdings nicht aussteige, habe ich morgen elf Länder. Oder zwölf, ich habe, glaube ich, Belgien vergessen." Jetzt seufzt Markus: „Sei mir nicht böse, aber wenn man dich so hört und dich nicht näher kennt, würde man dich für hochneurotisch halten." Sie überlegt aufzulegen. Oder doch noch die Wahrheit zu sagen. Aber fürs Telefon erscheint ihr das alles zu kompliziert. „Du bist mein bester Freund", sagt sie stattdessen, „wäre es nicht deine Aufgabe mich aufzubauen?" – „Wenn du Applaus willst, musst du jemand anderen anrufen", ereifert

sich Markus, „richtige Freunde sagen einem auch unangenehme Sachen. Außerdem bin ich beleidigt, weil du mich einfach im Stich gelassen hast. Und Letizia probt die ganze Zeit die Vagina-Monologe.“ Er muss lachen. Lo auch. „Ist dir aufgefallen, dass neurotisch und unerotisch Anagramme sind?“, fragt sie. „Seit wann geben Analysten Autogramme?“ Lo weiß zu würdigen, dass Markus kein Witz zu doof ist, um sich wieder mit ihr zu vertragen. „Du fehlst mir auch sehr. Aber jetzt muss ich aufhören. Ich hab endlich ein Café gefunden.“
Es ist zwar kein Café, sondern ein Luxushotel, aber sie wird es trotzdem wagen. „Benvenuto al Giallo.“ Sie fühlt sich ertappt. „È possibile soltanto bevere un caffè?“ Der livrierte Herr stutzt, dann nickt er freundlich. Es gebe eine Bar. Er nimmt ihr den Rucksack ab, trägt ihn ins Foyer und befestigt einen Zettel mit einer Nummer daran. Lo gibt er einen entsprechenden. Sie denkt, dass sie wohl ebenso underdressed aussieht wie ihr Rucksack inmitten von Koffersets und Beauty-Cases. Er steht ausgerechnet neben einer Hutschachtel.
Die Bar ist leer, bis auf den Barkeeper. Er gibt in seinem schwarzen Anzug den Dresscode vor, lässt sich aber ihr Abweichen nicht anmerken. Teppichgedämpften Schrittes bringt er den Cappuccino in einer feinen Tasse mit Blumenmuster, stellt sie auf eine Serviette, den Extrateller mit der Praline daneben. Ledersesselbequemlichkeit. Ein Flügel natürlich. Jazzmusik aus der Konserve. Hierhin geht man am Abend. Und doch muss der Mann, der jetzt versonnen ein Glas trockenreibt, den ganzen Tag im Halbdunkel die Stellung halten. Lo möchte die vielen sich immer schneidenden Kreise auf dem Teppichboden gerne bunt ausmalen. Als Kind hatte sie Schablonen, mit denen man solche

Muster zeichnen konnte, und war von den verschiedenen Formen der Kreisausschnitte begeistert. Später, als sie erfuhr, dass man sie berechnen kann, noch mehr.

Vielleicht weil ihr Blick wieder zur Wand hinter der Bar gewandert ist, bunte Jugendstilfenster, Pins von Clubmitgliedschaften, reihenweise Flaschen natürlich, einige kopfüber, vielleicht deshalb fragt der Barkeeper sie plötzlich, ob es ihr im Hotel gefalle. Er hält sie für einen Gast. Sie könnte natürlich ein Gast sein, theoretisch. Sie könnte sogar praktisch ein Gast sein, mit ihrer Kreditkarte ein Zimmer für dreihundert Euro mieten. Wahrscheinlich kosten sie mehr. Sie könnte hier übernachten: baden, fernsehen, sich in ein Federbett kuscheln, das Frühstück ans Bett bringen lassen. Wie machen das Lottogewinner, wenn sie plötzlich in eine andere Kaste katapultiert werden? Sie hat ja einen mittelständischen Hintergrund und käme sich doch wie eine Besucherin in den *Universal Studios* vor. Immer geht es um Verwandlung. Immer geht es darum, sich zu assimilieren. Bei *Pretty Woman*, bei *My Fair Lady*. Schon bei *Aschenputtel*. Das weiß ja niemand, ob *Aschenputtel* die Nähe zum Volk behalten hat, ob es auch als Königin noch so einen guten Draht zu den Tieren hatte.

Lo sagt, dass sie nicht im Hotel wohnt, gleich wieder weiterreist. Sie sagt es stolz. Stolz, nicht dazuzugehören. Und eigentlich war das auch schon in ihrer Firma so. Sie ist gerne ein Fremdkörper. Vielleicht hat sie auch deshalb gekündigt, weil sie an sich selbst Anzeichen von Anpassung bemerkt hat.

Strenggenommen war ja auch *Aschenputtel* schon als Kind im falschen Film. Es gibt kein richtiges Leben im Falschen. Das ist so ein Satz, der ihr immer wieder in den Kopf kommt, zusammen mit der Frage, was ein Leben im Richtigen sein

könnte. Ihr kommt das Leben immer richtiger vor, je fremder sie sich fühlt. Und sie ist sich nicht sicher, ob es daran liegt, dass sie sich im Falschen bewegt, oder daran, dass sie sich selbst nur in der Bewegung und nur vor dem Hintergrund des Fremden wahrnehmen kann.
Er hoffe, sie habe die Zeit in Mailand genossen, sagt der Barkeeper, als sie um die Rechnung bittet, und dass sie wieder einmal ins Hotel *Giallo* kommen werde. Sie gibt viel Trinkgeld. Als wäre das eine Antwort.

CIS 37 ab Milano Centrale

An Luxus gewöhnt man sich schnell. Lo geht in den Speisewagen. Nur am ersten Tisch links bei den drei jungen Italienerinnen ist noch ein Platz frei. Sie essen Risotto aus einer großen Pfanne. Erst kurz bevor sie sich dazusetzen will, begreift sie, dass es die Mitarbeiterinnen sind.
Hinten in der Ecke stehen vier Leute auf, zwei Frauen gehen. Die beiden Geschäftsmänner grüßen höflich und warten neben dem Tisch, bis Lo ans Fenster durchgerutscht ist. Sie trinken Rotwein und reden über einen Mann namens Rossi. Der jüngere mit der Halbglatze fährt immer wieder mit dem Zeigefinger über einen künstlichen Wassertropfen auf der Stoffrose in der kleinen Vase. Als die Vase umkippt, erwartet Lo einen Moment lang, dass echtes Wasser fließt. Woraus bestehen wohl solche Tropfenimitationen? Der ältere sagt etwas über Rossis Einfluss. *La grande influenza di Rossi*. Oder hat Rossi eine schlimme Grippe? Lo stellt sich den kleinen eckigen Herrn Rossi vor, wie er mit Fieber und Halsweh das Glück sucht. Hoffentlich hat sie sich heute Nacht im Bazillenwagen nichts eingefangen.
Die junge Kellnerin mit dem blonden Zopf kommt mit Gläsern, Besteck und einer Flasche Prosecco an den Tisch. Lo nickt erfreut. Denkt *Welcome-Drink* und dann: Wohl nicht. Freut sich trotzdem. Auch dass die Männer ihr zuprosten. Kurz darauf kommt eine andere junge Frau mit einer großen Pfanne voller Pasta und beide Herren bekommen eine Portion davon. Das will sie auch und die Frau schöpft gleich weiter. Der ältere der beiden Tischnachbarn scheint die junge Frau zu kennen. „Molto bene, come sempre, Laura!“, sagt er. Laura schaut ihn nicht an. Es schmeckt wirklich

gut. Die blonde Frau schenkt Lo Prosecco nach. Sie wird jetzt nur noch *Cisalpino* fahren. Der jüngere Mann neben ihr bietet ihr vom Rotwein an, sie haben eine ganze Flasche. Wieso nicht? „Si, grazie, molto gentile."
Während er einschenkt, berührt sein linker Unterarm ihre rechte Brust. Sie zuckt zurück. Es tut nicht weh, war nur eine Berührung. So was kann passieren, ist ihr selbst schon passiert. Derselbe Mann hat ja eben auch die Vase umgekippt. Vielleicht ist er ungeschickt. Schlechte Sensomotorik. Aber das Glas schenkt er ein, ohne etwas zu verschütten, obwohl der Zug jetzt wackelt. Die beiden Männer heben wieder ihre Gläser: *Salute*. Und wenn es absichtlich war? Der Mann sitzt ihr doch auch viel zu nah. Er hätte rechts noch genug Platz. Aber das ist albern. Es war ihm sicher selbst peinlich und er wollte die Situation nicht noch peinlicher machen. Ob sie sich Mailand angesehen habe, fragt nun der andere. Etwas berührt ihr Knie. Sie tut, als hätte sie ihn nicht verstanden. Kann doch jetzt nicht so in die Ecke rücken, sich nicht in die Ecke drängen lassen von denen. Als die Frau, die vielleicht Laura heißt, in ihre Nähe kommt, sagt Lo, dass sie zahlen möchte. Schaut der Frau tief in die Augen. Als könnte die ihr sagen, ob sie wirklich neurotisch ist. Paranoid. Letzte Nacht sicher. Aber jetzt? Jetzt muss sie den Mann auch noch bitten aufzustehen. Sie hat nicht mal aufgegessen.
Wieso lässt sie sich verjagen? Ob es ihr nicht geschmeckt habe? Vielleicht hat sie sich die Berührung nur eingebildet. Wenn Einsiedlerkrebse keine Schneckenhäuser hätten, wären sie ohne Schutz. Sie hätte gern ein Haus zum Mitnehmen. Ein Reisehaus. So etwas müsste es geben, sollte sie erfinden. Ein Handgriff, ein Ziehen an der Reißleine, und man wäre abgeschirmt. Sie legt das Geld auf die

Rechnung, nimmt den Rucksack in die Hand. Der Halbglatzenmann steht auf, lächelt zuvorkommend. Lo befreit sich aus dem Tisch-und-Bank-Gefängnis. Sie wird sich geirrt haben. Wieder wackelt der Zug. Das Geld rutscht vom Tisch. Automatisch bückt sie sich und spürt den Mann hinter sich. Er dürfte dort nicht sein. Er ist näher gekommen. Nah. Vorher stand er doch direkt an der Tür. *Scusi.* Oder heißt es *Scusa?* Oder Arschloch. Heißt es nicht eigentlich Arschloch? Sensibilität ist das Verhältnismaß der Einwirkung zur Auswirkung auf das System, das hat sie selbst in die Datenbank eingegeben. Ihr System ist gestört. Sie will sich wehren können. Schon in Madrid hätte sie nicht weglaufen sollen. Haie soll man doch auch anschreien, um sie zu verjagen.

Sie hat das Geld noch in der Hand, als sie an Laura vorbeikommt, hat es nicht wieder hingelegt. „They will pay", hört sie sich sagen und denkt, dass das eine billige Rache ist. Trotzdem gibt es ihr ein diffuses Gefühl von Gerechtigkeit. Wieso geht die Tür nicht auf? Man muss auf den Knopf drücken. Jetzt steht sie im lauten Raum zwischen zwei Wagen, unter ihr die Achse, die Verbindung der beiden Waggons, und soll wieder auf so einen Knopf drücken. Wer sagt ihr, dass das nicht der Knopf ist, der die Verbindung löst? Den Wagen abkoppelt. Sie könnte sich ganz nah an die zweite Tür drücken und den Speisewagen abhängen. *A non rivederci, Signori.* Die Tür geht auf. Sie ist entkommen. Sie lässt das hinter sich. Die Toilette hier ist nur für Herren. *Herren,* denkt sie. Wie leichtfertig das Wort benutzt wird. Und wo ist bitte die Damentoilette? Als sie endlich in einem Sechserabteil zum Sitzen kommt, sagt die Frau am Fenster zu ihrem Begleiter, wie sehr sie sich schon auf die Seufzerbrücke freue. Lo schickt Sandra eine SMS,

dass sie wirklich übermorgen nach Zürich kommen und sogar ein paar Stunden aussteigen würde, wenn sie die beiden nicht störe. Sandra schreibt ihr wenige Sekunden später begeistert zurück. Einen Discman, denkt Lo. Der bietet wenigstens ein bisschen Schutz. Sie muss sich einen Discman kaufen. In Venedig zum Beispiel, wo sie zuletzt als Kind war, mit der damals noch ganzen Familie. Sie wollte unbedingt mit einer Gondel fahren, aber ihre Eltern fanden die Preise überzogen. Auf dem Markusplatz hockte sie sich beim Fotografieren in Taubendreck und weinte eine halbe Stunde um ihre Würde und den neuen Rock. Er war tatsächlich nicht zu retten, so ätzend sind diese Ausscheidungen. Lo bekam eine Plastikgondel mit bunten Lämpchen, die mit Strom leuchten konnten, und ein Eis mit mindestens vier Kugeln.
Sie halten in Verona. Da waren sie damals auch. Sogar in der Arena. Lo kann sich nur noch daran erinnern, dass sie weit oben gesessen haben, dass die Oper von Verdi war und der Chor gestreikt hat, weshalb die Vorstellung mittendrin unterbrochen wurde. Die Sänger standen einfach in ihren Kostümen auf der Bühne herum und hielten ein Transparent in die Luft, während sie, daran erinnert sie sich genau, wieder ein Eis gegessen hat, das ein Mann aus einem Bauchladen verkauft hatte.
An ihrem Fenster gehen die beiden Männer vorbei. Sie weiß kein angemessenes Zeichen. Ohne Worte ist sie aufgeschmissen. Wieso hat sie kein Transparent, das sie hoch halten kann? Und wieso heißen die überhaupt so, wo sie doch gar nicht durchsichtig sind? Sie ist auch nicht durchsichtig. Der Mann mit der Halbglatze klopft gegen das Fenster und deutet eine Verbeugung an. Blicke können nicht töten, durch Scheiben hindurch schon gar nicht.

EN 241 ab Venezia Mestre

Der elfte Nachtzug, das sechste Sechserabteil, sie hat Glück, dass es nur von ihr und einer jungen Frau belegt ist. Venedig hat sie nicht mal gesehen. Auch keinen Laden für Unterhaltungselektronik. Sie hat sich weder von faulenden Baumstämmen tragen lassen, noch ist sie mit einem Boot gefahren. Hat bloß auf der Treppe des Bahnhofs stehend mit Blick auf das gar nicht romantische Mestre ein Eis am Stiel gegessen und geseufzt. Weil sie sich nicht wieder in die Scheiße setzen wollte. Weil sie auf einmal Angst hatte, von dort nicht mehr wegzukommen. Lo und Markus haben jedes Jahr im November die Sonntagsmatinee von *Tod in Venedig* besucht. Jedes Mal hat sie ihn wieder nach der Musik gefragt und bereits, wenn sich Aschenbach die Haare färbte, liefen ihr Tränen übers Gesicht.

Eigentlich hatte sie sich vorgenommen, wach zu bleiben bis Ljubljana, aus dem Fenster zu schauen, Slowenien nicht zu durchschlafen. Warum dann im Nachtzug? Osterweiterung – das sollte doch auch den Horizont betreffen. Aber sie ist so müde. Die letzte Nacht, die letzten vierundzwanzig Stunden haben sie zermürbt. Das Buch hat sie in Mestre ausgelesen, sie wird es im Zug lassen. Wenn jemand es findet, kann er auf der ersten Seite lesen: *Dauerleihgabe an den EN241. Bitte liegen lassen.* Vielleicht hätte sie noch schreiben sollen: *Leute, denen dieses Buch gefallen hat, mochten auch …* Ja, was denn, Hölderlins *Hyperion*? Sie hat nichts mehr zu lesen. Niemand hat von ihr verlangt, ohne Bücher und Musik zu reisen. Zehn Tage, zehn Länder. Diese Männer, machen die das aus Spaß? Mal wieder eine Touristin traumatisieren. Sie hat ihnen das Feld überlassen, den

Rückzug angetreten. Kriegsmetaphern. So schnell passt sie sich an. Die Vorstellung, dass die beiden nach ihrer Flucht über sie gelacht haben, Witze gemacht. Noch nie hat sie jemanden geohrfeigt. Sie würde gern schlafen können. Wie verschieden Berührungen sind. In der belgischen Straßenbahn war Einverständnis. Und Achtung. Da gab es keinen Übergriff. Höchstens Beliebigkeit. Sie hat dieses Opfergefühl satt, so leicht es ihr auch fällt. Wieso nicht einverständliche Beliebigkeit?
Was soll sie in Budapest. Die junge Frau über ihr ist eingeschlafen und schnarcht. Vielleicht schnarcht sie selbst auch, wer hätte es ihr in den letzten Jahren sagen sollen? Frank ist nur einmal bei ihr geblieben, als Anne auf Reisen war. Aber geschlafen hat sie in dieser Nacht nicht.

Wieder einmal für alles zu früh. Sie hätte doch im Zug bleiben sollen. Budapest soll schön sein. Lo kann auf Ungarisch *Hajok* und *Hajokban* sagen, was, glaubt sie, *Schiff* und *in den Schiffen* heißt und beispielhaft für agglutinierende Morphologie ist. Damit wäre sie nicht weit gekommen. Hier kann sie alle Schilder lesen. Und einen Discman und CDs kaufen. Graz ist sicher ein guter Ort zum Einkaufen: klein, ruhig, übersichtlich.
Gegenüber vom Bahnhof hat ein Lokal noch oder schon geöffnet. Die Wände sind mit Bildschirmen dekoriert: Autorennen, Fußball, Boxen. Drei Männer sitzen mit dem Rücken zum Raum an Spielautomaten. An der Bar hängen zwei weitere Männer vor Biergläsern. Auch hinter der Bar steht ein Mann. Als sie die Glastür aufstößt, drehen sich alle sechs zu ihr um, sogar die an den Automaten. Der hinter der Bar sagt so etwas wie: „Da schau her!“ Die Jingle, das Münzklingeln, die Sportmoderatoren, dazu über Ticker

laufende Wettergebnisse in roten Buchstaben, in einer Ecke ein explodierendes Flugzeug, flankiert von den Börsenkursen. So viel Welt wollte sie noch nicht zum Frühstück – und so viele Männer schon gar nicht.

Sie möchte von oben hinunterschauen. Der Hügel spielt *Indian Summer.* Alle Farben warm und kräftig. Niemand außer ihr hat sich so früh schon auf den Weg zum Schlossberg gemacht. Die Anstrengung tut ihr gut. Lo wirbelt mit den Füßen das Laub auf. *Graz*, denkt sie, hat vielleicht etwas mit *Grace* zu tun.
Sie setzt sich neben den Uhrturm und schaut auf die vom Fluss geteilte Stadt hinab. Irgendwo in der Fußgängerzone wehen Fahnen. Sie kann sogar den Biobäckerstand auf dem Platz mit dem schönen Rathaus erkennen, wo sie gefrühstückt hat, und dass sich die Straßen inzwischen belebt haben. Sie macht einen Ausflug. Wie eine normale Urlauberin. Eine ältere Dame kommt den Weg herauf, den sie auch gegangen ist. Setzt ihre Füße fest auf, ohne auf den Boden zu schauen, geht schneller als Lo.
„Ein wunderschöner Morgen, nicht wahr“, sagt die Dame. Sie wird Ende Sechzig sein. Lo nickt und lächelt: „Wunderschön.“ Die Dame unterbricht ihren Rhythmus nicht, geht an Lo vorbei und lächelt in die Gegend hinein. Lo folgt ihr in angemessenem Abstand. Der Aussichtsplatz ganz oben ist von einer metallenen Brüstung umgeben, auf der alle möglichen Städte, ihre Richtungen und Entfernungen eingetragen sind. Wenn sie aus dieser Position 995 000 Meter gehen würde, käme sie nach Paris. Dortmund ist nicht eingetragen.
Nachdem sie mit dem gläsernen Aufzug durch den ausgehöhlten Berg gefahren ist, landet sie in einer geschäftigen

Straße. Über einer Galerie steht das Wort *Tunnelblick*. Lo geht ganz nah an die Scheibe, um zu sehen, was ausgestellt wird. Zuerst kann sie nichts erkennen. Dann plötzlich ein Riese. Gleich vor ihr, zwei Augen starren sie an, keine zehn Zentimeter entfernt. Lo stolpert zwei Schritte zurück. Die Straßenbahn klingelt. Ist sie das, die schreit? Jemand hält sie fest. Jemand hat seine Einkaufstasche fallen lassen. Ihr Kopf liegt neben einer Packung Manner-Schnitten und einer geplatzten Milchtüte. Der Straßenbahnchauffeur zeigt ihr den Vogel.
Um das Gesicht der Frau, die ihr aufhilft, kringeln sich genau solche Locken wie ihre, bloß in Gold. Sie spricht mit starkem Akzent, Lo hält sie für eine Russin. Das sei nicht schlimm, mit der Milch. Sie müsse nur schauen, dass ihr Pullover nicht anfängt zu stinken. Und ob sie sich verletzt hätte, ihr etwas wehtäte. „Nein, es ist alles in Ordnung. Dank Ihnen." Lo weiß nicht, ob wirklich alles in Ordnung ist, sie hat ein komisches Geräusch im Ohr und der Nacken tut weh. „Darf ich Sie zu einem Kaffee einladen?", fragt sie. „Das ist nett", aber die Frau ist leider sehr in Eile. „Später? Es würde mich freuen." Sie nickt. Später könne sie vielleicht. Sie gibt Lo ihre Handynummer. Lo wird ihr ein Geschenk kaufen. Vielleicht hat sie ihr das Leben gerettet. Sie kann es nicht wirklich beurteilen, alles ging so schnell. Ob sie wirklich vor die Straßenbahn gefallen wäre. Ob der Fahrer noch hätte bremsen können. Neben ihrer Retterin steht ein Mann, dessen weißes Hemd in einer Nadelstreifenjeans steckt, und entschuldigt sich. „Ich bin Lo", sagt sie zu der Frau, während sie ihr hilft, die Sachen aufzulesen. „Dasha", sie gibt ihr die Hand, „lass nur", mit dem Fuß schiebt sie die Milchtüte in den Rinnstein und dann ist sie auch schon weg.

Der Mann sagt: „Bitte, kommen Sie doch rein! Es tut mir so leid.“ Lo versteht nichts. Ihr Kopf tut weh, der Nacken, hat Dasha sie von der Straßenbahn weggeschubst, ist sie gegen sie gefallen? „Es war alles wegen dem Bild“, sagt der Mann, der sie in die kleine Galerie gezogen hat. Die Augenpartie einer Kuh oder eines Stiers, aus nächster Nähe aufgenommen, steht auf dem Boden. „Ich musste etwas nachschauen. Darum hab ich's nochmals runtergenommen und umgedreht, ich bin untröstlich, Sie derart erschreckt zu haben.“ Der Mann, der vielleicht Vierzig ist und einen Ring in der linken Augenbraue trägt, hat jetzt eine Flasche und ein Glas in der Hand. Champagner. „Auf den Schreck“, sagt er, „es ist Ihnen doch nichts passiert?“ Lo sitzt in einem schwarzen Ledersofa und weiß es nicht. „Sind Sie der Künstler?“, fragt sie und trinkt tatsächlich Champagner. Stellt fest, dass sie jetzt eigentlich täglich trinkt. Der Mann schüttelt den Kopf und bringt ihr einen Katalog. Das Foto vom Fotografen zeigt das halb verschattete Gesicht eines übernatürlich schönen Mannes. „Ich kann Ihnen leider nichts zu essen anbieten, aber Sie müssen heute Abend wiederkommen, zur Vernissage. Dann stelle ich Ihnen Javier vor.“ Die Fotos gefallen Lo. Sie mag das Ausschnitthafte, dass man sich das meiste dazu denken muss. Das mochte sie schon immer am Fotografieren, dass man die Grenzen selbst festlegen kann. „Sind Sie auf den Kopf gefallen?“, fragt er ernsthaft, muss aber lachen, sobald der Satz im Raum steht. Lo lacht mit und sie prosten einander zu. „Der ist noch sehr jung, oder?“, sie zeigt auf das Foto des Fotografen. „Es ist seine erste Einzelausstellung. Ich war auf Anhieb begeistert.“ Lo ist auch auf Anhieb begeistert. Soll sie hier bleiben, um diesen Mann kennen zu lernen. Aber wie soll sie es dann schaffen, morgen früh in Zürich zu sein. Sein Blick auf

Menschen, Tiere und Landschaft ist analytisch und trotzdem sanft. Sie weiß nicht mehr, wieso sie aufgehört hat zu fotografieren. Früher ist sie ganze Sonntage durch die Stadt gewandert und hat zwei bis drei Filme voll geknipst. Der Mann, von dem ihr jetzt einfällt, dass er anfangs gesagt hat, er heiße Gerhard, erzählt, dass er den Fotografen in Lissabon entdeckt habe. Lo ist schwindelig. Wieso glaubt man, eher Künstler werden zu können als Herzchirurg? Wieso benutzt sie männliche Formen, wenn sie sich selbst meint? Als ob sie sich jetzt einfach eine Kamera kaufen und Kunst machen könnte. Aber das kommt davon, wenn man in eine finanzielle Unabhängigkeit gerät. Wenn sie in eine finanzielle Unabhängigkeit gerät.
Gerhard telefoniert. Es scheint etwas Persönliches zu sein, er macht ihr ein Zeichen, steht auf und geht in einen anderen Raum. Das Bild mit der Kuh steht immer noch auf dem Boden. Sie hockt sich hin und schaut dem Tier tief in die Augen. Soll sie denn hier bleiben, in Graz übernachten? Dann wäre ja alles unterbrochen. Julia wäre sicher enttäuscht. Es wäre dann ja nichts Besonderes mehr, was Lo tut. Andererseits war es Julia, die das Ganze in Frage gestellt hat. Die Kuh stiert unbeeindruckt ins Leere und gibt keine Zeichen. Gerhard kommt wieder. Er fasst sie sanft an den Schultern, um sie hochzuziehen. „Warten Sie, Lo, ich hänge es wieder auf, dann können Sie es bequemer anschauen." Woher weiß er ihren Namen? Ihr schwindelt schon wieder. „Wo wohnen Sie denn in Graz?", fragt er. „Wie meinen Sie das?", sie geht zurück zum Sofa, den Blick des Tieres, dessen Geschlecht sie nicht kennt, im Rücken. Sie wird den Künstler danach fragen. „Haben Sie keine Unterkunft?", es ist doch eigentlich komisch, dass der Mann sie siezt. Er schenkt ihr Champagner nach.

„Ich muss Javier gleich vom Flughafen abholen, wollen Sie mitkommen oder soll ich Sie irgendwo absetzen? Zum Beispiel bei den *Barmherzigen Schwestern.*“ Sie nickt. Gerhard versteht es so, dass sie sich für Letzteres entschieden hat, und telefoniert mit einer Schwester Alma. „Es ist noch etwas frei. Der Herbst hat ja noch nicht begonnen.“ Sie schaut auf ihren Handheld. Freitag, der 23. September. „Heute ist doch Herbstanfang“, sagt sie, immer noch benommen, der Champagner hat auch nicht geholfen. „Der *Steirische Herbst,* das ist ein Festival“, sagt er lachend und hält ihr die Tür auf.

Ein Hof, in dem ein Rosenbusch blüht. Sonnenstrahlen, die durch Arkaden auf englischen Rasen fallen. Das erwartet sie, nachdem sie die Klingel neben dem Stahltor bedient hat und eingelassen wurde. Gerhard ist mit seinem Cabriozweisitzer weitergefahren. Sie hat ihn nicht gefragt, wo sie auf der Rückfahrt vom Flughafen hätte sitzen sollen. Aber sie soll unbedingt um sechs wieder in der Galerie sein. Nachdem Lo Gerhard erzählt hat, dass sie keinen Job hat, ist er ganz umtriebig geworden. Die Vernissage sei eine großartige Gelegenheit. Abgesehen von Javier werde er ihr noch mindestens zehn weitere Personen vorstellen. Lo hat sich die Namen und Funktionen nicht merken können, aber die Hälfte von ihnen hatte mit diesem *Herbst* zu tun. Bei mindestens zwei Produktionen würden sie noch Assistenten suchen, hat Gerhard gesagt. Und sie mit ihrer künstlerischen Aura. Sie hätte da sicher gute Chancen. Und er mit seinen vielen Kontakten. Er könne ihr helfen.

Die Frau in der Halle hat tatsächlich eine barmherzige Aura. Mit sanftem Lächeln bittet sie Lo, einen Anmeldezettel auszufüllen und weist sie auf die Frühstückszeiten hin. Der kleine Raum, in dem die Zimmerschlüssel hängen, scheint

eine Art Schaltzentrale zu sein. Man kann man dort auch Postkarten mit Engeln kaufen.
Los Zimmer im zweiten Stock ist freundlich und hell. Ein Bett, das sich nicht bewegt. Sie wirft sich der Länge nach drauf, hier in der Stille ist das Ohrgeräusch wieder lauter. Sie hat noch nie in einem Kloster geschlafen. Ihr fällt ein, dass sie noch immer nicht eingekauft hat. Was soll sie Dasha schenken? Musik? Blumen? Blumen und Badekugeln. Aber vielleicht hat Dasha nur eine Dusche.
Es ist Dashas Stimme, den Nachnamen versteht Lo nicht. Wie es ihr gehe? Sie sei ja Masseurin. Lo solle doch in die Praxis kommen, sie abholen. Wenn sie Nackenschmerzen habe, tue ihr eine Massage sicher gut. Dasha erklärt ihr den Weg, in anderthalb Stunden soll sie dort sein.

„Das ist sehr nett. Danke!" Dasha geht mit dem Blumenstrauß und dem Päckchen ins Nebenzimmer. Lo soll sich schon mal ausziehen. Sie sieht aus wie ein Postkartenengel, denkt Lo. Und obwohl sie die Massage bezahlt, kommt es ihr komisch vor, dass Dasha jetzt für sie arbeitet, nachdem sie doch bereits ihr Leben gerettet hat. Es duftet nach Zitrone in dem abgedunkelten Raum, die leise Musik klingt angenehm unesoterisch. Dashas Hände sind kräftig, das Öl ist warm. Auch ein schöner Beruf. In einer so wohltuenden Umgebung Menschen glücklicher machen. Ob sie dafür begabt wäre? Dasha ist es. Nachdem Lo sich umgedreht hat, dehnt sie Hals und Schultern. Lo soll Widerstand leisten. „Gib Druck", sagt Dasha. „Mehr Druck!" Das muss sehr anstrengend für sie sein. Lo hört es an ihrem Atem. „Und jetzt gar nichts machen!" Dashas Hände tragen ihren Kopf und bewegen ihn langsam hin und her. „Nicht mitgehen! Ich arbeite." Sie lacht.

Auch nachher lacht sie viel, als sie beim Italiener sitzen. Sie hat Lo für eine Österreicherin gehalten. „Das ist toll: Reisen! Du musst auch in die Ukraine. Aber nicht jetzt." Lo schaut von ihrer Lasagne auf. „Jetzt ist keine gute Zeit für Ukraine." Obwohl sie so viel lacht, sind ihre Augen immer ein bisschen verhangen. Sie will wissen, was Lo arbeitet. „Nichts!?" Lo schämt sich wieder und erzählt von der Kolumne, ohne das Wort zu benutzen, weil sie denkt, dass Dasha es vielleicht nicht kennt. „Ich liebe Schreiben und Lesen", sagt Dasha. „Manchmal ist das schlimm." – „Was?" – „In meiner Sprache kann ich Sätze machen. Komplizierte Sätze. Mit vielen Nebensätzen. Hier spreche ich wie ein Kind." Sie hat Recht. Lo hat sie auch so behandelt. Wie soll man sich ohne Grammatik intellektuell fühlen? Dass sie studiert hat, erzählt Dasha. Dass sie Geld nach Hause schickt. Dass viele Leute hier denken, sie sei Prostituierte. Dass sie die Stadt mag. Besonders von oben. Lo würde gern sagen, dass das die richtige Perspektive für einen Engel sei, aber Dasha fragt nach dem Ohrgeräusch. Es ist weg.

„Ein Erfolg", flüstert jemand hinter ihr, während vorne Gerhard den Künstler begrüßt, einen Sekretär, zwei Stadträte, eine Klubchefin und den Herrn Magister Schober von der *Erste Bank.*

Javier sitzt daneben und strahlt, weil er vermutlich kein Wort versteht. Er ist nicht bloß fotogen. Er ist wirklich schön. An seiner Seite sitzt ein kleiner Junge, der auch schön ist.

Rechts von Lo sprechen zwei Frauen über den *Steirischen Herbst,* links von ihr geht es um die Landtagswahl. Der große Mann vor ihr mit dem gepflegten Pferdeschwanz sagt halblaut zu seinem Nachbarn, dass der Gerhard den

Künstler doch bloß eingeladen habe, weil er ihn budern wolle. Das laufe doch immer so. Alle klatschen. Es gibt Prosecco.
Lo hat mit Gerhard noch kein Wort gesprochen. Er hat ihr nur gewunken, als sie noch auf der Straße stand. Sie hereingewunken und mit den Armen auf die Menge gezeigt, als wolle er sagen, dass er nicht übertrieben hat. Lo bedauert, dass Dasha sie nicht begleiten wollte. Das sei nicht das Umfeld, in dem sie sich wohl fühle, hatte sie gesagt. Und um halb acht träfe sie ihre Osteopathie-Gruppe. Eine Frau hält Lo ein Tablett mit Windbeuteln entgegen und sagt: „Vegetarisch." Der Mann mit dem Pferdeschwanz fragt, ob es nichts mit Fisch gebe. Frischkäse sei ja wohl ein bisschen billig. Die junge Frau dreht sich um und geht weg. Lo hofft, dass sie nicht wiederkommt. Sie sieht Gerhard, der mit einem Mann redet, und dabei in ihre Richtung zeigt. Sie sieht Javier, der den kleinen Jungen auf den Arm genommen hat. Von seinen Bildern kann sie kein einziges sehen. Jetzt ist sie froh, dass sie den Rucksack mitgenommen hat, dass sie schon bezahlt hat und Sandra noch nicht abgesagt. Von draußen aus ruft sie bei den *Barmherzigen Schwestern* an, damit sie Bescheid wissen. Sie will weder networken noch übernachten, denkt sie auf dem Weg zum Bahnhof, sie ist ein Zugvogel. Die machen keine Pausen, um zu schlafen.

Zürich HB

Am Gleisende steht Reto und winkt. Als sie näher kommt, hält er die Arme vor den Körper. „Ich kann dich nicht küssen", sagt er, „aber gib mir deinen Rucksack." Lo ist enttäuscht. Sie hat in der Menge nach Sandras roten Haaren gesucht. Nach ihren ausgebreiteten Armen. Sandra und Lo holen sich immer gegenseitig vom Bahnhof ab, bei jedem ihrer Besuche, und das heißt mindestens einmal im Monat.
„Sandra hat einen Virus, sie hat sich die ganze Nacht übergeben", erklärt Reto, während er mit dem Rucksack über der Schulter in Richtung Bahnhofshalle geht. „Sie kann nicht aus dem Haus und besser, du gehst auch nicht zu ihr."
Lo vergrößert den Abstand zwischen sich und Reto ein bisschen, während sie sagt, dass ihr das furchtbar leid tue. Sie hatte sich so auf Sandra gefreut. Unschlüssig bleibt sie stehen. „Was machen wir jetzt?", fragt sie, „kann ich sie anrufen?" Reto sagt: „Zu Morgen essen." Und dass Sandra vor einer Stunde endlich eingeschlafen sei. Lo mag Reto. Er ist liebenswürdig, gelassen und hat Humor. Auch sonst passt er gut zu Sandra. Die sieben Jahre Altersunterschied fallen kaum jemandem auf, was vor allem an Sandra liegt, die noch immer locker für Anfang Dreißig durchgeht. Dass Reto sehr verliebt ist in Sandra, findet Lo wunderbar, macht es aber manchmal ein bisschen anstrengend mit den beiden. Auch jetzt spricht er dauernd von ihr. „Sandra meint, sie sollten wieder eine Ampel machen", sagt er, „was auf jeden Fall besser wäre als eine Minderheitsregierung." Daran glaubt nicht mal Lo. Aber sie weiß, dass ihre Freundin Sozialdemokratin auf Lebenszeit ist, daran kann weder ihr neuer Job noch ihr neuer Wohlstand etwas ändern.

„Ja“, sagt sie, „eine Minderheitsregierung will niemand, aber auch die große Koalition haben viele in schlechter Erinnerung.“
Während sie in ihr Gipfeli beißt und Reto weiter über die Regierungsbildung in Deutschland spricht, denkt sie darüber nach, wohin sie als nächstes fahren soll. Sie will nicht mit Reto hier sitzen, da kann er noch so nett sein. Sie wollte Sandra sehen und ihr von Frank erzählen, von Jean-Philippe, überhaupt von allem, was sie erlebt hat. Und jetzt spricht sie mit Reto über Politik.
„Wir haben morgen auch eine wichtige Abstimmung: zur Personenfreizügigkeit“, sagt Reto jetzt und Lo denkt, dass sie etwas verpasst haben muss. „Ich dachte, die habt ihr schon“, sagt sie. Sandra hat ihr mal erzählt, sie könne auch in der Schweiz arbeiten. Wenn sie dort einen Job fände.
Während Reto ihr erklärt, dass es um das restliche Europa geht, schlürft Lo lustlos ihren Eisenkrauttee und überlegt, wie sie es sagen soll, ohne ihn vor den Kopf zu stoßen.
„Jetzt muss ich dann gleich zurück“, sagt Reto und legt zwei bunte Scheine auf den Tisch, „ich will Sandra nicht so lang allein lassen. Bei dem schönen Wetter musst du unbedingt eine Fahrt auf dem Zürisee machen. Das lohnt sich.“
Er drückt ihr noch eine Tüte in die Hand, deutet von der anderen Seite des Tischs drei Küsschen an und schon ist er weg. In der Papiertüte ist tatsächlich frische Unterwäsche, in der Schweiz gefertigt und aus reiner Biobaumwolle.

Ab Zürich Bellevue, Schiffsstation

Auch auf dem Schiff gilt ihr Ticket. Und das Beste ist, dass sie während der Fahrt draußen sitzen kann.
Ein alter Herr im Anzug sitzt neben ihr mit dem Rücken an der Wand des Oberdecks und seufzt vor sich hin. Lo lächelt ihn an, er sieht ihrem Großvater ähnlich. Kaum dass sie lächelt, beginnt er zu reden. Dreiundachtzig sei er, jetzt muss er ins Altersheim, weil das Haus umgebaut wird. Seit zehn Jahren macht er den Haushalt und kocht, seit fünf Jahren bloß noch für sich alleine. „Seitdem ist meine Frau im Pflegeheim, gegenüber von dem Altersheim, in das ich jetzt ziehe. Bald sind wir Nachbarn. Das ist das Schöne."
Ein Kellner mit Bart und österreichischem Akzent kommt und fragt, ob sie etwas trinken wollen. Beide bestellen Kaffee.
„Jetzt muss ich Kisten packen, es geht nicht voran, andauernd habe ich Sachen von früher in der Hand. Gestern zum Beispiel die Zeugnisse. Ich war ja ein mittelmäßiger Schüler, aber nachher der einzige, den der Lehrer geduzt hat." Er lacht so verschmitzt, dass sie ihn sich als Schüler vorstellen kann, obwohl sein Gesicht zerfurcht ist, als hätte er lange draußen gearbeitet. „Wegen der Sprache! Ich habe Wörter gesammelt." Und dann auch noch wegen eines Briefes, den er dem Lehrer einmal aus dem Urlaub geschrieben habe. Wegen dieses Briefs habe der ihn irgendwann am Telefon sogar gelobt, viel zu spät zwar, aber immerhin, gelacht hätten sie doch zusammen.
Ueli, so heißt der alte Herr, lacht auch jetzt. „Was für Wörter haben Sie denn gesammelt?", will Lo wissen, sie würde ihm auch gern ihre Liste zeigen. Aber er wechselt das Thema.

Vielleicht hat er sie nicht gehört. Sie hat sich schon am Anfang des Gesprächs umsetzen müssen, weil er auf dem rechten Ohr fast taub ist. „Sind Sie verheiratet?“ Lo schüttelt den Kopf. Er habe auch spät geheiratet. „Wollen Sie wissen, wie ich meine Frau kennen gelernt habe?“ Sie nickt und trinkt einen Schluck Kaffee. „Meine Frau ist die jüngste von neun Töchtern. Ich hab ihren Vater im Krankenhaus kennen gelernt. Blinddarm.“ Er zeigt auf seine linke Bauchseite. „Wir lagen in einem Zimmer und verstanden uns gut. Ich war ein bisschen neidisch, weil der alte Mann andauernd Damenbesuch bekam. Und jedes Mal sagte er, das ist meine Tochter. Eine gefiel mir besonders, aber die trug einen Ehering.“ Er macht eine Kunstpause, trinkt einen Schluck Wasser und weist Lo auf das Bergpanorama hin. Auch darin erinnert er sie an ihren Großvater, der ein großer Erzähler war. *Vor dem Herrn*, hätte er gesagt.
„Bis zuletzt kurz vor Weihnachten die Jüngste kam. Die hab ich dann genommen. Damit der Vater keinen Ausverkauf machen musste.“ Wieder lacht er, während Lo sich kurz fragt, ob das sexistisch war. Aber da sagt er schon sehr ernst, dass sie erst zehn Jahre später heiraten konnten, weil er zu arm war: „Es hat nie abgelöscht.“ So wie er es sagt, kann sie sich vorstellen, dass es etwas sehr Schönes bedeutet. „Ich war Friseur, meine Frau hat im Geschäft mitgearbeitet. Als es uns besser ging, haben wir mal eine Reise mit dem Schiff von Amsterdam nach Basel gemacht.“ Seine Augen leuchten. „Waren Sie schon mal in Amsterdam?“, fragt er und Lo sagt: „Bis jetzt nicht.“
Das Schiff legt mit einem ziemlichen Ruck in Rüschlikon an, wo viele Leute einsteigen. Ueli seufzt wieder. „Mein Sohn und meine Schwiegertochter helfen mir. Aber ich habe Angst vor dem Zügeln, vor der Umstellung. Jetzt kommen

schwierige Tage auf mich zu.“ Er sackt in sich zusammen, der Anzug ist nicht mit ihm eingelaufen. „Heißt *zügeln* umziehen?“, fragt Lo. Das Wort wird sie sich aufschreiben. Er nickt und lächelt kurz. Um ihn aufzuheitern, und weil er ja immerhin Wörter sammelt, sagt sie: „Dann ist ja in der Schweiz ausgerechnet derjenige ungezügelt, der immer an der gleichen Stelle wohnen bleibt.“ Aber er nickt bloß sorgenvoll. „Und fahren Sie jetzt Ihre Frau besuchen?“ Jetzt schaut er verwirrt auf und zeigt dann mit dem Finger auf einen Hügel am Seeufer. „Ich war heute früh schon bei ihr oben. Diese Bootsfahrt mache ich einmal die Woche, einfach so. Es ist nett, dass Sie sich für einen alten Mann wie mich interessieren.“ Er lacht wieder, nippt an seinem Kaffee und schüttelt sich. „Nach der Pension habe ich begonnen mit zwei Freunden zu wandern“, sagt er unvermittelt. „Zu Fuß in einem Tag von Zürich nach Schaffhausen, in zehn Stunden.“ Lo ist beeindruckt, auch wenn sie nicht genau weiß, wie weit das ist. „Jetzt sind beide schon tot. Und ich wandere immer noch.“ Bis vor ein paar Jahren, sagt er, sei er immer unter der Zeit geblieben, die auf den Schildern angegeben ist. Aber sein Herz sei doch nicht mehr so gut wie früher. Wieder seufzt er. „Sonst wäre ich schon lange nach Lourdes gefahren, meiner Frau zuliebe.“ Der Sohn würde es ja für Unsinn halten, aber seine Frau, die glaube fest daran. Und es sei ihre Lieblingsschwester und die einzige, die überhaupt noch lebe. „Sie hat solche Schmerzen. Und wird immer verwirrter. Ein Tumor im Kopf. Selina meint, dass jetzt nur noch Wasser aus Lourdes helfen kann. Aber dem Versand traut sie nicht. Ich wünschte, es wäre nicht so weit.“
Lo denkt nach. Für sie wäre das ja keine Sache. Sie könnte es Ueli doch anbieten. „Ist die Schwester ihrer Frau auch

im Pflegeheim?“ Er schaut sie erstaunt an. „Nein, sie wohnt in Verscio. Im Tessin. Maria will dort nicht weg. Obwohl Selina seit Jahren versucht, sie zu überreden.“ Lo fragt ihn nach Marias Nachnamen. „Beri“, sagt Ueli mit abwesendem Blick und dann müssen sie aussteigen. Auf dem Quai verabschieden sie sich. Lo wünscht ihm einen guten Umzug und er ihr eine gute Reise.

IC 776 ab Zürich HB

Ein Herr mit Hornbrille erklärt einer Dame um die Sechzig, wie eine Wirbelschichtanlage funktioniert. „Da haben Sie einen interessanten Beruf", sagt die Dame. Der Mann nickt: „Bloß sehr wenig Freizeit." Sie seufzt. „Mein Sohn hat leider zu viel. Er ist seit einem Jahr arbeitslos. Ursprünglich ist er Hotelkaufmann und jetzt hat er noch eine Webdesignerausbildung gemacht, aber er findet nichts." Der Wirbelschichtanlagenspezialist nickt, bedauernd. Zwei Zollbeamte gehen durch den Wagen. Wie Lo den Laden kennt, wird sie wohl wieder ignoriert werden.
„Wo wollen Sie hin?", fragt der Beamte den Herrn im blauen Anzug vom Zweiersitz neben ihr, der kaum Gepäck hat. Er antwortet auf Französisch, dass er nach Karlsruhe wolle. „Was machen sie dort?" Er will seine Cousine treffen. Eine Karte müsse er noch lösen. Danach bitten sie den Mann in Nadelstreifen mit den weichen teuren Schuhen, der direkt hinter Lo sitzt, seinen Ausweis zu zeigen. Als die Zoll- und die Bahnbeamten vorbei sind, setzt sich der im blauen Anzug ein paar Sitzreihen weiter nach hinten. Der andere Mann tut nichts als mit den Beinen zu zittern. Als Lo ihm einmal kurz ins Gesicht sieht, hört er für eine Minute damit auf, dann beginnt er wieder und ihr Sitz wackelt weiter. In ihrer Tasche vibriert das Handy: *Liebe! Bin so traurig, dass wir uns verpasst haben. Bloß wegen diesem scheißvirus. Wollte dich aber auf keinen fall anstecken. Reto hat gesagt, dass du gut aussahst. Und ihm deine route gezeigt hast. Er war beeindruckt! Sonst wusste er nicht gerade viel von dir. Mail mir bald ja! Du fehlst mir. Ich umarm dich S. Passen die unterhosen?* Lo schreibt ausführlich zurück, dann versucht sie zu

schlafen, kann aber nichts dagegen tun, dass sie bemerkt, dass der blaue Herr hinter Freiburg aufsteht und neben dem Nadelstreifenmann stehen bleibt. Sich auf dessen Sitzlehne abstützt. Ihn nicht anschaut und doch anschaut. Dann gehen beide kurz hintereinander in Richtung Speisewagen. Der Nadelstreifenmann lässt seine Aktentasche und seinen Mantel hinter ihrem Sitz. Wenn da jetzt eine Bombe drin ist, denkt Lo. Sollte sie die Leute um sie herum informieren? Oder selbst die Tasche untersuchen? Die Frau mit dem arbeitslosen Sohn löst inzwischen Kreuzworträtsel, der Wirbelschichtler hat einen Grisham zu lesen. Außer ihr scheint niemand etwas bemerkt zu haben. Sie hofft, dass die beiden Männer wirklich in Karlsruhe den Zug verlassen. Wieder kommt eine SMS. *Das ist großartig. Bin megastolz auf dich. Allein dafür hat sich die reise schon gelohnt. Du, und du kannst jederzeit zu mir kommen (wenn ich nicht grad in quarantäne bin;) und wenn du nen job brauchst, kann ich mal bei uns fragen. Küsse* Mit Sandra steht sie eigentlich immer irgendwie in Verbindung. Sie haben sich fast täglich vom Arbeitsplatz aus gemailt, solange Lo noch einen hatte.

Karlsruhe wird angesagt. Aber die Männer sind noch gar nicht zurück. Vielleicht steigen sie weiter vorne aus, denkt Lo. Aber was ist mit der Tasche? Jetzt kommen sie hintereinander durch die Tür, setzen sich wieder auf ihre weit voneinander entfernten Plätze und lassen den Bahnhof Karlsruhe einfach vorbeiziehen. Lo versucht sich unauffällig zu benehmen und sie doch im Auge zu behalten. Als Kind wollte sie Detektivin werden, wie *Kalle Blomquist* oder später *Trixie Belden* aus den *Schneider*-Büchern. Aber abgesehen von Neugier und einer gewissen Wachsamkeit fehlen ihr sämtliche Qualifikationen, allen voran gute Nerven.

Kurz vor Mannheim machen die Männer Anstalten. Der hinter ihr setzt eine alberne karierte Mütze und eine dicke Brille auf. Ausgerechnet jetzt, wo sie selbst Richtung Ruhrgebiet umsteigen will. Wie Lo hasten sie wegen der Verspätung in den Zug auf dem gegenüberliegenden Gleis, der Nadelstreifenmann wirft ihr einen finsteren Blick zu. Wieder sitzen sie im gleichen Großraumwagen wie sie, diesmal sogar nebeneinander. Nein, sie wäre nicht gern Detektivin. Aber bei Sandras Versicherung zu arbeiten, kann sie sich auch nicht vorstellen. Auch wenn es dort viel Geld zu verdienen gibt. Wahrscheinlich geht es auch bei den beiden Männern bloß um Geld. Sicher schmuggeln sie. Trotzdem ist Lo erleichtert, als sie in Frankfurt Flughafen aussteigen. Und obwohl neben ihr jemand auf seiner Tastatur herumhaut, kann sie endlich einschlafen.

ICE 649 ab Bochum Hbf

Zwei Wochen beinahe und wieder in Dortmund. Dort ist Hier. Hier ist Dort. Sie wird einfach durchfahren. Wie durch jede andere Stadt. Am Bahnhof hängen ein paar gelb-schwarze Männer mit Bierflaschen herum, sonst hätte sie ihn vielleicht gar nicht erkannt. Es gibt keinen Grund auszusteigen. Sie hat saubere Wäsche und gestern im Kloster geduscht.
Lo döst vor sich hin, bis in Gütersloh eine Gruppe von Frauen einsteigt, denen runde Scheiben an Bändern um den Hals baumeln: *Kegelgruppe Warendorf 1990-2005*. Die Frau mit den roten Strähnchen in den Haaren, die sich schräg gegenüber hingesetzt hat, verteilt Plastikbecher und dreht einen großen Flachmann auf. Lo gibt sie auch einen Becher: „Nimm, Mädchen, du siehst gar nicht fröhlich aus." Lo trinkt tapfer mit, obwohl es sich um so was wie Doppelkorn handelt. „Und in welcher Zeitung steht, wenn die Frau den Mann aus dem fünften Stock schubst?", fragt die blonde Frau am Fenster. Den Anfang des Witzes hat Lo verpasst. „Schöner wohnen", prustet sie, alle lachen und es wird nachgeschenkt. Lo hält die Hand über ihren Becher und sagt, dass sie in Bielefeld raus muss. Die Frauen auch, sie fahren nach Paris. Mit demselben Zug, mit dem Lo nach Brüssel fährt. Mit demselben Zug, mit dem sie vor zehn Tagen nur bis Charleroi gekommen ist. Montag früh müssen sie schon wieder zurück. Sie konnten erst heute Abend losfahren, nachdem ihre Männer von den diversen Bundesligaspielen zurück waren. In Bielefeld geht Lo mit ihnen in die Bahnhofskneipe. Zwei sind Hebammen. Die mit den roten Strähnchen arbeitet in einem Frauenhaus.

Die älteste gibt Gesangsstunden. Was die drei anderen machen, findet Lo nicht heraus, aber dass alle Kinder haben und sie jetzt schon vermissen. „Wir kegeln gar nicht mehr, wir quilten. Haben uns bloß noch nicht umbenannt", sagt Bea, die eben den Witz erzählt hat. Als sie in den Nachtzug steigen, ist Lo mehr als beschwipst. Sie schläft tief und fest, bis der Liegewagenschaffner um halb sechs an ihr Abteil klopft. Wenn sie liegen bliebe, wäre sie in ein paar Stunden in Paris. Aber sie will nach Amsterdam. Sie müsse sich beeilen, sagt der Schaffner, er sei leider spät dran. Schnell zieht sie sich an und stolpert auf den Bahnsteig. Wieder ein Tunnelbahnhof. Bea lehnt aus dem Fenster und ruft ihr zu: „Mach's gut, Lo, genieß es, zuhause bleiben kannst du später noch lange genug!" Sie ist höchstens fünf Jahre älter als Lo.

THA 9333 ab Bruxelles-Midi

Das ist ein schöner Zug, denkt Lo. Aber auch der schönste Zug würde ihr heute auf die Nerven gehen. Weder bekommt sie auf diese Weise einen Eintrag im *Guinnessbuch der Rekorde* noch sonst irgendeine Auszeichnung, die ihren Marktwert verbessern würden. Obwohl: Dass sie mobil und flexibel ist, könnte sie jetzt schon behaupten.

Jemand hat seine *Zeit* liegen lassen, aber die *Chancen* fehlen. Sie hätte doch nicht gewusst, wonach sie suchen soll. Irgendwie hofft sie, dass ihr unterwegs etwas gelegen kommt, das sie dann ergreifen kann oder das sie ergreift. Sie schreibt Gelegenheitsjob in ihre Liste. Die Kolumne. Sie hat noch nicht mal begonnen. Bloß darüber nachgedacht, ob ihre Begegnung mit Ueli ein Thema hergäbe, es aber gleich wieder verworfen, weil die Kolumne schließlich vom Zugfahren handeln soll.

Lo fühlt sich wie eine Roulettekugel. Solange sie in Bewegung ist, ist noch alles möglich. Wenn sie liegen bleibt, muss es die richtige Stelle sein. Lo würde gerne jemandem Glück bringen, der es braucht. Sie würde auch gern selbst auf eine Zahl setzen und dann dort liegen bleiben.

Der Zug ist schnell, sie sind schon beinahe in Rotterdam, keine Nordsee, aber Windmühlen und riesige Treibhäuser. Gegenüber reden zwei Frauen auf Niederländisch von Blumen. Lo kann nicht alles verstehen. Scheinbar waren sie in Brüssel auf einem Seminar. Jetzt unterhalten sie sich über *Frouwen* in Kolumbien. Weil sie wohl zu auffällig zugehört hat, spricht die mit dem schwarzen Pagenschnitt und der roten Brille sie auf Englisch an. „Are you interested in flowers?“ Lo ist überrumpelt und entschuldigt sich fürs Zuhören. Aber die junge Frau hat die Frage ernst gemeint und spricht in Deutsch weiter: „Wir sind vom Label für ökologisch und sozial verträgliche Blumenproduktion", sagt sie, „das kennst du sicher, kommt ursprünglich aus Deutschland." Lo hat noch nie davon gehört und sagt, dass sie fast nie Blumen kaufe. Dann fallen ihr die Rosen ein, die sie erst vorgestern für Dasha besorgt hat. „Die letzten waren aus Holland", gibt sie zu. Jetzt lehnt sich die andere im bunt gemusterten afrikanischen Kleid nach vorne. „Ja, das denkst du", sagt sie, „aber meistens kannst du es gar nicht mehr erkennen, weil alle Blumen über Aalsmeer kommen." Aalsmeer? Mit Blumen hatte Lo bis jetzt nichts am Hut. Sie gehen ihr immer ein. Ihr welche zu schenken, sei Beihilfe zum Mord, hat Markus einmal gesagt, dabei ist sein Daumen auch nicht gerade grün. „Das ist die große niederländische Auktion, wo in- und ausländische Blumen an Händler aus ganz Europa versteigert werden", kommt die Frau mit dem Pagenschnitt zu Hilfe. Dann erzählen sie abwechselnd von Pestizidvergiftungen, mangelnder Schutzkleidung, sexueller Belästigung, 16-Stunden-Schichten und fehlendem Kündigungsschutz. „In Kolumbien kann Gewerkschaftsmitgliedschaft tödlich sein." Lo verspricht, beim nächsten Rosenkauf auf das Label zu achten. Die Frau im bunten Kleid reicht ihr noch ein Prospekt, die andere empfiehlt ihr ein Internetcafé in Amsterdam, und gemeinsam steigen die beiden gutgelaunt in Den Haag aus. Lo denkt an Jonas und seine Delfinkleidung und fragt sich, ob sie auch so gutgelaunt wäre, wenn sie das Gefühl hätte, die Welt zu verbessern.

Das empfohlene Café ist gemütlich, Sofas und Lehnstühle, Bildschirme und Tastaturen sind auf schwenkbaren Tischen

angebracht. Der Latte Macchiato ist so gut, dass sie noch zwei weitere trinken wird, ohne Rücksicht auf Magen oder Schlaf. Hier wird sie bleiben und die Grachten Grachten sein lassen. Sie hat ja auch in Venedig keinen Kanal gesehen.
Als sie sich einloggt, ist sie nervös. Immerhin. Hundertzweiundvierzig neue Nachrichten. Zuerst löscht sie den Spam, dann die Newsletter und die rege Kommunikation der Mailinglist, die sie schon lange verlassen wollte. Danach hat sie noch neunzehn Mails, von denen vier Einladungen zu Vernissagen und Ü30-Partys sind. Bleiben drei von Sandra, eine von Karla aus dem Fitness, eine von Desiree, die sich seit Jahren nicht gemeldet hat, zwei von Markus, und je eine von Frank, Mutter, Kai, Jasmin, Julia, ihrem Ex-Chef, Jonas und ihrem Vater.
Bevor sie eine davon öffnet, taucht sie die Nasenspitze in die aufgeschäumte Milch. Um nicht Franks Mail als Erste zu lesen, nimmt sie die ihrer Mutter, immerhin deren erste überhaupt. Kai hat ihr gezeigt, wie man den Computer anstellt und das Mailprogramm bedient, bevor er nach Sydney geflogen ist. Lo macht sich manchmal ein bisschen Sorgen um ihn. Aber er sagt immer, das sei wie beim Autofahren, wer am Steuer sitzt, habe keine Angst. *Deine Mutter in NY am Computer, was sagst du jetzt?* Sie hofft, dass es Lo gut geht und dass sie mit ihrem Gewinn etwas Schönes macht. Aber sie solle doch auch etwas von dem Geld anlegen. *Da wende dich am besten an deinen Vater.* Ihr Vater hat in der Praxis Internet, aber normalerweise bedienen das nur seine Mitarbeiterinnen. Er hat – sie weiß nicht, von wem – erfahren, dass sie gekündigt hat und findet das gar nicht gut. Seine Argumente erinnern sie an Markus, mit dem er sich schon immer gut verstanden hat. Auch er bittet um dringende Nachricht. Das Quiz hat er gesehen und ist

mächtig stolz auf sie und seine Ex-Frau. *Dass du so viel weißt, hätte ich nicht gedacht, Kind, aber du kaust ja immer noch an den Nägeln,* schreibt er und umarmt sie am Schluss. Jasmin findet schade, dass sie nicht mal wieder bei ihr und den Nichten vorbeikommt. Sie ist tatsächlich kein einziges Mal durch Münster gefahren. Wenn sie Sandra besuchen würde, käme sie dort vorbei. Aber es ist noch zu früh für Familienkontakt. Allerhöchstens Kai könnte sie kurz sehen und dann einfach weiterfahren. Seine Mail ist von gestern, er schreibt vom Flughafen in Sydney und ist begeistert: *Super, kleine Schwester, dass du dich mal aus dem Pott wagst, das wurde auch Zeit. Jetzt musst du nur noch fliegen lernen. Du weißt ja, wo ich wohne.* Auch der Rest der Familie hat ihr früher gepredigt, die Stadt zu verlassen, aber das war noch, bevor sie den „prima Job“ hatte.

Markus erklärt ihr die Koalitionsverhandlungen und ist eifersüchtig auf den Mann, mit dem Letizia einen Werbespot für Schokolinsen dreht. In der zweiten Mail macht er ihr Vorschläge, was sie werden könnte: Werbetexterin, Lehrbeauftragte oder Reisebegleiterin für alte Leute. Frank hofft, dass es ihr gut gehe und ihr das Buch gefallen habe. *Bestimmt lernst du viele Männer kennen,* schreibt er. *Pass auf dich auf.* Und dass sie sich doch mal melden solle.

Ihr Ex-Chef kann eine Datei nicht finden, Jonas berichtet ihr vom ganz normalen Wahnsinn und findet, dass sie zur Weihnachtsfeier kommen soll, schließlich wäre sie ja zehn Monate des Jahres dort angestellt gewesen, da hätte sie auch Anspruch auf fünf Sechstel Weihnachtsfeier. Ihre Kollegen denken noch immer, dass sie in Rom ist. Karla schreibt, dass sie Lo neulich gesehen habe, sie habe sich beinahe die Arme ausgerenkt beim Winken. Und ob sie sich nicht mal wieder zum *Power Yoga* verabreden sollten. Desiree ist

umgezogen und Julia hat noch kurz vor ihrer Abreise geschrieben, dass sie sich schon auf sie freue und die Redaktion grundsätzlich Interesse an einem Beitrag, vielleicht sogar einer Reihe von Kolumnen habe. Jetzt müsse sie halt mal was von ihr lesen.
Nachdem Lo allen geantwortet hat, eine Stunde hat sie allein für die Mail an Sandra gebraucht, zahlt sie für die Verbindung und den Kaffee und geht zum Bahnhof zurück.

IC 640 ab Amsterdam CS

Jetzt fährt sie doch wieder nach Paris. Es geht nicht anders. Diesen Zug hätte sie besser nicht genommen. Er ist total überfüllt mit schwarz angezogenen Menschen. Sonntagsreisende. Lo bekommt mit, dass sie von einem Open-Air kommen. Sie stellt sich düstere Musik vor. Dass sie einen Sitzplatz in einem Sechserabteil findet, ist reines Glück. Auf der anderen Seite der Scheibe zum Gang lehnt ein schwarzer Rücken, auf dem sie *Murderer* liest. Fast alle tragen schwarze Kapuzenjacken und sind sehr jung. Die Kapuzen über dem Kopf. Die Füße und Beine voll getrocknetem Schlamm. Da, wo sie herkommen, hat es geregnet. Vielleicht liegt es am Wissen um die bestehenden Widerstände, dass Lo nach einer halben Stunde glaubt, sich unbedingt zur Toilette durchschlagen zu müssen. Sie öffnet die Schiebetür, aber kommt kaum aus ihrem Abteil raus. Vorsichtig setzt sie die Füße, um die auf dem Boden Lagernden nicht zu berühren. Manche liegen, andere sitzen auf ihren Taschen. In diesem Gang haben gewiss einige ebenso lang nicht geduscht wie sie. Lo schwankt und ein Mädchen macht eine abwehrende Bewegung in ihre Richtung. Jemand reicht auf Höhe ihrer Knie eine Flasche Bier durch. Lo kämpft sich weiter vor, aber sie schafft es nicht zur Toilette, weil auch vor der Toilettentür Leute sitzen, riesige Taschen und Rucksäcke davorliegen, weil jemand sagt, das Klo sei kaputt. Kann ja jeder sagen, denkt sie, jeder, der davor sitzt. Dran glauben müssen, denkt sie, während sie wieder zurück über die Leute steigt, die lachen und Zigaretten drehen und einander im Arm halten. Alle so jung, gibt es dafür keinen Namen? Wie nennt man so junge Menschen?

Sie zwängt sich wieder auf ihren Platz und seufzt. Denkt an Ueli. Wenn der nicht geseufzt hätte, wäre sie nicht hier. Wenn man irgendwohin will, ist es gleich viel anstrengender, denkt sie. Und dass das wohl Reisemüdigkeit ist, Redemüdigkeit, Menschenmüdigkeit. Ausgerechnet jetzt, wo sie eine Strecke von fünfzehn Stunden vor sich hat, will sie nicht mehr mit vielen Menschen in einem Raum sein, ganz egal, ob der Raum sich bewegt oder nicht.

D 14140 ab Bayonne

Dran glauben müssen, denkt Lo auch jetzt, kurz bevor sie in Lourdes ankommt. Ob nicht auch diejenigen daran glauben müssen, die das Wasser holen, damit es hilft. Unsinn. Hauptsache, Maria glaubt daran. Und ihre Schwester. Auf dem Hügel eine Burg, für deren Besichtigung die Leute sicher von weit her kommen, in den Ortschaften Häuser mit seltsam rechtwinkligem Fachwerk.
Der Zug ist im Gegensatz zu gestern erstaunlich leer. Vielleicht stimmt es gar nicht, dass täglich Tausende von Pilgern zu der Quelle strömen. Lo hat sich trotzdem im Netz eine Verbindung rausgesucht, die ihr Zeit genug ließe, in einer Schlange zu stehen.

Es scheinen auch deutlich vollere Züge hier anzukommen, viele Gruppen, Senioren, erstaunlich viele Jugendliche. Und Lo. Ob sie ihr Haar bedecken muss? Ob sie irgendeine Ausrüstung braucht? In jedem Fall braucht sie ein Behältnis. Aber dafür muss sie nicht in den Devotionalien-Discounter. Eine Fertigflasche für drei Euro will sie ohnehin nicht kaufen. Ihr Wasser soll heute und eigenhändig abgefüllt sein. Sie kauft einen Liter Evian und trinkt ihn auf dem Weg zum Wallfahrtsbezirk.
Nun schwimmt sie also wirklich mit dem Pilgerstrom. Vor ihr geht ein englisches Paar um die Vierzig. „Don't be silly", sagt die Frau, die noch ihre Fahrradhandschuhe trägt, und der Mann dreht sich um, als hätte er etwas verloren. Auf dem Platz vor der großen Kirche überholt Lo zwei Männer mit einer Trage, auf der ein glatzköpfiges Mädchen liegt. Alle drei wirken gelassen.

Überhaupt gleicht die Stimmung trotz der vielen Menschen aus aller Welt kein bisschen der Bahnhofsatmosphäre, an die Lo sich in den letzten zwei Wochen gewöhnt hat. Die ihr viel weniger fremd ist als die Andächtigkeit hier in Lourdes.
Auch an dem Rohr mit den vielen Wasserhähnen herrscht keine Hektik. Ihre Bedenken, sie könne mit ihrer Literflasche unangenehm auffallen, verfliegen sofort, als Lo sieht, dass an manchen Hähnen offenbar Großaufträge ausgeführt werden. Unzählige kleine Flaschen stehen rund um einen freundlich dreinblickenden Mann, der das Wasser laufen lässt, während er die Flaschen wechselt.
Als ihre Flasche voll ist, schreibt sie das Datum und die Uhrzeit darauf, überlegt einen Moment lang, sich doch in der Schlange zur Grotte anzustellen, setzt sich dann aber einfach auf dem Platz vor der Kirche auf den Boden und wartet.

„Ja, ich weiß, wenn man mich nicht näher kennen würde ...“ Lo hat mal wieder Markus angerufen, der sie endgültig für verrückt hält, seit sie zugegeben hat, in Lourdes zu sein. „Aber du warst doch nicht in der Grotte? Lotte!“, sagt er. Ihren vollen Namen, immer wenn er streng ist, aber diesmal bewirkt es das Gegenteil. „Ich habe doch nur ein bisschen Wasser geholt“, antwortet sie, während an ihrer Telefonkabine immer noch mehr Menschen vorbeiziehen. „Bist du wahnsinnig?“ Markus ist Rationalist. Er war auch mal Sozialist, was aber sehr lange her und in seinem jetzigen Job nicht gefragt ist. „Es lag auf dem Weg.“ – „Ha“, ruft er laut, ohne Rücksicht auf seinen Kollegen, der diesmal neben ihm sitzt. Vielleicht hat er innerlich schon gekündigt. „Auf dem Weg wohin?“ – „An die Riviera, zu der Frau, die einen

Job für mich hat." Aber Markus hat als Kind einen leuchtenden Globus gehabt und auch damit gespielt. „Du fährst zum falschen Meer." – „Du weißt ja gar nicht, wo ich herkomme, und was soll das eigentlich werden? Inquisition?" Als sie zusammen waren, haben sie sich nie gestritten. „Erstens: Gestern hast du mir aus Amsterdam geschrieben. Zweitens: Es beunruhigt mich, dass eine intelligente, logisch denkende Person, und das hast du doch gemacht in deinem Job, logisch gedacht, dass die auf einmal die Hochburg des Wunderglaubens aufsucht, die auf überhaupt keinem Weg liegt, außer vielleicht auf dem Holzweg." – „Empiriker!" – „Was soll das denn heißen?" – „Und überhaupt versetzt Glaube Berge, daran glaub ich, auch wenn das nur Placebo-Wasser ist." Es kommt ihr komisch vor, der katholischen Kirche zuzuarbeiten, und darum erzählt sie jetzt von Ueli, Selina und Maria, als wären es enge Freunde von ihr. „Und die wissen das nicht, dass du ihnen das Wasser holst?", fragt Markus. Er ist nur ein bisschen besänftigt. „Noch nicht", sagt Lo, und dass er jetzt wirklich aufhören kann, sich Sorgen zu machen. „Ich habe bloß Angst, dass du nicht wiederkommst", gibt er zu, „und in meinem Wahn habe ich mir sogar schon vorgestellt, dass du zu einer Sekte übertrittst." – „Das ist doch absurd", zumindest das mit der Sekte, denkt sie und verspricht, sich bald wieder zu melden. Und er solle doch auch bald kündigen, weil er sonst immer unglücklicher werde, oder wenigstens Urlaub machen, mit Letizia. Als sie aufgelegt hat, ist sie traurig. Darüber, dass es nur die zwei Möglichkeiten gibt: Wiederkommen und Nichtwiederkommen.

IR 2165 ab Basel SBB

Die Reiseroute wird in drei der Landessprachen angesagt. Es knistert, aus einer Tupperdose entweicht das Vakuum. Alle beginnen zu essen. Nur Lo ist nicht dazu gekommen, sich etwas zu besorgen, weil sie im Bahnhof am Zoll warten musste. Dafür hat sie sich in Mulhouse neue Batterien für den Discman besorgt, und eine weitere CD. Schon wegen des Gotthard-Tunnels. Seit Lourdes ist sie viermal umgestiegen.

Eine Sitzreihe weiter vorne spricht jemand in indischem Englisch über Moleküle. Die Sonne scheint in ihr Fenster. Platz hat sie auch. *Prossima Fermata: Lucerna.* Wieder ein See, auf dem man Boot fahren möchte. Und rundherum Berge. Lo schaut gerne zu ihnen auf, faltig und zerklüftet, wie sie sind, wirken sie weise.

Sie nimmt die Gratiszeitung aus dem Mülleimer. Polen hat Mitte rechts gewählt und die Schweiz den Arbeitsmarkt auch für Polen geöffnet. In Afghanistan brauchen sie für die Auszählung der Stimmen fast so lang wie in Deutschland für die Sondierungsgespräche. Sieben Tage sieben Nächte ohne Regierung. In Arth-Goldau steht neben der Strecke ein riesiger Storch.

Der nächste See ist türkis. *Erstfeld* liest sie auf einem Straßenschild. Jetzt müssen bald die Kehrtunnel kommen, von denen Julia erzählt hat. Pass auf, hat sie gesagt, erst ist die Kirche rechts von dir auf gleicher Höhe. Dann plötzlich links weit unterhalb des Zuges.

Das stimmt. Lo macht Fotos mit ihrem Handy. Danach nimmt sie den CD-Player hervor, schließt die Augen und hört *Into the Great Wide Open.* Als sie sie wieder öffnet, ist es hell. Sie haben die Alpen unterwunden. Lo ist im Tessin. Die Landschaft wird zunehmend rostiger.

Kaum folgt sie einem Plan, verfährt sie sich. Jetzt steht sie in der prallen Mittagssonne an einer Haltestelle namens Gardolo. Alles an ihr ist schwarz und lang, abgesehen von ihrem Schatten. Auf einem Bänkchen sitzt eine Dame mit Einkaufstaschen. Auf der anderen Seite der Gleise bauen sieben halbnackte Männer ein Haus. Lo verzieht sich mit ihrem Rucksack hinter einen Busch. Zwar liegt in ihrem Rücken eine Straße, aber sie kann weit und breit niemanden sehen.
Also zieht sie das lange rote Kleid aus Paris über den Kopf und den Pullover darunter hervor. Die Bauarbeiter bauen unbeirrt weiter. Nur einer winkt, als sie hinter dem Busch hervorkommt. Vielleicht um sie darauf hinzuweisen, dass ihre schwarze Hose und die Turnschuhe unter dem Saum hervorschauen. Lo fühlt sich trotzdem gut und genießt die Sonne. Gleich wird sie Maria das Wasser bringen, morgen schon an der Riviera sein und vielleicht schreibt sie ja auf dem Weg dorthin sogar noch eine Kolumne. Über Zwischenhalte zum Beispiel.

R 366 ab Locarno FART

Im zweiten Anlauf findet sie die Schmalspurbahn, die unterirdisch startet. Geht geradewegs in die Toilette, zieht dort die Hose aus und tauscht die Schuhe. Als sie herauskommt, gibt es in der zweiten Klasse noch genau einen Sitz. Der Zug pfeift, wird langsamer, die Streckenarbeiter rufen dem Zugführer etwas zu und warten an der Felswand, bis er vorbei gefahren ist. Links neben der Strecke baden ein paar Jungen in einem breiten Fluss, der nur an wenigen Stellen tief genug zu sein scheint. Dahinter, über dem dicht bewaldeten Hügel, kreist ein Hubschrauber.
Lo hatte sich das einfacher vorgestellt, gedacht, dass sie bloß am Bahnhof die erste Person, die sie trifft, fragen muss. Die würde ihr dann den Weg weisen. Aber weder steigt jemand mit ihr aus, noch ist rund um das Haus, auf dem *Verscio* steht, ein Mensch zu sehen.
Erst als sie ein Stück geradeaus gegangen ist, kommt sie zu einer Bar, auf deren Terrasse ausschließlich Männer in von Arbeit schmutziger Kleidung sitzen und Bier trinken. Lo bindet sich den Pullover so um die Schultern, dass der Knoten der Ärmel ihren Ausschnitt verdeckt, und sagt *Buon giorno*. Die junge Frau hinter der Bar nickt sofort, als Lo ihr den Namen nennt. Die Hauptstraße müsse sie runter und dann bei der Bäckerei links, den Berg hinauf. Nummer 12. Lo trinkt an der Bar einen Espresso, bevor sie geht. Sie ist nervös. Einfach bei einer fremden Frau klingeln und eine Flasche Evian abgeben, auf der das Datum von gestern steht. Aber jetzt ist sie hier, in einem Dorf, das ganz aus unregelmäßigen grauen Steinen aufgebaut ist. Sogar in den Boden sind kleine eiförmige Steine eingelassen, so dass Lo

vorsichtig gehen muss, um nicht umzuknicken. Zwei kleine schmale Katzen, die auf dem Weg in der Sonne lagen, springen auf und laufen ihr voraus.
Nachdem sie gegen die dicke Holztür geklopft hat, öffnet ihr ein junger Mann Anfang Zwanzig mit großen Augen und kurz geschorenen Haaren. Sie könne Deutsch sprechen, sagt er auf ihre Frage nach Maria Beri. Maria ruhe sich aus. Was sie wolle. Sie hält die Flasche in der Hand und weiß nicht, wie sie dem jungen Mann, der seine muskulösen Arme auf schmalen Hüften abstützt, erklären soll, was sie herführt. „Ich komme von Ueli, von Ueli und Selina, ich soll Maria etwas bringen."
Maria liegt auf einem mit einer orangefarbenen Decke überworfenen Sofa und schaut bei geschlossenen Läden ohne Ton fern. Als Lo hereinkommt, schaltet sie das Gerät trotzdem aus und knipst eine Lampe an. Lo hat sich vorgestellt, dass sie viel älter aussehen würde. Ihre dunkelbraunen Haare sind hochgesteckt, ihr Gesicht ist ordentlich geschminkt und die spitze Nase gibt ihr etwas Elitäres, das sofort verschwindet, als sie lächelt.
„Wer bist du?", fragt sie. „Ich bin Lotte", sagt Lo, um seriöser zu wirken. „Ich bringe Ihnen Wasser aus Lourdes." Maria richtet sich umständlich auf, man kann in ihrem Gesicht sehen, dass es ihr Schmerzen bereitet. „Bleiben Sie doch", bittet Lo und Maria sagt, sie solle sie doch bitte duzen. „Wasser aus Lourdes", wiederholt sie mit der Flasche in den knochigen Händen. Sie scheint keinen Moment lang an dessen Echtheit zu zweifeln.
„Grazie", sagt sie mit brüchiger Stimme, „mille, mille grazie!" Und sie müsse sofort Selina anrufen. Wie gut es ihr gehe. Und wie Selina sich freuen werde. „Bist du Selinas Tochter?", fragt sie und Lo überlegt, ob sie Maria anlügen

soll. „Nein“, sagt sie dann, „ich kenne nur Ueli, ihren Mann. Er hat mich nach Lourdes geschickt.“ – „Du bist nur wegen mir nach Lourdes gefahren“, die Flasche zittert in den Händen der Frau. „Bittest du Eric, dass er zwei Gläser bringt, dann können wir gleich damit anstoßen.“ Lo weiß nicht, was sie sagen soll. „Das ist doch für Sie. Dich. Alles.“ Maria rutscht ein bisschen nach unten, sagt, dass Lo dann eben Wein bekomme, und ruft selbst nach Eric, er solle für sich auch ein Glas bringen, es gebe etwas zu feiern. Lo steht noch immer mitten im Raum.

Als sie anstoßen, ertappt sie sich dabei, zu hoffen, dass Maria doch etwas von dem Wasser spürt, sofort. Sie beobachtet sie beim Trinken und ist fast ein bisschen enttäuscht, als Maria Eric bittet, ihr das Kissen, das heruntergefallen ist, unterzuschieben, weil sie sich wieder hinlegen möchte.

„Er ist ein Glücksfall“, sagt Maria, als er gegangen ist, und dass er hier zur Schule gehe, um Clown zu werden. „Du bist auch ein Glücksfall. Was machst du hier?“ Lo zieht sich einen Klavierhocker ans Sofa und erzählt Maria vom Reisen, von Ueli, von Lourdes.

„Gibst du mir das Buch, Carissima, das gelbe.“ Lo sieht kein Buch. „Ganz oben im Regal.“ Lo sieht auch kein Regal. „Weißt du, dass es Orte gibt, die zu einem passen? Länder und Städte. Was ist dein Sternzeichen?“ Maria atmet schwer und Lo überlegt, ob sie ihr von dem Wasser nachschenken soll oder lieber normales holen. Sie sagt: „Waage.“ Maria hat die Augen geschlossen. „Mein Ort ist das Tessin“, sagt sie leise, „kannst du mir das Telefon bringen.“

IC 2184 ab Genova P. Principe

Der Zug fährt am Hafen vorbei, an alten Häusern mit blassgrünen Fensterläden, einer still gelegten Ölraffinerie, dazwischen immer wieder Tunnel und ganz kurz das Meer, millisekundenlang aufblitzend, so wie die verbotene Coca-Cola-Werbung, die zwischen die Bilder im Film geschnitten wurde, eine *Urban Legend* wahrscheinlich. In jedem Fall funktioniert es.
Auch der Kontrolleur erscheint Lo eher wie ein Kapitän, mit der goldenen Kordel über der Mütze. Wieso kommt es ihr so regelwidrig vor, sie wird doch bloß einen Tag am Meer verbringen. Schon jetzt sucht sie nach einer Rechtfertigung dafür, der Job, Julias Erwartung. Aber es ist auch Erleichterung dabei. Mal keine bewegliche Kulisse, keine Klimaanlagenverpustung, keine nassen Toilettenböden. Nicht sitzen oder im Weg stehen, keine Menschenmengen. Die letzten drei Tage waren anstrengender als das ganze Reisen vorher. Da sind Palmen am Bahnhof von Pietra Ligure.

Julia steht auf dem Bahnsteig und sieht aus wie Grace Kelly in *High Society*. Sie hat schon Farbe bekommen, was in dem hellgelben Etuikleid besonders gut zur Geltung kommt. In den blonden Haaren hat sie ein gepunktetes Band, an der Hand ein kleines blondes Mädchen in einem gepunkteten Kleid, im Gesicht ein großes Willkommenslachen. Sie hat dieses Lachen, bei dem man nur die obere Zahnreihe sieht, breit und herzlich, ein bisschen fotogen. Sie kann es aufsetzen wie eine Sonnenbrille. Das ist Lo schon im Zug nach Leipzig aufgefallen. Dem Kellner hat sie eins geschenkt, der Frau vom Putzservice, dem Mann, der ihr geholfen hat,

die Tasche aus dem Gepäcknetz zu holen. Und manchmal springt es sie auch an wie ein Schluckauf. Als auf dem Bahnhof von Leipzig-Flughafen eine Frau mit dem Absatz hängenblieb und dann ohne Schuhe weiterlief, um den Zug nicht zu verpassen, konnte Julia kaum aufhören zu lachen.
Lo kommt sich schwerfällig vor gegen diese helle leichte Erscheinung. Maria fällt ihr ein, wie sie am Telefon zu ihrer Schwester gesagt hat: „'S Meidli het eus Wasser bracht."
Sie tritt auf die oberste Stufe und springt mit einem Satz auf den Bahnsteig. Immerhin ist sie jünger und hat eine Europareise hinter sich. So hieß auch ein Spiel, das sie von Kai geerbt hat, man konnte bunte Fähnchen in das Spielfeld stechen.
„Du bist also wirklich da, Robert freut sich auch schon. Das ist Lina. Die anderen sind schon am Strand, gleich beim Hotel. Wir bringen schnell die Sachen hin, ziehen uns um und dann ins Wasser." Lina hüpft, Julia lacht und Lo hegt Fluchtgedanken.
Und schon dreht sich Julia um und geht zielstrebig los, ohne Linas Hand auszulassen. Sie erzählt vom Hotel, vom Essen, von dem Ehepaar aus Berlin, das sie kennen gelernt haben. „Die Frau ist auch Journalistin." Schnapsidee, denkt Lo. Wieso sollte sie für ein Magazin schreiben können? Wieso lässt sie sich von fremden Menschen Zukunftspläne machen? Besser würde sie aus eigenem Antrieb etwas anfangen oder erst mal nachdenken. Erst mal ins Meer.
Das Hotel ist ein hellgelber Würfel mit blauen Fensterläden, Balkonen und einem Dach mit dunkelroten Ziegeln. Es liegt direkt am Strand. Julia grüßt die schlanke Mittfünfzigerin, die ihnen im Eingangsbereich entgegenkommt, und fragt auf Italienisch, ob Tino die Fahrprüfung bestanden hat. Das *Stella Mare* ist ein Familienbetrieb, die meisten Gäste sind

Stammgäste und kommen wie Julia und ihre Familie jedes Jahr um dieselbe Zeit. Im Aufzug sagt Julia, dass Tino der jüngste Sohn der Brunis sei. „Sehr süß, aber wohl auch für dich zu jung." Obwohl Lo hier nicht übernachten wird, überkommt sie bereits ein Gefühl von Gleichmäßigkeit. „Ich muss ja sowieso heute Abend weiter", sagt sie und findet es selbst dumm und unhöflich. Julia lächelt nur und fragt nicht, warum oder wohin. Sie schließt eine Tür auf und sagt: „Das ist unser Zimmer." Es ist genauso freundlich und aufgeräumt wie Julia, und dazu noch meerseitig. Lo zieht im Bad ihr Paris-Kleid über den Nizza-Badeanzug. Julia gibt ihr ein Handtuch.
Am Strand sitzt Robert in einem Liegestuhl. Seine Brille wird von einem Gummiband festgehalten, das seine Frisur in eine obere und eine untere Hälfte teilt. Als er sie kommen sieht, springt er auf und sagt: „Da seid ihr ja endlich. Es ist so ein super Wind. Ich muss unbedingt raus." Julia sagt: „Das ist Robert, mein charmanter Mann. Robert, das ist Lo!" Er gewinnt beim Lächeln. „Entschuldige, ich bin wirklich unmöglich, aber wir haben heute zum ersten Mal richtigen Wind." Julia rollt die Augen. Tommy, der auch eine Gummibandbrille trägt, kommt mit seinem kleinen Brett hinter dem Liegestuhl hervor. Aber der Vater schüttelt den Kopf. „Zu viel Wind, Knöpfchen!", sagt er, zieht die Gummischuhe an und sprintet zum Wasser.
Lo denkt an den Ausdruck *Das-Nachsehen-Haben* und wie wunderbar er auf die Situation passt, aber Tommy weiß das nicht zu würdigen. Er beginnt sich im selben Moment zu langweilen und quengelt. Lina will mit Mami und dem Wal schwimmen gehen. Oder vielleicht mit der Tante. Das wäre auch okay. Weil jetzt das Ehepaar aus Berlin die benachbarten Liegestühle belegt und Julia in ein Gespräch verwickelt,

geht Lo mit Lina und dem Wal ins Meer. Hauptsache ins Meer.
Lina hat schon Vertrauen zu ihr gefasst, als sie im Hotelzimmer *Nicht-Weggucken-oder-Lachen* gespielt haben, während Julia ihre Tampons gesucht hat. Der Wal heißt *Wal de Mar.* Lina sagt *Waldemar* und hat sich das sicher nicht ausgedacht. Waldemar hat große Augen und lacht. Lina findet beim *Finding-Nemo*-Video doof, dass man den Wal nur von innen sieht. Dafür mag sie die lustige Fischfrau, die sich nichts merken kann.
Das Wasser ist deutlich kälter als in Nizza, besonders, wenn man nicht schwimmt, sondern mit einem Plastikwal fangen spielt. Lina würde gern noch bleiben, dabei zittert sie schon am ganzen Körper. Da kommt auch schon die besorgte Mutter mit einem Handtuch gelaufen, um die Kleine darin einzuwickeln.
Lo nutzt den Moment, um hinauszuschwimmen, den Blick vom Strand abgewandt und auf die Linie gerichtet, an der ein Blau ins andere überzugehen scheint. Blaupause, denkt sie. Aber sie ist zu durchgefroren, um den Moment ausdehnen zu können. Auf dem Rückweg versucht sie sich das Bild des Strands einzuprägen. Der Strand vom *Stella Mare* hat blaugelbe Liegestühle und blaugelbe Sonnenschirme. Die Umkleidehäuschen sind im selben Ultramarin, ihre Dächer im selben Sonnenblumengelb. Dazwischen bewegt sich ein orangefarbener Punkt. Der Bademeister mit den langen Wimpern und den großen Augen, den sie schon beim Ankommen registriert hat. Er hatte selbstvergessen an jeden Sonnenschirm zwei Liegestühle gelehnt. Früher hatte sie mal Erfolg bei italienischen Männern. Früher, als sie noch mit der Familie oder irgendwelchen Schulklassen und Jugendgruppen auf Reisen ging. Als sie einfach irgendwo

hingefahren – zwei Wochen geblieben – und dann wieder heimgekehrt ist. Dann fällt ihr auf, dass *Erfolg bei Männern* zu dem Teil ihrer Mutter-Sprache gehört, den sie besser verlernen sollte. Und dass es gerade zwei Wochen her ist, seit sie Jean-Philippe begegnet ist.

Sie fröstelt, als sie aus dem Wasser kommt, obwohl die Sonne und der Sand unter den Füßen brennen. Eine junge asiatische Frau in weißem Trainingsanzug blättert ein paar durch Sichtfolie geschützte Seiten vor ihr auf und zeigt auf die anatomische Abbildung einer Frau. Lo versteht nicht, was sie ihr sagen will, und schüttelt instinktiv den Kopf. Dann lächeln beide und die Frau geht weiter. Sie ruft: „Massaggio. Massaggio." Kurz darauf begegnet Lo einer zweiten Frau, die dasselbe ruft.

Julia und die Frau aus Berlin haben ihre Liegestühle zusammengeschoben und reden. Der Mann aus Berlin hat eine Zeitung über dem Kopf liegen. Lina füllt mit einem Eimer Wasser in den Graben ihrer Burg. Es versickert. Tommy sitzt ein paar Meter weiter entfernt und wirft Hände voll Sand in die Luft.

Lo lässt sich auf ein Handtuch zu Füßen der beiden Frauen nieder. „Komm, wir rufen den Bagnino, der bringt dir auch einen Liegestuhl. Mario!" Julia hat schon gerufen und Mario kommt lächelnd auf sie zu. Das Hemd, das er trägt, ist eher rot, und seine Oberarme wirken vertrauenerweckend. Er ist hier sicher auch fürs Retten zuständig. Von Mario vor dem Ertrinken gerettet zu werden, müsste der Höhepunkt eines Italienurlaubs sein. Falls er seinen Einsatz nicht verpasst. Auch jetzt, während er den Stuhl holt und neben Lo aufstellt, wirkt er abwesend. „Er ist verliebt", sagt Julia, als er sich entfernt hat. Das findet Lo allerdings unverantwortlich, frisch verliebte Bademeister.

Julia und die Frau aus Berlin, die Klara heißt, führen ihr Gespräch fort. Sie sprechen über Yoga, die Säure- und Basendiät, Badeanzüge von anderen Frauen und Dolce&Gabbana, als hätten sie beim letzten Arztbesuch das Lesezirkeltraining mit höchster Punktezahl absolviert. Auch ein schönes Wort. Es erinnert Lo gleichzeitig an die geheimnisvoll gleichförmigen Zeitschriftencovers bei Arztbesuchen und an die speckige Oberfläche von Medizinbällen. Ringe, Matten, Sprossenwand und nach wenigen Minuten wieder eine Station weiter und noch eine. Das waren ihre Lieblingsturnstunden, wenn Zirkeltraining auf dem Plan stand. Wegen der Abwechslung. Klara sagt: „Ich habe mir eine Tasche in Ecru gekauft." Einen kurzen Moment lang fragt Lo sich, wo dieses *Ecru* liegt. Dann fällt es ihr ein. Julia lacht und sagt: „*Ecru* muss ja jetzt alles sein. Letztes Jahr war *Mauve* unumgänglich. Ich bin gespannt, was sie sich noch für Farben einfallen lassen." Wahrscheinlich sagt sie es Lo zuliebe. Jedenfalls dreht sie sich zu ihr hin und fragt: „Und, wie gefällt dir Diano Marina?" – „Schön, sehr schön, vor allem das Meer. Ich mag Orte, an denen das Blau überwiegt." Das findet sie bedenklich, dass sie jetzt auch schon so komisch über Farben redet. Trotzdem: *Blaupause, Lesezirkeltraining* und vielleicht sogar *Ecru* wird sie in ihre Liste aufnehmen. Als sie den Kopf zum Meer wendet, hält ihr wieder eine asiatische Frau ein Bild entgegen, auf dem von allen Körperteilen Striche wegführen, neben denen englische Wörter stehen. Klara sagt, ihr habe die Massage gestern sehr gut getan, aber sie wisse nicht mehr, wer sie massiert hat. „Diese Frau war es nicht", flüstert sie, während Julia „Mittagessen" ruft. Die Kinder hören mit dem Spielen auf und, als hätte der Wind gedreht, taucht Robert wieder auf, tropft auf Los Beine und sagt: „Ich hab einen Riesenhunger!"

Vollpension im *Stella Mare*: ein heller Speisesaal mit Blick aufs Meer. Schon am Strand hat sie wieder an den *Tod in Venedig* denken müssen. An die Familien, die Kinder, die Strandkörbe und das Licht. Im Hotel sitzt auch ein einzelner älterer Herr an einem kleinen Tisch, aber es überwiegen die Tische mit einzelnen Damen. Es gibt nur wenige vollständige ältere Ehepaare, von denen sich auch noch eines als Mutter-Sohn-Kombination entpuppt. „Die Mutter steuert auf die Neunzig zu", sagt Julia, „sie kommen seit Jahren Ende September her." Der Sohn muss seine Bräune von langer Hand vorbereitet haben. Sie übersteigt deutlich das ortsübliche Maß. Am Salatbuffet steht ein Ehepaar Ende Dreißig mit zwei Kindern, die tatsächlich in Matrosenanzügen stecken. Die haben wohl auch zu oft Visconti gesehen. Die polnische Großfamilie können sie mit dieser spärlichen Anzahl von Nachkommen kaum imitieren. Lo ist noch immer missgelaunt. Das Essen dauert zwei Stunden, nun muss sie schon wieder sitzen.
Lina fragt, ob sie nachher mit ihr Tretboot fahren gehe. Robert fragt die Tochter des Hauses, ob er noch einen Nachschlag haben könne. Julia sagt: „Lo möchte auch mal was mit den Großen machen, Lina." Tommy ruft: „Ich will keinen Nachtisch", und rennt davon.
Lo geht mit Lina Tretboot fahren. Sie nehmen ein *Pedalo* mit einer Rutsche. Julia zahlt das Boot und bedankt sich bei Lo. Lina und ihre Mutter winken einander, während Lo trampelt. Das ist gut für die Oberschenkel. Wenn sie früher mit Markus Tretboot gefahren ist, hat sie auch allein weitergetreten, während er die Beine hochgelegt hat. Lina ruft „Schau mal" und rutscht die Rutsche runter. Ob sie das auch machen kann oder muss jemand auf dem Boot bleiben. Lina paddelt ein bisschen, Lo hört auf zu treten, dann

klettert die Kleine über die ausklappbare Leiter wieder an Bord. Sie hat Schwimmärmel an, aber Julia schaut ihnen trotzdem nach. Sie haben noch kein Wort über die Sache mit der Kolumne gesprochen.
Lo tritt, Lina rutscht, Lo hält an, Lina paddelt, klettert wieder rein und möchte zurück an Land. Julia wartet und ruft: „Wer kommt in meine Arme?“ Lina kommt. Dann drehen sich die beiden im Kreis und Linas Beine werden von der Fliehkraft nach außen gezogen. Wie bei einem Kettenkarussell. *Fliehkraft* ist auch so ein Wort.

„Jetzt hatten wir noch gar keine Zeit füreinander. Willst du nicht doch länger bleiben?“ Lo schaut bedauernd, und Julia schlägt vor, im Hotel die Sachen zu holen und in der Nähe des Bahnhofs bei *Carlo* einen Campari zu trinken, um wenigstens noch über „das Geschäftliche“ zu reden. „Lass uns doch erst zum Bahnhof gehen und die Reservierung machen“, sagt Lo, obwohl das der Satz von jemand anderem ist.
Auf dem Weg zum Bahnhof spricht Julia über die Kolumne, was sie sich vorstellt, was ihr Chef dazu gesagt hat. Lo fragt, wie sie die Texte schicken soll. Sie könnte die Texte an Bahnhöfen eintippen und per E-Mail schicken. Julia ist alles recht. Ihretwegen können die Texte auch per Post kommen, wenn sie nur zum Redaktionsschluss da sind. „Du kannst auch mehrere aufs Mal schicken. Sozusagen auf Halde produzieren.“
So viel zu früh war sie noch nie. Planmäßig ginge ihr Zug in drei Stunden. Außerplanmäßig fällt er heute aus. Es gibt dafür einen Grund, aber für den reicht ihr Italienisch nicht. Julias Italienisch reicht, um sich zu beschweren. Der Mann hinter dem Schalter sieht Anteil nehmend aus,

er sagt etwas von *Ferien* und *Genießen*. Auf einmal hätte Lo gern ein Auto. Lieber stünde sie jetzt allein in einem kilometerlangen Urlauberstau als hier mit Julia auf dem Bahnhof. Lieber säße sie die ganze Nacht hinter dem Steuer als zurück zum *Stella Mare* zu gehen. Aschenbach hat auch den Zug verpasst. „Komm, wir machen das Beste draus", sagt Julia, „gehen wir erst mal zurück und besorgen dir ein Zimmer. Oder soll Robert dich wo hinbringen." Aber die Vorstellung, längere Zeit neben Robert auf dem Beifahrersitz des *Ford Mondeo* zu sitzen, verursacht Lo noch mehr Unbehagen. Sie wird bis morgen bleiben, denkt sie. Sie ist nicht Aschenbach und es wird hier keine Cholera geben. Außerhalb des Bahnhofs schlägt ihnen der Fön entgegen. Julia stöhnt. „Das haben sie vorausgesagt, hoffentlich merkt die Migräne nicht, dass sich das Wetter ändert."
Im Hotel gibt es keine freien Zimmer mehr. Lo wird im Kinderzimmer einquartiert, was Lina super und Tommy peinlich findet. Sie knotet ihren noch feuchten Badeanzug an der Balkonbrüstung fest und geht dann hinunter an die Bar. Der alte Sohn der uralten Dame steht dort vor einem Bier und redet mit dem Barmann. Als sie dazukommt, macht er unnötigerweise Platz. Er muss mal ein gut aussehender Mann gewesen sein. Es hängt ihm nach. Lo holt den ausgefallenen Campari nach, während Julia oben herumorganisiert, damit genug Platz für alle ist. Als sie auch herunterkommt, ist Lo schon mit Alfred, dem alten Sohn, in eine Diskussion über Aschenbach verstrickt. Alfred versteht nicht, wie man sich so verlieren kann. Dann muss er gehen, um seine Mutter zum Abendessen zu begleiten. Lo stößt mit Julia auf die zukünftige Zusammenarbeit an. Julia trinkt San Pellegrino, wegen der aufkommenden Migräne. Robert kommt mit den Kindern und holt sie zum Essen

ab. „Da haben wir aber Glück, dass die italienischen Züge so unzuverlässig sind, schön, dass du noch bleibst“, sagt er. Dann schaut er besorgt aus dem Fenster: „Sieht nach Regen aus.“

Nach Salatbuffet, Spaghetti, Pesce und Dolce gehen die Kinder ins Bett. Zu dritt sitzen sie noch eine Weile auf der Veranda. Lo erzählt von den Strecken, die sie zurückgelegt hat, ohne die Fahrt zu Maria zu erwähnen, bis Julia mitteilt, dass sie schlafen gehen muss. „Es tut mir so leid, aber es hat keinen Sinn“, sagt sie und zu Robert, „du musst nicht mitkommen.“ Er will aber, das sieht Lo daran, wie er leicht hilflos zwischen ihr und seiner Frau hin- und herschaut. „Ich gehe schwimmen“, erklärt sie und mag sein Erstaunen. Für derart übermütig hat er sie nicht gehalten. Julia hingegen hat sie genau so eingeschätzt. „Das könnten wir doch auch mal wieder machen“, sagt sie zu ihrem Mann.

Lo geht zum Strand, auf dem die geschlossenen Sonnenschirme mit den angelehnten Liegestühlen aussehen wie eng umschlungene Paare, die Formation tanzen. Aus dem Hotel fällt gerade so viel Licht herunter, um Schatten zu werfen. Immer schon mag sie Schatten, am liebsten ihren eigenen. Früher hat sie ihn fotografiert. Ihr Schatten auf Pflaster, Sand, Wasser, Mauern, Baumstämmen. Mal länger, mal kürzer. Zerhackt, gebrochen, gemustert.

Sie zieht das Kleid aus und wirft es über einen Schirm. Nachher wird sie den Schirm wegen der veränderten Silhouette leicht finden. Die Schuhe lässt sie am Fuß des Schirms fallen. Das Handtuch legt sie oben drauf. Der Sand ist immer noch warm, aber im Wasser wird sie frieren. Bloß weil sie schon wieder etwas leidlich Besonderes tun will. Bloß damit sie beim Frühstück davon erzählen kann.

Sie hat sich geirrt. Das Wasser ist wärmer als tagsüber. Langsam geht sie hindurch, bis es ihr unter die Brüste reicht. Mit den Händen schaufelt sie Wellen auf ihr Herz zu. Dann taucht sie bis zum Hals ein, stößt sich ab und beginnt zu schwimmen. Vor ihr ist Dunkelheit. Hinter ihr die hell erleuchtete Küste. Nach oben zu den Hügeln hin nehmen die Lichter ab. Irgendwo beginnen sie Sterne zu sein. Sterne sieht sie auch, wenn sie tote Frau spielt. Wenn sie hinausschwimmt und das Kinn hebt, bis sie sich den Nacken verrenkt. Der Mond hängt rundlich über dem unsichtbaren Horizont und macht einen Fleck ins Meer. Lo zieht den Badeanzug aus, bindet ihn ums Handgelenk und fühlt sich verwegen. Und allein. Sie denkt an den Moment beim Masturbieren, bevor das Atmen sich verselbständigt, und versucht das Wasser als zärtlich zu empfinden. Markus war immer der Meinung, Wasser bremse bloß. Sei für den Sex so gut wie Gummisohlen zum Tanzen. Markus hat keine Ahnung vom Tanzen und weiß auch nicht viel über Physik. Mit Frank hatte sie Sex in der Badewanne und nachher blaue Flecken. Sie achtet darauf, wie sich ihre Brüste im Wasser bewegen. Wie sie wohl von unten aussieht. Im gleichen Augenblick beginnt sie sich zu fürchten. Vor Fischen, Pflanzen, sogar vor Tauchern. Sie fühlt sich offen, zieht den Badeanzug wieder an und schwimmt mit kräftigen Zügen zurück.

Am nächsten Morgen wacht sie davon auf, dass Lina und Tommy sich streiten. Der Wind weht den Vorhang zur Seite. Das erste, was sie sieht, ist das Meer. Das zweite ist der Regen. Es schüttet. Schlimm genug, wenn Männer schlechtes Wetter voraussagen. Unerträglich, wenn sie auch noch Recht haben.

Seltsamerweise ist es nach wie vor drückend. Sie versteht die schlechte Laune der Kinder. In der warmen Garnitur geht sie zum Frühstück. Die Stimmung ist umgeschlagen. Gestern noch war alles zu hell, zu weiß, zu gelb, zu licht. Heute sind selbst die Brötchen zu dunkel. Niemand fragt, wie das nächtliche Schwimmen war. Der Tag muss umgeplant, die Kinder müssen beschäftigt werden. Lo sagt, sie wolle etwas schreiben und zieht sich auf die Loggia zurück. Von dort kann sie beobachten, wie der *Bagnino* die Liegestühle in ein blaues Holzhäuschen trägt.
Julia kommt und fragt, ob Lo ihr vielleicht gar schon einen Text da lassen wolle. „Eher nicht", sagt Lo. Dann spielt sie lieber mit den Kindern *Jenga*. Nachdem sie dreimal den Turm zum Einstürzen gebracht hat, gibt sie auf. Mittagessen. Es regnet immer weiter. Sie sieht förmlich die Farbe von Aschenbachs Haaren verlaufen und legt mit Lina ein Puzzle, das aus vierhundert Teilen besteht, von denen zweihundertfünfzig blau sind. Die orangefarbenen gehören zu Nemo und seinem Vater.
Irgendwann nehmen Julia und sie den Plan von gestern wieder auf, bloß mit Schirm. Sie trinken Campari und reden wieder vom Schreiben und Reisen. „Du könntest dir ein Motiv suchen, etwas zum Vergleichen, zum Beispiel Speisewagen oder Fahrkartenschalter", schlägt Julia vor. „Oder du schreibst über Zeichen." Lo sagt, dass ihr das Reisen zuletzt wie eine Schnitzeljagd vorkam. Dass sie eigentlich die ganze Zeit nach Zeichen Ausschau halte. Aber bevor sie dazu kommt, ihren Abstecher ins Tessin zu erwähnen, das gelbe Buch, das Maria nicht finden konnte, sagt Julia lachend, dass sie eigentlich Piktogramme gemeint habe. Aber die anderen Zeichen fände sie ohnehin spannender. „Weißt du, Kolumne hin oder her, ich bin froh, dass du da

warst.“ Lo nickt. Weil es stimmt. Je näher ihre Abfahrtszeit rückt, desto mehr freut auch sie sich, dass sie Julia besucht hat. Als sie im Zug sitzt, vermisst sie Lina ein bisschen. Und schade auch, dass sie sich ab jetzt wieder selbst um ihre Ernährung kümmern muss.

EN 369 ab Diano Marina

Der *Chef-Express*-Mitarbeiter mit dem gezwirbelten Schnurrbart stellt sich vor Lo und die anderen drei Reisenden hin und erklärt, es werde noch eine Viertelstunde dauern. Er sagt es vorwurfsvoll. Dann verschwindet er in seiner Küche und flucht. *La Casalinga che riconosce solo Berlusconi.* Sie liest wieder fremder Leute Schlagzeilen. Was ist eine *Casalinga*? Lo hat Hunger. Julia wollte ihr Proviant mitgeben, aber sie hat gesagt, das sei nicht nötig. Nach zehn Minuten kommt der Mann mit dem Schnurrbart wieder aus der Küche, um die Bestellung aufzunehmen. „Sergio, dove è il denaro?“, ruft eine aufgebrachte weibliche Stimme aus der Küche. Er ruft etwas Unverständliches zurück und widmet sich den Fragen des Mannes am Nebentisch. *Uova strapazzate?* Nein, es gibt keine Eier. *Pane integrale?* Nein, nur Cornetti. Aus der Küche kommt eine sehr große dünne Frau und sagt, die Kasse funktioniere nicht. Die zwei Männer am Tisch hinter ihr reden über Filme, Ledertaschen und die unterschiedliche Hosenmode in Chile und Brasilien. Der Kaffee ist der beste, den Lo bisher im Zug getrunken hat. Aber das ist ein Klischee, über diesen Speisewagen kann sie nicht schreiben. Weil ihr Nachbar nicht das Frühstück bekommt, das er will, steht er auf und lässt die Zeitung liegen. Die *Casalinga* ist eine Frau und sie hat aufgrund einer Gehirnkrankheit ihr Gedächtnis verloren. Ihr Mann und ihre Kinder sind Fremde für sie, kein Bild kann sie mit einem Namen verbinden. Nur drei Männer rufen überhaupt Reaktionen hervor: der kürzlich verstorbene Papst, Christus am Kreuz und das Bild ihres Präsidenten. Das ist ein sehr reicher Mann, der Fernsehsender besitzt und Erfolg in der Politik hat, soll sie gesagt haben. Weil dessen Stimme auf Tonband schon einmal einen AC-Milan-Fan aus dem Koma geweckt hat, wird nun seine Seligsprechung diskutiert. Er ist ja noch nicht mal tot, denkt Lo, und dass er das sicher selbst inszeniert hat. Der ist doch mit allen Wassern gewaschen, wahrscheinlich war er auch schon in Lourdes.

Es schüttet. Der Zug überholt Hunderte von Autos, die sich dicht neben- und hintereinander langsam in eine Richtung bewegen. *Autisti* heißen die Autofahrer in Italien. Wieso schüttet es, fragt sie sich, wo sie doch gleich in Neapel ankommen? Auf einer Mauer neben den Gleisen steht *Vedi Napoli e poi muori* und daneben ist ein Mann gemalt, der einem anderen eine Pistole an den Kopf hält. Kurz vor dem Bahnhof hat jemand *La camorra non esiste più* auf einen Pfeiler gesprayt.
Ist sie den ganzen Stiefelschaft heruntergefahren, um hier in die Sintflut zu geraten. Sie stellt sich einen Gummistiefel vor, der gegen einen Stein tritt. Der Stein ist Sizilien.
Unter dem spitzwinkligen Dreieck des Bahnhofsvordachs macht sie halt. Sie hatte sich vorgestellt aus sicherer Ferne den Vesuv zu bewundern und jetzt muss sie sogar die Brille aufsetzen, um Garibaldi im Regen stehen zu sehen. Gern würde sie gegen einen Stein treten. Stattdessen kehrt sie, ohne einen Fuß auf die Piazza gesetzt zu haben, in die Bahnhofshalle zurück und isst Pizza. Morgens um zehn.
An den Bahnhöfen sind immer auch die, die bleiben. Hier zum Beispiel der kleinwüchsige junge Mann, die kurzen Arme in den Kängurutaschen der Sportjacke, auf deren Rücken *Perfect* steht. Eine Frau streckt ihm eine Münze entgegen, aber er schüttelt nur den Kopf, steht bloß mitten in

der Halle und grüßt die Leute, die ihn zu kennen scheinen und zurückgrüßen, raucht, obwohl es sicher verboten ist, direkt neben zwei Polizisten. In Wien, der Mann, der mit sich selbst gesprochen hat, in Zürich die Frau mit dem Einkaufswagen. Und dann natürlich immer auch die, die am Bahnhof arbeiten, und die Schnorrer, die Junkies, die ihren Rausch auf den Bänken Ausschlafenden. Wird eigentlich noch missioniert in der Bahnhofsmission oder gibt es nur Suppe? Ausgerechnet hier im tiefsten Süditalien überfällt sie wieder dieses protestantische Gefühl des sündhaften Vergeudens. Des Vergeudens von Zeit und Geld. Dabei ist das gar nicht ihre Konfession. Reflexartig nimmt sie ein Buch zur Hilfe. Als sie das nächste Mal aufschaut, immerhin fünfzig Seiten später, steht der junge Mann mit der Kapuzenjacke immer noch unter der Anzeigetafel, auf der sich die Buchstaben drehen wie die Früchte im Spielautomaten. Während sie sich bewegen, kann man sich alle möglichen und unmöglichen Orte vorstellen. Lo wartet mit dem Handy in der Hand, bis sie es wieder tun, und macht ein Foto von der Tafel. Dann packt sie das Buch ein, stellt sich Hamburg vor und steigt in irgendeinen Zug.

ES 9444 ab Napoli Centrale

Diesmal ist ihr Sechserabteil voll. Ein elegantes italienisches Ehepaar, eine philippinische Nonne und Mutter und Sohn aus den Staaten. Die Amerikaner wollen erst nach Florenz und dann nach Cinque Terre. Da habe er ein Haus, sagt der italienische Herr, er und seine Frau fahren seit siebzehn Jahren nach Monterosso: „It's unique." *Sciacchetrà* solle man dort trinken. Den bekomme man sonst nirgendwo. „The wine from Cinque Terre doesn't like to travel." Auf einer Vorstadtwäscheleine flattert ein weißes Nachthemd. Seine Frau liest in ihrem Magazin einen Artikel mit der Überschrift: *La lingua italiana e l'invasione inglese.* „I am in fashion", erklärt der Italiener und erklärt dann auch gleich noch Amerika, weil er so oft dort ist. Besonders die Taxifahrer in New York beschäftigen ihn: „First Caribbean, then Africans, now Russians." Der amerikanische Sohn nickt müde. Ein dicker Mann öffnet die Tür und bittet die Nonne aufzustehen, weil er ihren Platz reserviert hat. Lo sagt, sie müsse sowieso gleich raus und während sie sich zwischen den Knien durchzwängt, erklärt der Modemann den Amerikanern, dass man die Reservierungen am Anfang des Wagens, nicht aber beim Abteil ablesen kann.

Draußen wird sie beinahe von der Minibar überfahren. Der Verkäufer betätigt eine Fahrradklingel, die Räder seines Wagens, die so groß sind wie die eines Mountainbikes, halten genau vor ihrem Fuß. Er entschuldigt sich wortreich und schenkt ihr einen Panettone. Zwei Wagen weiter findet sie noch einen Platz.

Verona Porta Nuova

Nachdem Lo herausgefunden hat, dass in einer Stunde ein Zug nach München fährt, sucht sie in Bahnhofsnähe nach einer Bar. Beim Überqueren eines kleinen schlecht beleuchteten Platzes, auf dem Männer und Frauen Bier trinkend auf dem Boden sitzen, tritt sie beinahe auf eine Nadel, die zwischen den kleinen Kieselsteinen liegt. Automatisch nimmt sie ihren Rucksack nach vorne und umarmt ihn.
Hinter einer Theke schüttelt ein Mann ein Getränk. Lo flüchtet sich in das grelle Licht und bestellt einen Negroni bei ihm. Nicht zuletzt, um nachher im Zug besser schlafen zu können. Der Mann, der ihr den Negroni auf eine weiße Serviette stellt, sieht so aus, als würden einige Gäste seinetwegen kommen, Männer und Frauen. Er trägt ein weißes Hemd und über der Jeans eine schwarze Schürze. Machst du hier Ferien, fragt er und ob sie die Arena schon gesehen habe. „Come ti chiami? Per quanto tempo rimani qui?" Zum Glück hat sie sich in den letzten Tagen schon ein bisschen eingehört und schafft es auch, auf Italienisch zu antworten. „Soltanto un'ora." Das ist schade. Er würde ihr gern *l'arena* zeigen und den Balkon. Donato heißt er und hat in einer Stunde Schluss. Sie könne doch einen späteren Zug nehmen. Natürlich könnte sie das. Sie hat alle Freiheit der Welt. Niemand wartet auf sie. Und irgendwie freut es sie auch, dass es so etwas wie Kontinuität gibt, seit der Klassenfahrt.
Sie denkt über ihre neue Option nach, während Donato zehn verschiedene Cocktails für eine Gruppe von gut angezogenen Menschen mixt, die eben hereingeplatzt ist. Jede will bei jedem probieren. Lo macht er zwischendurch noch

einen Cappuccino mit einem Kakaopulverfarn oben drauf. Sie trinkt, legt Geld auf die Theke, sagt lächelnd *Ciao* und winkt an der Tür. Erstens ist Kontinuität an sich noch kein Grund zur Freude und zweitens ist eine Option keine Option mehr, sobald man sie wählt. Und potentielles Glück ist überhaupt das verlässlichste.

ICE 682 ab München Hbf

Déjà-vu. Am Zeitungsstand in München stand schon wieder der Typ vom ersten Tag. In der Lebensmittelzone konnte sie sich Proviant besorgen. Sie hat diese Zugsandwichs satt. Sie hat überhaupt Sandwichs satt. Lust hätte sie mal wieder auf Spinat-Kartoffel-Suppe oder auf Putengeschnetzeltes von ihrer Mutter. Was ist heute überhaupt für ein Tag? Samstag? Sie könnte ihre Mutter besuchen und mit ihr auf dem Markt einkaufen gehen. Sie könnte endlich zu Sandra fahren, die an diesem Wochenende sicher allein ist. Einen Moment lang überlegt sie sogar Frank zu treffen. Wenn er sich an einem Wochenende für sie frei machen würde – Lo kappt den Gedanken und macht *Extreme Messaging*, während der Mann, der neben ihr sitzt, mit sich selbst *Trivial Pursuit* spielt. Erst kurz bevor er in Kassel aussteigt, packt er die Kärtchen in die Innentasche seines Jacketts. Sie hatte schon gedacht, er würde für das Quiz üben und führe deshalb nach Hamburg.
Der sich ihr in Hannover direkt gegenüber setzt, ist der, den sie schon auf dem Bahnsteig gesehen hat. Als sie gedacht hat: nicht der. Er riecht nach Schweiß, trägt eine Mütze mit Bommel und ein Eisenbahner-T-Shirt. Entweder er schreibt SMS oder er spielt etwas auf seinem Handy. Seine Tasten piepen. Hinter ihr erzählt jemand von dem Filmkurs, den er besucht. Warum sind in diesem Zug alle so laut? Lo denkt, dass sie ein Rückzugsgefühl hat, und schreibt es auf. Sie würde am liebsten alle auf lautlos stellen, die Menschen und ihre Handys. Rundherum sitzen Mädchen, die ein schreckliches Lied aus den Charts singen. Eins von denen, die man nur volltrunken ertragen kann. Ein großes,

dickes Mädchen wiederholt ununterbrochen den aus sinnlosen Silben bestehenden Refrain. Jetzt steigen auch noch Fußballfans ein. Sie sieht nur noch blau, nimmt ihren Discman heraus und schließt die Augen. Dass sie daran nicht früher gedacht hat, das muss Masochismus sein. Noch bevor sie sich beruhigt hat, sind sie da. Endstation.
Auf dem Bahnsteig sind noch viel mehr fröhliche blaue Menschen, sie versucht zwischen ihnen hindurch zu kommen, die Treppe rauf, jemand steigt ihr auf den Fuß. Sie hat ja gar nichts gegen Fußball, aber müssen die jetzt alle hier in diesem Bahnhof sein, jemand ruft immer „Hallo, hallo Sie." Als er direkt hinter ihr ist, dreht sie sich um. Der Mann mit dem Eisenbahner-T-Shirt ist jetzt noch verschwitzter, er hält ihr das Portemonnaie entgegen. Noch bevor sie etwas sagen kann, ist er in der blauen Menge verschwunden. Lo rennt in die gleiche Richtung, zwischen Männern mit Bierdosen und Fahnen hindurch, irgendwo muss sie doch seine Mütze sehen. Das geht nicht, dass sie sich nicht bei ihm bedankt. Manchmal fragt sie sich, ob es eine Grundscham gibt, die man mitbekommt, genetisch oder bedingt durch das Land und die Geschichte, in die man geboren wird. Oder ob die bei jedem gleich ist. Sie würde sich gern bedanken, um sich zu entschuldigen, für das, was sie über den Mann gedacht hat. In ihrer Verwirrung hat sie ihn nicht mal angelächelt. Beim Ausgang sieht sie den Bommel wippen. Der Mann hat jemanden getroffen. Als sie ihm gegenüber steht, merkt sie, dass sie keinen Plan hat. Diesen Mann kann sie nicht auf einen Kaffee einladen, so wie Dasha. Er schaut an ihr vorbei. „Vielen Dank", sagt sie und drängt sich in sein Blickfeld, „das war supernett. Ich würde Ihnen gern einen Finderlohn geben." Der andere, der noch größer ist und raucht, fragt etwas, das für Lo nach *Was will*

denn die Alte? klingt. „Keine Ahnung", antwortet der mit der Mütze, sie drehen sich um und gehen die Treppe rauf. Instinktiv öffnet sie ihr Portemonnaie und tatsächlich fehlt das Bargeld, das sie noch hatte. Lo sucht einen Bankomat.

Sie hat vier SMS bekommen. Sandra ist auf einem Führungskräftetraining. Markus und Letizia machen tatsächlich einen Wochenendausflug. Ihre Mutter hat Besuch von ihrer besten Freundin, ihr Vater kann keine SMS schreiben. Er schreibt *Danke.*, ein Kurztext, den man im Handy auswählen kann.
Lo geht auf einen Laden zu, der *Presse und Buch* heißt. Sie braucht ein neues Buch. Vor der Tür schon kann sie sich der Überschriften nicht erwehren. *Neue Terroranschläge auf Bali. Harry-Potter-Nachtverkauf in Buxtehude.* Schon aus Prinzip würde sie jetzt keinen *Harry Potter* kaufen. Und wenn er noch so gut wäre. Terroranschläge in Touristenhochburgen stehen auf der ersten Seite. In den Irak fährt ja niemand in Urlaub.
Im Regal mit den Esoterikbüchern entdeckt sie eins über Sternzeichen. Beim Durchblättern findet sie, was sie sucht: Waage-Länder sind Japan, China, Argentinien, Tibet und Österreich. Waage-Städte sind Antwerpen, Graz, Kopenhagen, Lissabon, Johannesburg, Rio de Janeiro und Wien. Sie kauft ein Buch, das *Festland* heißt und mit den Worten *Fort, aber wohin* beginnt.

EC 47 ab Berlin Ostbahnhof

Isa ist mit Lars in Hamburg. Sie hat Lo angerufen und so erfahren, dass der Anrufbeantworter in Dortmund vollgesprochen ist. Ihre SMS ist irgendwo im Äther hängengeblieben und hat Lo erst kurz vor Berlin erreicht. Soll wohl nicht sein, denkt Lo. Soll wohl nicht sein, dass sie Fernbeziehungspaare an ihren Wochenenden trifft. Vielleicht besser so. Sie überlegt Thomas in Dresden zu besuchen, wo morgen im Wahlkreis 160 nachgewählt wird, und schickt ihm eine Nachricht.
Die Blätter leuchten in Ampelfarben, Frankfurt/Oder liegt bereits hinter ihr. Dort sind die beiden jungen Polen eingestiegen und haben sich in ihr Abteil gesetzt. Der mit dem gelben Plastikband ums Handgelenk fragt sie, ob es sie stört, wenn er raucht. „Natürlich nicht." Ist ja ihre Schuld, wenn sie sich in ein leeres Raucherabteil setzt und hofft, dass keiner kommt. „Wohin fährst du", fragt der andere. „Wroclaw", antwortet Lo und bemüht sich um die richtige Aussprache. „Und was machst du dort?" Sie mag sich heute nicht erklären. Was macht sie dort? Nichts. Sie steigt mitten in der Nacht um. „Mal sehen. Und ihr, was habt ihr in Frankfurt gemacht." Sie leben in Stubice und studieren seit einem Jahr an der *Viadrina*. „Deutsches und Polnisches Recht. Unser Freund Aleks wird einundzwanzig, willst du nicht mitkommen nach Rzepin, er würde sich sicher freuen, wir haben Männerüberschuss", fragt der mit dem gelben Band und lacht dabei. Lo ist froh, dass sie in diesem Moment Antwort von Thomas bekommt. Er ist in Köln und tritt morgen bei einem alternativen Nationalfeiertag-Slam an. Nächstes Mal solle sie sich aber früher melden.

„Eigentlich gern“, sagt sie zu den beiden jungen Männern, „aber ich bin verabredet.“

Poznan hat einen Inselbahnhof. Das weiß sie von einer gesprächigen Dame aus dem Zug und findet es so schön, dass sie das Wort in die Liste einträgt. Die Dächer über den Bahnsteigen werden von blauen Gusseisensäulen getragen, die griechisch aussehen.
Auf dem Inselgebäude selbst steht *Poznan Glowny* und die Uhrzeit in Digital. Lo traut sich nicht zu fragen, was *Glowny* heißt. Sie traut sich überhaupt nicht, jemanden auf Deutsch anzusprechen, obwohl es hier sicher viele gibt, die es genauso gut können wie die Dame oder die beiden Studenten. Dank Szymon kann sie auf Polnisch fluchen, sich entschuldigen und ein Bier bestellen. Entschuldigung ist ihr Lieblingswort: *Przepraszam*. Komischerweise würde sie es gerne sagen, wenn jemand niest.

D 56102 ab Poznan Glóvny

Jetzt ist es schon dunkel, sie hat wieder vergessen, sich etwas zu essen zu besorgen und in diesem Zug gibt es nur Getränke. Von der Woiwodschaft Niederschlesien kann sie nichts erkennen. Wenn sie versucht hinauszuschauen, sieht sie nur sich in einem Abteil sitzen. Sie kauft ein Bier und schiebt das Fenster herunter, um wenigstens etwas von der Landschaft zu hören und zu riechen. Feuchtigkeit spürt sie in der Luft und Fahrtwind. Hinter dem Rattern des Zuges vermutet sie Stille. Hinter dem Geruch von verbranntem Gummi wittert sie Wald. Der Zug wird langsamer und Lo sieht sich in der Scheibe eines entgegenkommenden Zuges vorbeifahren.

D 352 ab Praha h. nl.

„Die Else hat das erzählt, dem Ludwig ist alles gestohlen worden. Die betäuben einen mit Spray und die Schaffner stecken mit denen unter einer Decke.“ Lo nimmt an, dass das Sohn und Schwiegertochter sind, denen die Dame aus dem Zugfenster heraus unbedingt noch von den Gefahren der Nachtzüge berichten muss. Sie selbst hätte gern auf diese Information verzichtet.

Ihr Abteil ist mit Holz verkleidet, alles in Braun gehalten, im Spiegel sieht sie ihre Müdigkeit. Der Tag in Prag hat sie angestrengt. Ihr Bruder hatte Recht. Sie ist zu spät gekommen. Noch dazu an einem langen Feiertagswochenende. Sie sollte doch inzwischen wissen, dass es nicht gut ist, mit Filmen im Kopf in Städte zu reisen. Das düster-schöne, leer gefegte Prag aus dem Kafka-Film war unauffindbar. Dafür Tanzgruppen im Nieselregen, Männer im Matrosenanzug, die um Gruppen von angetrunkenen jungen Engländern buhlten. *Come on guys, boat trip, free beer.* Lo war viel zu früh wieder im Bahnhof und hat lange unter der Kuppel von *Fantova kavárna* gesessen. Ein Jugendstil-Café mit Blick in die schmutzige Unterführung. In den Nischen Figuren von toten Männern. Rundherum Uhren. Die Schilder unter den Uhrzeiten von Los Angeles und New York hingen schief. Und über dem großen Fenster: *PRAGA mater urbium.* Vielleicht wird sie nochmals im Winter zurückkommen.

Weil sie bald schlafen möchte, macht Lo sich auf die Suche nach dem Schaffner. Als sie ihm ihren Pass geben will, schüttelt er den Kopf: „I’m no policeman.“ Lo schaut ihn entgeistert an, was soll das heißen, Schaffner kümmern sich doch immer um die Grenze. Aber Jaroslav nicht. Er nimmt das

Ticket, zwinkert ihr zu und lässt sie mit ihrem Pass allein. Unter dem Namen auf seinem Schild steht *Prodoze*. Das heißt wohl Schlafwagenschaffner. Viel Schlaf bekommt sie auch in dieser Nacht nicht. Zwar ist sie allein im Abteil und verriegelt es mit dem Karabinerhaken, aber mitten in der Nacht klopfen die Zöllner sie wach, bloß um dann nicht auf ihren Ausweis zu schauen und weiterzugehen. Lo hört, wie sie noch zehn Minuten lang den jungen Mann aus dem Nebenabteil ausfragen.

ICE 9558 ab Frankfurt/Main Hbf

Fünfzehn Jahre Deutsche Einheit. Heute kämpft Thomas in Köln um eine Flasche Whiskey, Kohl und Gorbatschow pflanzen in Potsdam Bäume und Lo ist schon wieder auf dem Weg nach Westen. Sie würde gern eine lange Strecke fahren, eine lange Zeit, während derer sie sich kein neues Ziel überlegen muss. Dass sie sich wirklich mal nach der Transsibirischen erkundigen sollte, denkt sie, als das Handy vibriert. *Du fehlst mir. Wo bist du? Kann ich dich irgendwo treffen?* Ihr fällt ein, dass Frank und sie geplant hatten, den Feiertag zusammen zu verbringen, weil Anne auf einem Karateturnier in Saarbrücken sein würde. Dass er so früh schon wach ist. Dass er so früh schon an sie schreibt. Sie fragt sich, wo irgendwo sein könnte. Wie weit würde er reisen? Der Zug fährt in Kaiserslautern ein. Soll sie umkehren, ihn bitten, nach Paris zu kommen? Sie hält das Handy wie eine Fernbedienung vor sich, gegen sie selbst gerichtet. Draußen auf dem Bahnsteig steht eine schöne schwarze Frau in einem knallpinkfarbenen Anzug. Sie hat ihr Baby mit einem Tuch auf den Rücken gebunden und versucht, das Tuch fester zu knoten, damit es nicht rutscht. Die Leute hinter ihr auf dem Bahnsteig lächeln dem schwarzen Baby zu.

TGV 8543 ab Paris Montparnasse

Diesmal hat Lo ihn nicht verpasst. Sie ist sogar mit dem Aufzug hinaufgefahren und hat über die ganze Stadt geschaut. „Wir haben Glück, dass wir solch eine Weitsicht haben“, hat die zierliche Dame neben ihr am Geländer gesagt.
Glück hatte Lo auch, als ein Geschäftsmann sie in der Schlange vor dem Schalter angesprochen und ihr seine Reservierung verkauft hat, so dass sie nun an seiner Stelle in diesem TGV sitzt. Der Zug war, wie alle anderen, längst ausverkauft, wegen des angekündigten Streiks der SNCF, der in Paris eine mittlere Panik ausgelöst hat. Natürlich kann sie gar nicht wissen, ob es wirklich Glück war, der Zug könnte ja auch verunglücken, was ein typischer Gedanke ist für eine Person, die mit der Karte einer anderen reist. Kausalketten, die einem alles verleiden können, denkt sie. Und empfindet trotzdem das Vorbeiziehen des Herbstes als Glück. Zwischen den Weinstöcken blitzen Kopftücher und T-Shirts von Menschen auf, die an der Sonne arbeiten.
Vor ihr sitzt ein Mann, der alle Schilder laut vorliest. Seine Frau sagt dazu immer nur *Oui*. Lo hofft, dass ihre Lesemanie nie wieder solche Ausmaße annimmt. Gerade sagt der Mann sehr laut: „Mon Dieu“, was aber auf keinem Schild steht. Das unmittelbar darauf folgende Lachen seiner Frau grenzt an Erregung öffentlichen Ärgernisses. Lo setzt die Kopfhörer auf und hört *Automatic for the People*.

Die Lautsprecherdurchsage weckt sie, weil die CD inzwischen zu Ende ist. Eine Frauenstimme teilt mit, dass sie Glück haben – auch auf Englisch und Spanisch. In zehn Minuten beginnt der Streik, aber dieser Zug wird trotzdem nicht in Dax stehen bleiben, sondern bis Irun weiterfahren. Die Nachtzüge nach Spanien und Portugal werden erreicht. Erleichtertes Aufseufzen von allen Seiten. Der Mann auf dem Sitz vor ihr liest: „Concours de pétanque. Toute la journée dans le parc Théodore Denis et aux Arènes.“ Vielleicht ist es eine Krankheit. „Oui“, sagt seine Frau.

Nach Bayonne kommt das Meer. In diesem Meer hat Lo noch nie gebadet. Aber in Biarritz auszusteigen, wäre jetzt zu riskant. Auch wenn sie wirklich keine Lust mehr auf dreihundert Stundenkilometer hat. Schlimmer als dauernd in einem so schnellen Zug zu fahren, ist wahrscheinlich nur einen so schnellen Zug zu fahren. Kein Wunder, dass die streiken. Wie viele Stunden Fahrtzeit sind eigentlich gesetzlich erlaubt? Wie oft hat so ein Lokführer Pause? Hat er einen Vertreter dabei, wenn er mal müde wird? Oder fährt dann der Computer? Auf dem Weg zu *La Voiture Bar* strauchelt sie und muss sich an einer Klinke festhalten. Die Toilettentür geht auf. Auf dem Klodeckel sitzt eine Frau mit geblümtem Kopftuch und liest. Lo ist schwindelig und sie lehnt sich einen Moment mit dem Rücken gegen das Fenster.

Der große Mann, der im Barwagen Dienst hat, herrscht die junge Spanierin so unfreundlich an, dass sie sich umdreht und geht, während er das von ihr bestellte Mineralwasser aus dem Kühlschrank holt. Lo kauft es dem Mann ab und dazu einen Schokoladenriegel, weil die Küche schon zu ist. Als sie wieder zu ihrem Platz zurückgefunden hat, ist es bereits Zeit, in den Zug nach Lissabon umzusteigen.

D 313 ab Irun

Es ist sechs Uhr früh und Lo schiebt die Vorhänge im Liegewagen gerade so weit zur Seite, dass sie mit einem Auge durch den Spalt schauen kann. Der Zug hält in Vilar Formoso, die nächste Station ist schon Guarda, wo sie Leoni auf dem Bahnsteig treffen wird. Lo hat Leoni gestern Abend im Speisewagen angesprochen, nachdem sie ihr eine Weile zugehört hatte. Eigentlich wollte Leoni den jungen Neuseeländer überreden, der neben ihr am Tisch saß. Erstens, sagte sie, müsse er doch ohnehin wegen des Streiks auf der iberischen Halbinsel bleiben und zweitens mache es Spaß, solange man nicht auf den Job angewiesen sei. Aber er hielt es für überhaupt keine gute Idee, körperlich zu arbeiten, dafür sei er sicher nicht hier rübergeflogen. Als er gerade seine Bierflasche leer trank und Leoni eine kurze Überredungspause machte, hat Lo sich ein Herz gefasst. Ob nicht *sie* mitkommen könne. Sie habe schon immer Wein lesen wollen. Leoni war im ersten Moment ein bisschen konsterniert. Aber dann – vielleicht auch, weil das Desinteresse des Neuseeländers sie gekränkt hatte – hat sie die Strategie gewechselt und Lo vom Weinberg in Guarda und der beinahe meditativen Arbeit vorgeschwärmt. Deshalb wird Lo gleich dort aussteigen, während der Neuseeländer, der zufällig die Liege direkt über ihr belegt, noch drei Stunden weiterschlafen kann, bevor er in Lissabon ankommt. Sicher auch eine schöne Stadt.

Leoni und Lo werden von einem lockigen Mann um die Vierzig mit einem Pickup abgeholt. „Das ist Jesus, unser Chef", erklärt Leoni, die eine deutsche Mutter hat, und Lo verzieht nur ganz wenig das Gesicht. „Er ist in Ordnung. Aber er macht nur den Wein, das Gut gehört einer Familie aus Frankreich.“ Schon im Auto versteht Lo kein Wort von der Unterhaltung. Meistens redet Leoni und Jesus lacht. Am Fuß des Weinberges lässt er die beiden Frauen bei den anderen Helfern und Helferinnen aussteigen und winkt beim Wegfahren.

Leoni weist Lo mit wenigen Worten ein. Sie soll einfach nur den Plastikeimer füllen, der je nach Form *Balde* oder *Cesto* heißt. *Tesoura* ist die Schere, mit der man die ganzen Trauben abschneidet. Das ist schon beinahe alles. Sie muss keine Entscheidungen über gut und schlecht treffen. Alles wird abgeschnitten und eingesammelt. Leoni zieht ihr Shirt aus, bindet es um die Hüften und beginnt ein Lied zu singen, während sie sich den steilen Weinberg hinaufarbeiten. „La Vinha“, sagt die Frau, die in der nächsten Reihe hochgeht, freundlich zu Lo und macht mit dem Arm einen Bogen bergwärts. Lo tut schon nach kürzester Zeit der Rücken weh, dabei ist ihr *Balde* noch nicht mal halb voll. „Was wird das für ein Wein, den wir hier lesen“, fragt sie Leoni, die sie kurz anschaut und dann etwas auf Portugiesisch zu einem hübschen Mädchen mit Zöpfen sagt. Beide lachen. Lo versucht sich auf das Meditative der Arbeit zu konzentrieren, während ihr der Schweiß die Haare verklebt. Der alte Mann, der am schnellsten vorankommt, war vor vierzig Jahren als Gastarbeiter in Bochum. Er fragt sie, wo sie herkommt und ob sie verheiratet ist. An Dortmund erinnert er sich, die andere Antwort erfüllt ihn mit Besorgnis. In ihrem Alter noch ledig, nicht mal einen Freund. „Vielleicht du findest hier einen“, sagt er und lacht mit seinen wenigen Zähnen. In der nächsten Reihe arbeitet sie gegenüber von Antonio. Er studiert in Lissabon Literatur. Sie

sagen spanische Sätze ohne viel Grammatik und werfen Namen durch die Lücken zwischen den Weinstöcken: Hesse, Rilke, Borges, Lorca. Irgendwann wird es Lo zu anstrengend. Beide schneiden stumm weiter und lächeln sich beim Aufschauen noch ein paar Mal an. Um zwölf kommt Jesus und bringt Wein und Mittagessen. Wasser holt man sich am Brunnen. Lo findet, dass sie wie ein Picknick aussehen.
„Uns geht's gut hier", sagt der alte Mann, der in Bochum war, und prostet ihr zu. „In manchen Weinbergen lassen sie die Illegalen ohne Pause durcharbeiten." Hier gibt es sogar Gläser für den Wein.
In den drei Stunden am Nachmittag schaffen sie die restlichen Reihen des Berges. Jesus erzählt auf dem Weg zum Bahnhof, dass heute zweiunddreißig Tonnen geerntet wurden, und Leoni übersetzt es für Lo. Sie fährt nach Porto zu einem Freund. Als sie weg ist, begleitet Jesus Lo noch zum Schalter und findet heraus, dass sie heute von hier nirgends mehr hinkommt, wo ein Nachtzug fährt. Wenn er ihr jetzt eine Unterkunft anböte, würde sie zusagen.
„Nenhuma problema", sagt Jesus lächelnd und nimmt sie mit zurück in sein Büro, wo er sie einem jungen Mann vorstellt, „Joao", der in einer Stunde nach Salamanca fährt. In der Zwischenzeit darf sie Jesus begleiten. Er zeigt ihr, wie die Beeren von den Stängeln getrennt werden, und lässt sie von einem Gerüst aus in einen riesigen Bottich Wein schauen, in dem man leicht ertrinken könnte. Lo stellt sich einen Krimi im Weinberg vor. Man würde die Leiche erst wegen der ungewöhnlichen Werte des Weins entdecken.
Jesus entnimmt unten am Bottich eine Probe und misst.
„Açúcar", sagt er und zeigt erst zehn und dann drei Finger.
Er sieht zufrieden aus.

Joao spricht überhaupt nicht auf der ganzen Fahrt. Sie wäre ohnehin zu müde, um zu antworten. Einmal hält er an und kauft eine Pizza. Sie essen bei offenen Autotüren. Die von Lo ist zerbeult. „Muito obrigado“, sagt sie, als er sie in Salamanca am Bahnhof absetzt. Das hat ihr Leoni schon gestern beigebracht, weil Bedanken wichtig ist, zum Beispiel, wenn man den Lohn erhält, der jetzt in ihrer Hosentasche steckt. Das Handy vibriert in ihrem Rücken und sie nimmt es aus dem Rucksack. *wie wars in dresden. komm gleich dort an. gestern in köln gedichte gelesen. trotzdem zweiter geworden*, schreibt Thomas. Lo antwortet sofort: *Heute in Portugal Wein gelesen. Trotzdem weitergefahren. Dir herzlichen Glückwunsch!* Sie ist stolz auf den ersten Satz, auch wenn oder vielleicht gerade weil sich ihr Rücken anfühlt, als hätte sie alle zweiunddreißig Tonnen allein geschleppt. Dann löscht sie alle SMS von Frank, auch die neuste, die erst vor zwei Stunden gekommen ist.

Tal 73 ab Barcelona-Sants

Lo wacht von einem ungewöhnlichen Geräusch auf. Weil sie so aufgeschreckt in die Gegend schaut, erklärt ihr ein deutscher Herr mit Ferienbräune, dass der Zug gerade auf die europäische Spurweite umgestellt wird: „Erst werden die Räder entlastet, dann wird der Zug auf Führungsschienen gelegt. Sie sind von der Entriegelung geweckt worden.“ Das hört sich für Lo auf eine beunruhigende Weise nach Schwebebahn an. „Jetzt passen sie die Spurbreite an, verriegeln, und dann legen sie die Zuglast wieder auf die Räder.“ Lo versteht zuerst *Glast*. Ein Wort, das sie schon immer mochte. Sie lehnt sich zurück in ihren bequemen Sessel. Der deutsche Herr lächelt sie an, es scheint ihn nicht zu stören, dass kleine Erdklumpen von ihrer Hose krümeln, als sie die Beine überschlägt. Weder in Madrid noch in Barcelona hat sie eine Dusche gefunden und das rote Kleid, das einzig einigermaßen frische Kleidungsstück, wollte sie so verschwitzt nicht anziehen. „Wo müssen Sie denn hin“, fragt der Mann jetzt. Im Nacken hat er einen Sonnenbrand. Für den Nachtzug in Turin rechnet er ihr keine großen Chancen aus. „Mit den TGVs sollte es gehen, aber wenn Sie einen Regionalzug brauchen, da sehe ich schwarz.“ Lo hingegen glaubt an ihr Glück. Bis jetzt ist es doch sehr gut gegangen. Was hätte ihr nicht schon alles passieren können.

Nachdem sie wieder eine Menge Tunnel mit der Hilfe von Tom Petty überstanden hat, kommt sie tatsächlich ohne Verspätung oder sonstige Probleme in Turin an. Ihre Züge gehörten zu den sechzig Prozent, die fahrplanmäßig verkehren. Sie fragt sich, wie entschieden wird, wer streiken darf und wer fahren muss? Oder wer streiken muss und wer fahren darf? Zielstrebig geht sie in das Fitnessstudio gleich gegenüber dem Bahnhof. „Scusi, bisogno prendere una doccia." Die Frau hinter dem Empfang lacht, vielleicht weil sie etwas noch Komischeres gesagt als gemeint hat. Lo spricht ein paar Worte mit der Frau, die gerade dabei ist, die CD zu wechseln. Dann antwortet die Frau auf Englisch, dass die Damenumkleideräume dahinten seien und sie ein Handtuch leihen könne. Lo kauft noch ein T-Shirt mit dem Logo des Fitness-Centers. Als Pfand für den Schlüssel gibt sie ihr *InterRail*-Ticket ab, was die Frau erneut zum Lachen bringt. So schick hat sie lange nicht mehr geduscht, es gibt Shampoo- und Duschlotion-Spender in der runden Glaskabine. Hinter den gebogenen Scheiben und vor den Spiegeln stehen durchtrainierte nackte junge Frauen. Ohne in den Spiegel zu schauen, trocknet Lo sich eilig ab und schlüpft in das neue T-Shirt. Wer weiß, wie weit es zur Porta Nuova ist, wo in vierzig Minuten der Zug nach Bologna fährt. In Wien muss sie einen Waschsalon finden.

EC 63 ab München Hbf

Sie hätte es nicht beschreien dürfen. Alles ist weg. Das Ticket, die Kreditkarte, der Pass, das Handy. Wenigstens ist sie im deutschen Sprachraum. Wieso passiert so etwas im deutschen Sprachraum? In Wirklichkeit hat sie gar keine Ahnung, wo und wie es passiert ist. In Bologna war alles noch da. Der Gedanke, dass jemand, während sie geschlafen hat, die Sachen aus ihrem Rucksack genommen hat, obwohl der bei ihren Füßen lag. So ausgesetzt zu sein, denkt sie. Aber vielleicht war es ja auch erst nach München. Sie ist nicht kontrolliert worden und hat mit dem Lohn aus der Hosentasche das Internet und das Sandwich bezahlt. Wieso kontrollieren die einen nicht? Wieso muss man in der Nacht den Pass nicht mehr abgeben? Das liegt alles an Schengen. Aber einfach *sans papiers* weiterreisen kann sie auch nicht. Zuerst muss sie Kredit- und SIM-Karte sperren lassen. Und neu beantragen und zur Botschaft und bei der Bahn fragen, ob sie das Ticket ersetzt bekommt. Es ist doch noch zehn Tage gültig. Alles so sinnlos. Dass ein Mensch das überhaupt sein kann: ein *Sanspapier*. Sie hat ja bloß Unannehmlichkeiten.

Sie setzt sich in das Café gegenüber dem Bahnhof, in das sie vor einigen Tagen schon einmal geflüchtet ist, und bestellt eine Melange und ein Telefonbuch. Ihr Ober sieht aus wie ein Königspinguin und bewegt sich auch ähnlich. Nach zehn Minuten kehrt er mürrisch mit vollen Händen zurück. Sie zahlt, kippt den Kaffee hinunter und speichert die Telefonnummern, die sie braucht, im Handheld. Dass sie Glück hat, denkt sie schon wieder. Glück, dass sie den nicht gefunden haben. Weil die Telefonzelle kein Geld nimmt, muss sie im Kiosk eine Karte kaufen. So schafft sie es heute sicher nicht auf den Zug nach Belgrad. Dabei hat sie sich die Verbindung schon morgens im Internetcafé rausgesucht, gleich nachdem sie Julias Mail gelesen hat. Wenn du eine Reportage über die ganze Reise machen willst, hat sie geschrieben, wäre es schön, wenn du auch nach Südosteuropa fährst. Und dass sie schon so lange nichts von Lo gehört habe. Sie hoffe, ihr sei nichts passiert. Und morgen hat Lo Geburtstag und keiner kann ihr gratulieren.

Vielleicht ist das ja einfach ein Zeichen, dass sie nach Hause fahren soll. Aber nicht einmal das geht einfach. Das Ticket bekommt sie schon mal nicht ersetzt. Keine Chance. Gesperrt sind ihre Karten zwar, aber so schnell geht es dann doch nicht mit den neuen. Sie muss sich Notgeld im *Office* abholen.
Bei ihrer Botschaft ist nur noch der Portier zu sprechen. „Das sollte kein Problem sein, dass Sie morgen früh einen vorläufigen Pass bekommen", sagt er. Aber sie solle doch seine liebe Kollegin vom Passamt fragen, die zwar schon außer Dienst sei, aber zufällig grad an seiner Loge vorbeikomme. „Claudia, hier ist eine sehr nette Dame, die hat ein Problem, kannst du schnell?" Claudia sagt ihr, was sie Morgen außer viel Zeit noch alles mitbringen soll: eine Ermächtigung der deutschen Meldestelle, drei Bilder, Geld und ihren Personalausweis. „Der ist auch weg und der Pass war vorläufig", wendet Lo ein, aber Claudia ist zuversichtlich: „Machen sie sich mal keine Sorgen, das wird schon klappen." Eine gute Botschaft. Auch wenn sie jetzt ein Hotel suchen muss.

„Kannst du mich zurückrufen, aus dem Hotel ist es immer so teuer." Ihre Mutter sucht einen Kuli, um sich die Nummer aufzuschreiben. Lo hört die Einheiten klicken. „Bis gleich", sagt sie und legt auf. „Was machst du denn, Liebes, dir passieren auch immer Sachen. Soll ich dir Geld schicken? Soll ich dich abholen?" Wenn ihre Mutter sich aufregt und Lo sie beruhigen muss, beruhigt sie das gleich mit. Das war schon bei ihrer ersten Sportverletzung in der Grundschule so. Zusätzlich beruhigend ist, dass ihre Mutter, sofern man sie erreichen kann, alles Mögliche in Bewegung setzen würde, um ihren Kindern zu helfen. Deshalb hat Lo sie wohl als Erste angerufen. „Und dabei hast du doch Morgen Geburtstag. Willst du denn nicht zurückkommen?"
Nach ihrer Mutter ruft Lo Sandra und Markus an, geht in die Badewanne und steigt erst kurz vor der Häutung wieder heraus, um anschließend vom Bett aus wahllos fernzusehen. Zuerst der Nostalgie wegen das Quiz, dann Nachrichten – die Kanzlerfrage in Deutschland ist noch immer offen –, zuletzt zappt sie zwischen vier Spielfilmen hin und her, bevor sie es endlich schafft, den *Power-off*-Knopf zu drücken.

Das Tor der deutschen Botschaft ist noch verschlossen, aber davor wartet eine Traube von zwanzig Menschen. Auf der gegenüberliegenden Straßenseite stehen sicher fünfzig in einer ordentlichen Schlange vor der russischen an. Als sich das deutsche Tor öffnet, bewegt sich erst mal nicht viel, weil alle zuerst leibesvisitiert werden. Lo darf sich ein rotes Formular nehmen und soll ihr Handy abgeben. Dass sie keines bei sich trägt, will ihr anfangs niemand glauben. Sie ist als eine der Ersten mit dem Ausfüllen fertig und stellt sich beim Schalter A an. Der Mann vor ihr hat irgendetwas gesagt oder getan, was dazugeführt hat, dass der Schalterbeamte verschwunden ist. Die Schlange hinter Lo wird immer länger. Es wäre besser, denkt sie, man bräuchte eine *Lebensbescheinigung*, die es am Schalter C gibt, wo niemand wartet. Wozu sollte man auch eine *Lebensbescheinigung* benötigen? *Lebensbeschönigungen* – das würde sie noch verstehen. Sie schreibt beide Wörter in ihre Liste.

Endlich kommt er doch zurück, der missmutig dreinblickende Mann um die Sechzig, der für die Passangelegenheiten zuständig ist. „Meine Meldestelle will mir keine Ermächtigung faxen, bevor sie nicht durch die Botschaft dazu ermächtigt wird", sagt sie und gibt ihm Formular und Bilder. Er grummelt etwas Undeutliches, was sich so anhört, als wäre das okay. Dann dreht er ihr Formular um und sieht, dass schon ihr letzter gültiger Pass nur ein vorläufiger war. Er sagt: „Nein", und gibt ihr das Blatt zurück.

Lo erklärt ihm die Lage, dass sie keinen Ausweis habe, dass sie schon bei der Polizei gewesen sei, dass sie so nicht weiterreisen könne. „Das ist nicht mein Problem, wenn sie von der Hand in den Mund leben." Lo bleibt die Stimme weg, als ihre Empörung ins Hyperventilieren kippt. Dabei hätte sie gern einen würdigen Abgang gehabt. Noch dazu ist sie Kais Einladung im Sommer gar nicht gefolgt, den vorläufigen Pass hat sie vor dieser Reise nie benutzt. Die Deutschen in der Schlange hinter ihr schauen ängstlich, als vermuteten sie, der verzweifelten Frau sei soeben die Staatsbürgerschaft aberkannt worden.

„Reine Schikane, das darf der gar nicht", sagt eine tiefe Stimme hinter Lo und eine andere: „Am besten kommst du Montag wieder, mit dem hatte ich auch schon Probleme." Da stehen ein dunkelhaariger, ein blonder und ein sehr alter Mann gemeinsam am Schalter C und kommen gerade dran. Der dunkelhaarige Mann mit den königsblauen Augen tritt aus der Schlange und sagt, er sei Holger: „Kann ich dir irgendwie helfen?“ Lo nickt instinktiv. Holger begleitet sie zu einem Stuhl an der Wand und setzt sich neben sie, während der alte Herr, der von dem Blonden gestützt wird, der jungen Frau am Schalter zu erklären versucht, dass er heiraten möchte. „Herr Kost lebt im Weinviertel, er ist in Deutschland geboren“, kommt ihm die tiefe Stimme von eben zu Hilfe, „aber jetzt ist dort Polen, und sein Standesbeamter sagt, er brauche von hier eine Ehebefähigungserklärung.“ Während die junge Frau telefoniert und die beiden Männer warten, erzählt Lo Holger von ihrer Pechsträhne. „Ist doch kein Problem“, sagt er, „wir haben gerade ein Zimmer in unserer WG frei. David, was meinst du?“ David dreht sich kurz um, nickt und gibt Lo ein Taschentuch. Die Frau am Schalter C sagt: „Da müssen Sie zu Schalter A gehen, Sie brauchen einen deutschen Pass.“ Lo bedauert Herrn Kost. Damit ist seine Hochzeit wohl geplatzt. David und Holger sprechen kurz miteinander, dann stellt sich David in die lange Schlange, Holger und Lo stehen auf und Herr Kost setzt sich auf einen der freigewordenen Stühle. Er hält vergilbte Papiere mit Reichsmarkstempelmarken in den zitternden Händen.

Die Schlange vor der russischen Botschaft wirkt unverändert. „Komm, wir schlagen uns durch den botanischen Garten“, sagt Holger und wenige Minuten später geht Lo neben ihm durch eine Allee von Bitterorangenbäumen. „Was ich so gemein finde, der muss doch gesehen haben, dass ich Geburtstag habe“, das ist ihr gerade eingefallen, dass ihr Geburtsdatum dick und breit auf dem Formular steht.

Holger ist weg. Lo schaut links und rechts. Bloß Bäume und Sträucher mit Namensschildchen. Hinter einem Nadelbaum kommt Holger hervor und hält drei rostrote Blumen in der Hand, mit denen sie hier nicht erwischt werden sollte, sonst kommt sie noch ohne Pass in Abschiebehaft. „Happy Birthday liebe Lo-O", singt er laut und eine entgegenkommende Frau strahlt ihn an. Lo fragt sich, ob er farbige Kontaktlinsen trägt, aber dafür wirkt er eigentlich nicht eitel genug. „Das feiern wir, ist doch klar. Unsere WG-Partys sind berüchtigt." Und dann erklärt er noch, dass sie eine Quoten-WG sind: „Zwei Männer, zwei Frauen, ein kastrierter Kater, Katharina ist grad in London, aber Linde ist da, Und mit dir ist das Gleichgewicht wieder perfekt."
„Warum geht ihr zu zweit mit aufs Amt?", fragt Lo, als sie in einem Stockwerk, das Mezzanin heißt, angelangt sind. Fünf Stockwerke haben sie noch vor sich und Holger nimmt immer zwei Stufen auf einmal. „David hat Herrn Kost in Mistelbach abgeholt, ich sollte ihn zurückbringen." Holger hält ihr die Tür auf. Er führt sie durch die ganze Wohnung und stößt bis auf eine alle Türen auf. Großes Wohnzimmer, Stuck an der Decke, gemütliche Küche, Badewanne mit Löwenfüßen. „Und das ist dein Zimmer." In „ihrem" Zimmer steht unter einer riesigen Palme ein Schaukelstuhl, von dem aus sie in den grünen Hof und über die Stadt sehen kann. „Das ist der Steffl und dahinten der Kahlenberg, da müssen wir morgen mal mit dem Auto rauf, aber jetzt kaufen wir erst mal für heute Abend ein." Zuerst darf Lo aber, während er herumtelefoniert, ein Bad nehmen, bevor sie die sechs Stockwerke wieder hinunter und dann zum Markt gehen.
Holger findet, Chili con Carne ist eine gute Idee, aber sie soll auch einen Topf mit Tofu machen. Lo kann sich nur

schwer entscheiden. Die Chilischoten werden immer schöner, je weiter sie sich in der Reihe der Gemüseläden vorarbeiten. „Ich kaufe eigentlich nicht gern ein, aber das hier ist ein guter Ort, schon wegen des Curry-Geruchs." Holger lacht hinter den vollen Tüten, die er vor der Brust trägt. Zum Glück müssen sie kaum Getränke auffüllen, weil von der letzten Feier so viel übrig geblieben ist.

Trotzdem sinkt Lo erschöpft auf den Küchenstuhl, als sie alles hochgetragen haben. Holger telefoniert schon wieder und David lehnt an der Spüle und raucht. „Mist, jetzt habe ich vergessen, die SIM-Card abzuholen und niemand kann mir zum Geburtstag gratulieren." Sie kramt den Zettel der Telekom heraus und fühlt sich plötzlich sehr unverbunden. „Ich mag ehrlich gesagt weder Geburtstage noch Handys", sagt David und pustet den Rauch aus dem gekippten Oberlicht, dann drückt er die Zigarette aus: „Aber dir wünsche ich Glück, schönes Reisen und Ankommen oder einfach, was dir gut tut." David ist sehr schmal: ein auffallend schmaler Mensch mit auffallend breiten Schultern. Er gibt ihr eine seiner feingliedrigen Hände. „Danke", sagt sie und Holger sagt an den Türrahmen gelehnt: „Siebzehn. Wir haben schon siebzehn Zusagen." Nochmals die Treppen runter und wieder rauf schafft sie jetzt nicht.

David ist vor einer Stunde verschwunden und Linde duscht. Lo hat das rote Kleid aus Paris angezogen, auch wenn es nicht ganz der Wetterlage entspricht. Jetzt rührt sie synchron in zwei Töpfen, während Holger eine Playlist auf seinem Laptop erstellt. Er hat ihr eine Schürze gegeben, damit das schöne Kleid keine Flecken bekommt. „Kannst du kurz aufhören mit Rühren", sagt David hinter ihrem Rücken, „wieso musst du eigentlich an deinem Geburtstag arbeiten?" Er hält ihr ein Handy entgegen: „Das ist mein Produktionshandy, aber du kannst es gern haben, solange du hier bist." Auf dem Display sieht sie neun neue Nachrichten, von Sandra, Markus, Frank, den Kollegen, der ganzen Familie und ihrer Patentante. „Da bist du ja durch die halbe Stadt gefahren." Sie würde ihn gern umarmen, aber sie steht nur da und bringt gerade mal „Vielen Dank!" zustande. David lächelt. Er freut sich über seine und ihre Überraschung. Während sie die Glückwünsche liest, rührt er für sie weiter.

Wie immer stehen alle in der Küche. Das Chili ist so scharf geworden, dass schon jetzt über die Hälfte des Biervorrats verbraucht ist. „Da hast du ja Riesenglück, dass Kathy auf der Insel ist", meint Dan, der Ire, der schon seit der ersten Gabel einen knallroten Kopf hat, und klopft ihr auf die Schulter. „Ich hätte sie auch mitgenommen, wenn kein Bett frei gewesen wäre", sagt Holger grinsend, „dann hätte ich natürlich in der Badewanne geschlafen." – „Und ich hätte am Morgen eure Wohnung in Brand gesetzt." Alle einschließlich Holger schauen Lo entgeistert an. Nur David, der auf zwei umgedrehten Bierkisten sitzt, widerspricht: „Dann hättest *du* in der Wanne schlafen müssen." Die Entgeisterung nimmt dadurch nicht ab, auch nicht als David zur Erklärung leise anfängt zu singen: „I once had a girl, or should I say she once had me." Seine Stimme ist auch beim Singen schön. Holger läuft aus der Küche und kommt mit einer Gitarre zurück. „Du darfst dir was wünschen", sagt er und setzt sich neben Lo. „Ich hätte gern was von hier. *Zwischen ans und vier.*" Wieso sie das kenne, will Linde wissen, das sei sein schönstes, und Holger sagt, er sei ja nun mal kein Österreicher, aber vielleicht kriege er *Weus'd a Herz hast wia Bergwerk* hin. „Ich war mal in Düsseldorf bei einem Rainhard-Fendrich-Konzert“, gibt Lo zu und Holger gibt zu, dass er in Düsseldorf geboren ist. Bei dem Bergwerkslied singen fast alle mit, obwohl sie Holger und Lo zuerst ein bisschen ausgelacht haben. Als Lo versucht, Davids Stimme rauszuhören, stellt sie fest, dass er nicht mehr da ist.

Holger wollte sie geburtstagsküssen, als sie sich gleichzeitig ein Bier aus der Badewanne geholt haben. Jetzt tanzt er mit den anderen im Wohnzimmer zu seiner Playlist. Er war nicht beleidigt. Nachdem sie geklopft hat, kommt David an die Tür und lässt sie in das Zimmer, das sie noch nicht gesehen hat. Kopfhörer und ein Buch liegen auf der großen Matratze am Boden. Er räumt beides zur Seite und sie setzen sich auf die Matratze mit dem Rücken an die Wand, an der hoch über ihren Köpfen ein Beamer hängt. Die gegenüber liegende Wand ist leer, an den anderen beiden stehen Regale voll mit schwarzen oder mattsilbrigen Aufnahme- und Abspielgeräten, mit Schallplatten, CDs und DVDs. „Ist dir nicht kalt“, fragt David und gibt ihr einen Pulli, als sie nickt. Sie denkt, dass ihm ihr Kleid wohl nicht besonders gefällt. „Warum machst du das eigentlich?“ – „Was?“ – „Das Rumfahren und nirgends Bleiben. Ist das nicht furchtbar anstrengend?“ Lo schaut ihre Zehen an, die hin- und herwackeln. Meistens wackelt irgendeins ihrer Körperteile, ohne dass sie bewusst darauf Einfluss nimmt. „Doch, manchmal sogar sehr.“ – „Weshalb also?“ Der Ärmel von Davids T-Shirt ist verrutscht und sie muss immer seinen linken Oberarm ansehen. „Ich weiß nicht, irgendwie hat es sich verselbständigt und ich habe noch nicht den richtigen Ort zum Aufhören gefunden.“ Sie könnte ihm das mit der Roulettekugel erzählen, aber er fragt schon wieder weiter: „Und hast du dich irgendwo wohler gefühlt als zuhause?" Sie denkt nach und sagt eine Weile nichts, während David mit seinem Wasserkocher Tee macht. Sie stecken die Beine unter dieselbe Decke. Dann fragt er, ob sie Lust hätte, *Himmel über der Wüste* zu sehen. „Auch eine Suche." Lo nickt und als die Musik und das Lachen aus dem Nebenzimmer hinter dem satten Klang von Davids Boxentürmen zurücktreten, wird sein Zimmer zum Kino. *Warner Brothers present*. Sie nimmt einen Schluck Tee und landet mit Port, Kit und Tunner in Nordafrika. Mit Port, Kit, Tunner und David, der während des Films nicht ein Wort spricht. Kurz nachdem Port gestorben ist, hat sie das Gefühl, dass sich ihre Füße berühren. Sie versucht, sich keinen Millimeter zu bewegen. Aber je länger sie so sitzen, desto unsicherer wird sie, ob es sich nicht bloß um eine Phantomberührung handelt. Fast ist sie erleichtert, als David kurz aufsteht, um nochmals Tee zu kochen, weil sie danach wieder empfänglicher ist für die Wüste und das Verlorengehen. Es ist schon halb fünf, als der Abspann beginnt. David erzählt ihr, dass Bertolucci und Storaro mit daran schuld seien, dass er auf die Filmhochschule gegangen ist. „Und jetzt muss ich mich bald entscheiden, ob ich Kamera oder Regie mache." Lo ist in der letzten halben Stunde immer tiefer gerutscht, so dass sie inzwischen mehr liegt als sitzt. Am liebsten würde sie jetzt einfach hier einschlafen. „Aber ich fürchte, Regisseur ist nicht das Richtige, da hab ich andauernd mit so viel Menschen zu tun. Beim Kameraführen kann ich hinter dem Sucher verschwinden." Sie würde gern sagen, dass sie mal etwas von ihm sehen möchte, hat aber Angst, dass er es ihr dann jetzt gleich zeigen will. „Du musst wohl schlafen, was. Ich hätte dich warnen sollen, dass der Film so lang ist." Während David sie an die Tür begleitet, fragt er noch, ob sie Lust hätte, morgen gegen Mittag mit ihm auf den Flohmarkt zu gehen. Unbemerkt vom harten Kern ihrer Geburtstagsfeier verschwindet sie in Katharinas Zimmer.

Lo hat geträumt, sie fliegt an die Zimmerdecke und bleibt dort oben, solange sie Lust hat. Diesen Traum hatte sie zuletzt als kleines Kind. Auf der Herdplatte steigt der Kaffee in den oberen Teil der Espresso-Kanne. Linde sitzt am Küchentisch und liest in einer Zeitung, die *Der Standard* heißt. Die UN-Atomenergiebehörde in Wien hat den Friedensnobelpreis bekommen. Lo bekommt den Inlandteil und eine Tasse Kaffee mit aufgeschäumter Milch. „Du warst ja früh verschwunden", sagt Linde plötzlich, als Lo schon gedacht hat, beim Frühstück würde nicht gesprochen. Zum Glück kommt David rein und fragt, ob sie gut geschlafen haben. Seine Haare stehen in alle Richtungen. Kaum dass er sitzt, springt der Kater auf seinen Schoß und kurz danach erscheint Holger und grinst Lo verlegen an. „Jetzt ist definitiv der gesamte Alkoholvorrat weg", sagt er und lässt eine Tablette in ein Glas Wasser fallen. „Ich glaube, ich kann noch nicht Auto fahren, den Kahlenberg müssen wir auf morgen verschieben." David steht auf. „Wir wollten eh auf den Flohmarkt. Ich dusche schnell, dann bin ich bereit." Linde schaut erstaunt von einem zum anderen, lacht kurz auf, dann holt sie sich noch einen Kaffee und versinkt wieder hinter ihrer Zeitung. Holger geht nochmals schlafen.

„Ist doch seltsam, wie ein Baum zu heißen. Ist das ihr richtiger Name?", fragt Lo, als sie vor einem Stand mit alten Fotos stehen. „Sie heißt eigentlich wie ein rosa Baum." – „Aber dann wäre Rosa doch viel schöner." David sieht sie übertrieben entsetzt an. „Du darfst auf keinen Fall Rosa zu Linde sagen. Das ist ihr Kindheitstrauma. Sie heißt mit Nachnamen Hertz und hat mich sogar schon mal gefragt, ob ich sie heirate, nur damit sie diesen Namen loswird." David schaut eine Kiste mit VHS-Kassetten durch. „Und wolltest du nicht?" – „Wenn es wirklich wichtig gewesen wäre, aber ich glaube nicht, dass sie ernst gemacht hätte. Grundsätzlich finde ich Scheinheirat okay." David scheint nicht sehr romantisch zu sein. Vielleicht ist Linde in David verliebt. Andererseits kann man seinen Kindern mit der Namensgebung wirklich die Jugend versauen. Als *Werther* in der Schule durchgenommen wurde, war Lo auch ziemlich wütend auf ihre Eltern.

David hat drei Filme, die sie nicht kennt, und ein Paar Schuhe gekauft. Sie zwei Bücher von Marlene Streeruwitz und eine Jugendstil-Brosche, die sie Sandra schenken will. „Hat Holger dir schon die Häuser gezeigt." Er deutet nach oben auf zwei verzierte Gebäudefronten, die in die Häuserzeile eingefügt sind. „Otto Wagner, wenn du nachher zum Karlsplatz kommst, die Pavillons sind auch von ihm." Sie gehen zusammen über den Naschmarkt, David muss gleich zur Arbeit, er jobbt im Kindermuseum. Ein Mann, der hinter einem großen Fass steht, will Lo einreden, dass Gurken sie schöner machen würden. „Das sagt er zu jedem", beruhigt sie David. Dass sie das nicht nötig habe, sagt er nicht. „Am besten kaufst du eine Drei-Tages-Karte für die Wiener Linien", rät er ihr, „oder eine Monatskarte, falls am Montag der gleiche Typ an Schalter A sitzt. Wäre ja möglich." Er macht eine komische Grimasse, als wenn er nichts gesagt haben wollte, dann wird er wieder Fremdenführer: „Bei Tor 2 musst du aussteigen." David käme bei dem Wetter gern mit zum

Zentralfriedhof, aber er muss jetzt mit Kindergeburtstagsgästen einen Trickfilm drehen. „Ich hab die richtige Musik dabei“, sagt Lo und zeigt auf ihren Discman: „Holger hat mir Tom Waits geliehen. *Frank's wild years.*“ – „Das ist nett, dass Holger dir meine CD leiht“, meint David trocken, „aber findest du das nicht ein bisschen aufgesetzt? Der Friedhof ist doch ohne Soundtrack viel schöner.“ Was Lo findet ist, dass David jetzt mal aufhören könnte mit Besserwissen, aber er sagt ihr auch noch, dass der jüdische Teil die schönste Stimmung habe und wie sie dorthin finde. „Kommst du heute Abend mit mir *Jizda* schauen? Im *Top-Kino,* gleich dort drüben? Da sind tschechische Filmtage.“
Sie verabreden sich für sieben beim *Café Sperl.* Das kenne jeder, das werde sie leicht finden. Dann geht sie zur Secession und beobachtet, wie die steinernen Schildkröten versuchen, unter den schweren Kübeln rechts und links vom Eingang hervorzukriechen. Da hatte sie es deutlich leichter mit dem Aufbrechen, sie hatte eigentlich beste Bedingungen, denkt sie, und dass es schade ist, dass Davids Handy keine Fotofunktion hat. Überhaupt schade, dass sie keinen Fotoapparat hat. Wien bietet so viele Motive zum Festhalten und von ihrer neuen WG hätte sie auch gern ein paar Bilder.

David sitzt schon im Café, als sie hereinkommt, und trinkt eine Melange. „Es war niemand außer mir auf dem jüdischen Friedhof. Hab bloß drei Mal *Innocent when you dream* gehört, ansonsten auf deinen Ratschlag und die Vögel in den Bäumen.“ Sie setzt sich zu ihm und bestellt auch eine. „Und nachher war ich noch am Ort der Ruhe und Kraft und hab auf einem Stein in der Sonne gesessen.“ David kennt den Ort und beneidet sie um die Stille. Bei ihm war der Geräuschpegel eher im Presslufthammerbereich. „Wir haben eine Sternenreise gedreht, mit einer Heldin namens Stella, da ist *2001* nichts dagegen." Alles wirkt so großzügig und antiquiert auf Lo, die Höhe der Räume, die Spiegel, sogar der Apfelstrudel. „Wie schaffst du das denn neben der Akademie? Und dann noch das mit den alten Leuten?" David lächelt die grauhaarige Kellnerin an und gibt ihr einen Euro Trinkgeld. „Naja, sehr schnell bin ich ja noch nicht vorangekommen, aber ich hab meine Dienste im Kindermuseum gerade reduziert und das Ehrenamtliche macht eigentlich Holger. Ich hab ihm nur geholfen. Am liebsten bin ich faul." Er sagt es so, als warte er bloß darauf, dass sich die Müßiggangströmung, deren Avantgarde er bildet, endlich etabliert. „Was du machst, wäre mir viel zu stressig. Ich brauche auch immer ein bisschen Struktur im Tag. Selbst zum Faulsein." Davids grünbraune Augen würde sie gerne lange anschauen, ohne dass er es merkt, aber das ist nicht mal im Spiegel möglich. Außerdem steht er jetzt auf, damit sie rechtzeitig die Kinotickets holen können.

Obwohl Lo schon seit Wochen so nah neben fremden Menschen sitzt, oft die Armlehne mit ihnen teilt, war es ihr noch kein Mal so bewusst wie jetzt mit David. Neben ihm sitzen findet sie schön und beunruhigend, weil er gleichzeitig Nähe und Distanz ausstrahlt. Während sie nicht weiß, was sie davon halten soll, scheint er wie gestern völlig vom Film absorbiert zu werden. Nachher reden sie nicht darüber. „Lass uns unterwegs was essen und dann ins *Schikaneder* gehen", schlägt David vor. Sie ist es nicht mehr gewohnt, in die Pläne von jemand anderem eingebunden zu werden. Andererseits erscheint es ihr normal, dass er immer schon einen Schritt weiter denkt. Weil das seine Stadt ist.

Das *Schikaneder* ist gleichzeitig Kino und Bar und es hängen Plakate von einem Frauenkurzfilmfestival in den Schaukästen. „Hier habe ich auch das einzige Mal einen Kurzfilm von mir auf einer Leinwand gesehen", sagt David, ein bisschen wehmütig. Sie holen sich zwei Achtel Rot an der Theke und setzen sich auf ein altes Sofa. In der Ecke legen zwei Frauen Platten auf. „Du musst mal dienstags hierher gehen", sagt David, „wenn Laura und Bruno da sind. Die Balkan-Musik ist so traurig und übermütig, ich kann das gar nicht beschreiben. Vielleicht ein bisschen wie die Musik aus dem Film eben, aber auch anders." Er hält ihr sein Glas zum Anstoßen hin. „Ich fahre doch Montag wieder weg, auf den Balkan, sobald ich den Pass habe", wendet sie ein, während die Gläser *Kling* machen. „Hatte ich vergessen. Zur Viennale solltest du aber zurück sein. Vielleicht kann ich dir noch eine Karte für die Eröffnung besorgen." – „Sollte ich? Was ist denn die Viennale?", während sie das Wort ausspricht, weiß sie es. „Schon klar, Kino natürlich." David, denkt sie, ist wohl gewöhnt, dass man macht, was er vorschlägt, und nicht, dass er jemand zu seinem Glück zwingen muss. „Warum jetzt der Balkan?", will er wissen. „Weil ich noch nie dort war." – „Warst du schon in der Ukraine, in Island, auf Zypern?" – „Nein, aber das heißt ja nur, dass ich noch sehr viel vorhabe und erst recht ganz dringend meinen Pass brauche." Irgendwie macht er sie wütend. Während er zwei neue Achtel holt, taucht Holger auf und setzt sich rechts neben sie: „Hier seid ihr also, hab ich mir gedacht, hierher schleppt David alle Frauen, normalerweise dienstags, aber dann bist du ja schon weg." Er hat eine Flasche in der Hand, eigentlich müsste er David begegnet sein. „Keine Angst, ich muss gleich weiter, aber auf ein Bier, dachte ich, leiste ich euch Gesellschaft." Lo beteuert, nicht die geringste Angst zu haben, und auch David, der sich mit seinen Weingläsern an ihrer linken Seite niederlässt, reagiert gelassen bis erfreut auf Holgers Anwesenheit. Nur als er wieder vom Kahlenberg beginnt, schauen sie beide ein bisschen gequält. „Morgen fahren wir aber, Linde kommt auch mit. Wettervorhersage perfekt. Lo hat doch noch gar nichts von Wien gesehen. Gib zu, du hast sie ins Kino geschleift.“ Lo erzählt von dem tollen Film, David lehnt sich zurück und raucht, Holger holt nochmals eine Runde Getränke, nachher gehen sie zu dritt in ein altmodisches Café, in dem alle Gäste Rotwein trinken. Während David dabei ist, traut Lo sich nicht, Holger zu fragen, wieso er nicht mehr weiter muss. Um drei schleppen sie sich gemeinsam die sechs Stockwerke hinauf und versuchen *Zwischen ans und vier* zu singen. Lo kann den Text, Holger den Refrain und David den Ton halten. Linde sitzt mit einem rothaarigen Mann in der Küche und sagt: „Na also, geht doch!“, als sie singend hereinkommen. Während Holger sich dazu setzt, verschwinden David und Lo in ihren Zimmern und treffen sich im Badezimmer wieder. Sie putzen zusammen Zähne. „Bis morgen“, sagt David an seiner Tür, „schlaf schön.“

„Wir könnten einfach fliehen, bevor die anderen aufwachen“, flüstert David, als sie gleichzeitig aus ihren Zimmern kommen. Sie hat schon eine Weile wach im Bett gelegen und auf die Geräusche in der Wohnung gelauscht. Als sie im Zimmer gegenüber ein Husten gehört hat, ist sie aufgestanden. „Das könnten wir, aber dann darfst du keinen Kaffee kochen.“ Er war schon mit einem Bein in der Küche, dreht um und steht ganz nah vor ihr. „Du hast Recht, und rasieren geht auch nicht.“ Sie sehen sich misstrauisch um, dann gibt Lo zu bedenken, dass sie auch mit Duschen jemanden aufwecken könnten. „Das klingt nicht gerade nach meiner Vorstellung von einem guten Start in den Tag, aber was soll's? Dr. Kimble konnte auch nicht zimperlich sein." Los Eltern haben früher immer von *Dr. Kimble auf der Flucht* gesprochen, wenn sie, kaum dass sie aus der Schule zurück war, das Haus wieder verlassen hat. „Wer ist zimperlich?", fragt Linde, „und wieso habt ihr noch keinen Kaffee gemacht." Sie tappt an den beiden vorbei Richtung Herd, gefolgt von dem rothaarigen Mann von gestern, der *Guten Morgen. Gert übrigens* sagt. Lo geht duschen. Draußen hört sie Holger sagen, dass er dieses Lied jetzt nicht mehr aus dem Kopf kriegt.

„Du darfst vorne sitzen, du bist die Touristin", sagt Holger, der fährt, die anderen drei quetschen sich auf die Rückbank. Aus *Himmel über der Wüste* hat sie gelernt, der Unterschied zwischen Touristen und Reisenden ist: Touristen denken schon beim Ankommen ans nach Hause fahren, Reisende fahren vielleicht nie mehr nach Hause. Der alte Renault kämpft sich tapfer die Höhenstraße hinauf und Lo macht *Oh* und *Ah*, wenn man zwischen den bunten Bäumen hindurch auf die Stadt sehen kann. „War gar nicht so schlecht, deine Idee", sagt David Richtung Fahrersitz. Im Seitenspiegel sieht sie ihn aus dem heruntergekurbelten Fenster rauchen. Er lächelt, als ihre Blicke sich begegnen. „Wir fahren zur Himmelswiese", verkündet Holger stolz. Seine Augen blitzen schon wieder. Er trägt definitiv keine Kontaktlinsen, das kann sie von der Seite sehen. Als er einen Parkplatz gefunden hat, klettern sie aus dem Auto und den Hügel hinauf. „Das ist der Donaukanal, dahinten ist das Riesenrad." Lo muss die Brille aufsetzen. „Der Millenniumstower, der Stephansdom, die Uno-City, die Donau, das alte AKH." Unter ihr liegen Weinberge. Sie folgt den anderen zu einem großen Kreis von Bäumen, der nach keltischem Vorbild angelegt wurde. „Ich bin Feigenbaum“, ruft Holger. Manche Bäume sprechen aus Lautsprechern, wenn man einen Knopf drückt, und sagen, was für Eigenschaften sie haben. „Humbug“, sagt Linde, die ihrem Geburtstag nach Weide wäre. „Woher sollen denn die Kelten Feigen gekannt haben?“ Sie und Gert setzen sich zum Küssen auf die Steintreppen, David wandert den Kreis der Bäume entlang und bleibt vor der Zypresse stehen. „Ich finde es schön, einen Baum zu haben, ob da jetzt was dran ist oder nicht“, sagt er. „Ist das denn deiner?“, fragt Lo. „Kastanie, ich bin Kastanie. Und du?“ Sie hat sich den Text ihres Baumes angehört. Die Eberesche ist abhängig und unabhängig zugleich, hat der Lautsprecher gesagt. Sie führt David hin. „Weiter, los, alle wieder ins Auto, wir wollen ja noch zum Heurigen“, ruft Holger.

Mitten im Weinberg sitzen sie auf Holzbänken, essen Liptauerbrote und trinken schon wieder Wein, wie die anderen Leute auf den anderen Bänken auch. David sitzt neben Lo. „Ich fahr zurück“, sagt er und bestellt ein Soda. Die Sonne scheint auf ihre Rücken und die Berührung ihrer Unterarme auf dem Tisch ist diesmal real. Auch als sie zurückfahren, stößt seine Hand beim Schalten mehrfach gegen ihre. Sie tun beide nichts dagegen.

„Ich könnte mitkommen“, sagt David in einer sehr tiefen Stimmlage. Wieder hängen sie auf seiner Matratze und hören *New Adventures in Hi-Fi*. Lo durfte die Musik aussuchen. Die meisten seiner CDs haben ihr nichts gesagt. „Wir könnten zusammen eine Doku drehen, über Leute, die auf

dem Balkan Urlaub machen, oder über die Menschen, die dort leben und mit dem Zug über Grenzen reisen." Jetzt klingt seine Stimme aufgeregt: „Du machst Interviews und ich die Bilder dazu." Sie versucht ihm näher zu rücken, so dass er es spürt, ohne es zu bemerken. Wahrscheinlich findet er mich nicht attraktiv, denkt sie. Sie reden jetzt schon wieder seit drei Stunden, ohne dass etwas passiert. Sie hat ihm von der Trennung ihrer Eltern erzählt, er ihr vom Tod seines Bruders, sie hat ihm ihre Angst vorm Krankwerden gestanden, er ihr seine vorm Angsthaben. Er würde für Karamellpudding ziemlich weit gehen, sie kann man mit Currysauce glücklich machen. Er weiß von Frank und Markus und sie von Teresa, die er geliebt hat, sagt er, aber das ist schon lange her. Die Sache mit dem Frauen-ins-Schikaneder-Schleppen habe Holger frei erfunden.
Erst als sie seine Hand nimmt, küssen sie sich. Lo hat plötzlich das Gefühl, dass sie niemals miteinander schlafen werden und wird einen Moment lang traurig. „Ich habe es nicht mal geschafft, eine Kolumne zu schreiben", sagt sie, als sie gerade mal ein paar Zentimeter Abstand haben, weil sie das Gefühl hat, sie sei noch eine Antwort schuldig. Jetzt sieht er traurig aus. „Warum solltest du auch und was hat das mit unserem Film zu tun? Wieso willst du jetzt einfach so weitermachen? Du könntest doch auch hier was Neues beginnen. Du könntest im Kindermuseum arbeiten. Wir brauchen immer wieder wen, besonders wo du dich mit Computern auskennst." Er hält ihre Hände. „Was Besseres als mich findest du nicht!", sagt er und versucht zu lachen, „brauchst gar nicht weitersuchen. Klingelingeling. Jackpot!" Aber sie ist doch nicht losgefahren, um einen Mann zu suchen, denkt sie. Dass sie doch etwas anderes wollte. David umarmt sie so fest, dass es weh tut. Irgendwann schläft sie

mit dem Kopf auf seiner Brust ein. Sie hatten beide kein Kondom und dazu das Gefühl, es solle wohl nicht sein.

„Frisch aus dem Automaten!“ David steht in Jeans und Pulli vor dem Bett und wackelt mit einem kleinen Plastikquadrat. Dann zieht er sich aus, bis er nur noch die Socken anhat. „Falsch“, bemerkt er selbst und blickt verlegen auf seine Füße. Nachdem er die Socken los ist, hebt er die Decke am Fußende hoch und sie spürt seine warmen Lippen an der dünnen Haut auf ihrem rechten Knöchel. Er küsst sich immer weiter unter die Decke und sie verändert den Winkel ihrer Beine. *Gleichschenklig* fällt ihr ein, sie würde besser ohne Kopf lieben. Kurz vor dem Scheitelpunkt macht Davids Kussweg eine Kurve zu ihrem Bauchnabel, wo sein Atem sie kitzelt. Sie zittert ein bisschen, seine Hände halten ihre Taille umfasst und sein Küssen wandert entlang der Rundung ihrer linken Brust. Je größer die Fläche ihrer Berührung, desto größer ihr Gefühl von Hierbleibenwollen. Und so sehr sie seine Liebkosung auch wie ein Geschenk empfindet, so froh ist sie doch, als sein Kopf unter der Decke hervorkommt und sie in seine Augen sehen kann. Er lächelt ernst. „Weißt du, ich halte nichts von Fatalismus“, erklärt er, bevor seine Lippen ihre Unterlippe umschließen.

Als sie wieder in seiner Armbeuge liegt, fragt er: „Willst du immer noch gehen?“ Wie denn nicht, denkt sie, auch wenn die Fakten dagegen sprechen. Sie kann nicht einfach hier bleiben, wegen eines Zufalls. Weil gestohlene Papiere eine Unterbrechung erzwungen haben. Überhaupt, was sollte das bedeuten: *Hierbleiben*? „Hier“, sagt sie. „Was: *hier*?“ – „Du wolltest doch wissen, ob ich mich irgendwo wohler gefühlt habe als zuhause, genau *hier* fühle ich mich wohler.“

David schaut ähnlich erwartungsvoll wie damals der Quizmaster, nachdem Lo gesagt hat, Bougainville klinge am ehesten wie eine Insel und kolonialisiert hätten die Franzosen ja genug. „Also, B einlocken?", hat er gefragt und Lo hat genickt. Jetzt weicht sie Davids Blick aus und schaut auf die Uhr. Um zwölf macht die Passabteilung der Botschaft zu. Sie müssen sich beeilen „Begleitest du eine alte Frau auf die Behörde?" David findet das nicht lustig, aber er steht auf und zieht sich an. Lo geht kurz zu Holger und Linde in die Küche, um Auf Wiedersehen zu sagen. Holger gibt ihr seine Handynummer und schaut dabei David an, als wolle er so herausfinden, was er spätestens seit heute Morgen ohnehin wissen muss, so hellhörig wie diese Wohnung ist. David scheint es nicht zu bemerken.

Diesmal war eine junge Frau am Schalter A, sie hat Lo zwar darauf hingewiesen, dass sie sich, sobald sie wieder zuhause ist, um einen richtigen Pass kümmern muss, aber einen vorläufigen hat sie ihr trotzdem ausgestellt. Von ihren Landsmenschen in der Schlange hat sie gehört, dass es eine Kanzlerin geben wird. Immerhin das ist entschieden. Eines Tages gibt es wohl auch wieder eine Regierung.
David muss auch heute arbeiten, aber Lo soll ihn um sechs beim Museumsquartier abholen und dann können sie noch was essen, bevor er sie zum Bahnhof bringt. Sie haben sich am Heldenplatz getrennt. Er hat sie noch zwei Mal gefragt, warum sie weiterfährt. Dass sie nicht ausgerechnet das ehemalige Jugoslawien auslassen kann, wollte er nicht gelten lassen. „Für wen machst du das denn? Du hast eine komische Vorstellung von Political Correctness", hat er gesagt und eine Kastanie getreten, die daraufhin gegen ein parkendes Auto geflogen ist, und dann hat er noch gefragt, ob

sie denn nicht das Gefühl hätte, dass es was werden könnte. Sie hat einfach nichts sagen können. Was es nur schlimmer gemacht hat. Fast war sie froh, als er sich beeilen musste, um pünktlich zu sein. „Nein danke", sagt sie. Sie will mit keinem Fiaker fahren, und schon gar nicht alleine. In der Fußgängerzone kauft sie eine gute Digitalkamera und ein neues Handy, damit sie David seines zurückgeben kann. Verrückt, dieses Geld auf dem Konto. Verrückt, einfach mit einer Karte zwei teure Geräte zu kaufen, denkt Lo. Und dann, dass David ihr hoffentlich seine Nummer gibt. Von einem italienischen Café aus, in dem schicke Menschen Mittags- oder Shoppingpause machen, versucht sie Sandra anzurufen, es kommt die Mailbox, sie ist wahrscheinlich in einem Meeting. Also schreibt sie wieder mal SMS und wartet auf Antworten. Ein Mann um die Fünfzig fragt, ob er sie auf einen Prosecco einladen dürfe, aber sie lehnt dankend ab und geht.
Durch eine enge Gasse gelangt sie auf einen von der Sonne halb beschienenen Platz, der wirkt, als würde man ihn vor den Touristen geheim halten. Ein grauer Betonklotz im Ausmaß eines Bungalows verstellt den Blick auf die untere Hälfte der alten Häuser. Grablichter stehen an seinem Fuß und als sie näher kommt, sieht sie, dass die Namen von Konzentrationslagern in den Boden eingelassen sind. Trotzdem: Der Platz selbst ist ein Ort, an dem sie sich wohl fühlt, vielleicht einfach, weil er so ruhig und so leer ist. Früher ist sie im Winter manchmal, wenn es dunkel wurde, in die Mitte des zugefrorenen Sees gegangen, bloß um so weit wie möglich von allen anderen in der Stadt entfernt zu sein. Sie kennt ihn ja kaum, denkt sie. Er hat hier sein Umfeld, seine Freunde und fast keine Zeit in seinem vollgestopften Leben. Dieses Wochenende war nicht

repräsentativ, weil er gerade nicht dreht. Sie wäre so eine Art Anhängsel. Und dann vielleicht noch am selben Arbeitsplatz. Und vor allem hat er noch nicht die geringste Ahnung, auf was er sich einlassen würde. Nach drei Tagen kann er sich kein Bild von ihr machen. Jedenfalls keines, das mit ihr übereinstimmt. Sie weiß eigentlich gar nicht, was er über sie denkt. Es ist schon kurz vor fünf, als sie den Platz über die Judengasse verlässt und wieder im Einkaufsgetümmel landet. Sie hat vergessen zu fotografieren.

Café Europa. David sagt, er habe keinen Hunger. Dabei fühlt sie sich so schon schlecht genug. Sie sieht sich und David in dem schräg hängenden Spiegel über der Theke in eine Fensternische eingeklemmt sitzen, als wären sie eine Versuchsanordnung. Beide halten sich an einem weißen Gespritzten fest. „Und was hast du vor", fragt er, „wenn du den Balkan abgehakt hast?" Sie wendet ihren Kopf von ihrem gemeinsamen Spiegelbild zu ihren Spiegelbildern in seinen Augen. „Ich weiß es doch nicht, das war doch die ganze Zeit so, dass ich nicht vorausgeplant habe, vielleicht helfe ich in Griechenland bei der Olivenernte, weil ich im Zug nach Thessaloniki eine österreichische Aussteigerin mit Olivenplantage kennen lerne." David lehnt sich noch weiter nach vorne, ihre Nasenspitzen berühren sich beinahe: „Eigentlich könntest du ja selbst aussteigen. Du hast Kapital, du bist EU-Bürgerin, du könntest das mit dem Café ja auch hier in Wien versuchen." Sie hat ihm erzählt, dass sie früher während des Studiums immer ein Café mit Buchhandlung und Bühne eröffnen wollte. Bevor sie mit den Computern begonnen hat. „Aber hier gibt es doch Kaffeehäuser wie Sand am Meer", wendet sie ein. „So eines nicht, und außerdem hast du doch selbst gesagt, dass dir Wien auf

Anhieb gefallen hat." Das stimmt. Aber von Wien hat sie auch am meisten mitbekommen, vielleicht hätte ihr Rom noch viel besser gefallen. Ein junger Mann mit Ziegenbärtchen bringt ihr Club Sandwich und sie ist froh, dass sie darauf rumkauen kann. David bestellt noch zwei Gespritzte, nachdem er ihr Nicken als Zeichen der Zustimmung interpretiert hat. „Gibst du mir deine Handynummer", fragt sie zwischen zwei Bissen. Er schüttelt den Kopf. „SMS schreiben will ich nicht, ist so unverbindlich. Ich maile dir. Und wenn du wieder in Dortmund bist, können wir telefonieren und Briefe schicken." Keine SMS und auch keine Telefonate, während sie unterwegs ist. Wahrscheinlich hat er sie schon nächste Woche vergessen. Von wem hat sie das gelernt, dass man nicht wegen eines Mannes irgendwo hingehen darf? Sie muss an Frank denken, und fragt sich, ob es besser ist, wegzugehen wegen eines Mannes. „Wir müssen bald los, du musst ja noch eine Karte kaufen und reservieren." David steht auf und geht zur Toilette. Währenddessen zahlt sie und kippt den letzten Schluck Gespritzten hinunter. „Danke", sagt er, als er zurückkommt, nimmt ihre Hand und lässt sie auch nicht los, während sie die hässliche Einkaufstraße hinaufwandern. „Wenn du willst, können wir uns ja einmal am Tag eine SMS schreiben, um eine verabredete Zeit, dann weiß ich, dass es dir gut geht", sagt er leise, als sie schon fast am Bahnhof sind. Da ist es wieder, das Café mit dem Pinguin. Ihr kommt vor, als sei es über eine Woche her, dass sie hier saß und nicht weiter wusste. Sie umarmt David und sie bleiben so stehen, obwohl diese Ecke die zugigste Ecke von ganz Wien zu sein scheint.

Erst nachdem sie die Fahrkarte und etwas zu trinken gekauft hat, nachdem sie alle Nummern und Adressen ausgetauscht und als Uhrzeit abends um sieben vereinbart haben, erst als sie das Gleis gefunden haben und er ihr eine selbst gebrannte CD in die Hand drückt, auf der *Los Reisemix* steht, fängt sie an zu weinen. „Ich wollte dir eigentlich eine Freude machen", sagt David mit einem abgebrochenen Lachen und verzieht wieder das Gesicht zu dieser Grimasse, von der sie nicht weiß, welches Gefühl er dahinter versteckt. „Ich habe sogar von Laura und Bruno Musik ausgeliehen, damit du dich einstimmen kannst, auf den Balkan oder auf Dienstage im Schikaneder." Er hält sie fest. „Wir telefonieren, ja, und schreiben uns?", sagt sie, „und Wien liegt ja meistens irgendwie auf dem Weg." David nickt. Er sieht ratlos aus. Und tapfer. Sie küssen sich. Einen Moment lang denkt sie, dass sie aussehen wie ein Liebespaar am Bahnhof. „Und immer Punkt sieben treffen wir uns in Gedanken", wiederholt sie, als sie schon in der Tür steht. „Vielleicht auch mal mittags, oder nachts um drei", sagt David, bevor der Zug langsam anfährt. Dann dreht er sich um und geht den Bahnsteig herunter. Sein breiter Rücken ist ein bisschen gebeugt, als müsse er etwas Schweres tragen. Als er beim Bahnhofsgebäude angekommen ist, dreht er sich um, aber vielleicht bildet sie sich das auch nur ein. Lo nimmt die Kamera heraus, will ihn heranzoomen, aber sie findet ihn nicht mehr, er ist schon durch die Glastür verschwunden.

EN 466 ab Wien Westbahnhof

Wieder *Wiener Walzer*. Lo gegenüber liest jemand den *Standard*. Vogelgrippefälle jetzt auch in der Türkei und Bulgarien. Erdbeben in Pakistan. Die Zahl der Todesopfer fünfstellig. Ihre Wahrnehmung ist fett gedruckt, denkt sie. Ihr Erleben Schlagzeile und Vorspann. Sie weiß von allem nichts. Auf dem Zentralfriedhof hat sie plötzlich gedacht, dass sie nicht mal weiß, wo sie beerdigt werden möchte. Sie möchte schlafen. Sie möchte ihre Beine ausstrecken. Es ist nicht mehr dasselbe. Eigentlich war es nie dasselbe, aber jetzt ist es ganz anders. So eine Reise kann man nicht einfach unterbrechen, denkt sie. Man kann nicht eine Pause machen, David kennen lernen und weiterfahren. Sie kann das nicht, kann es offenbar doch, denn sie ist schon in St. Pölten und je weiter sie fahren wird, desto mehr wird die Erinnerung an ihr Zugfahren zurückkehren, wird die Erinnerung an das Zusammensein mit David verblassen. *Los Reisemix* beginnt mit einem englischen Teil, Lieder zum Gefühle-Haben, Singer-Songwriter-Musik, die sie nicht kennt, schöne Männer- und Frauenstimmen, Brüche, Rhythmuswechsel, viel Klavier. *Ich denke an dich, schon 21 Stunden vor unserer nächsten Verabredung, überhaupt eher vollzeitlich*, schreibt sie an David. Vielleicht ist er jetzt zuhause und hat seine SIM-Karte gerade wieder ins Handy getan. Vielleicht hat er es nicht gleich wieder ausgeschaltet und in die Schublade verstaut. Vielleicht antwortet er, obwohl es so nicht ausgemacht ist. Zu wissen, dass das immerhin möglich wäre, macht einen Unterschied für Lo. Sie nimmt die Kopfhörer ab und hebt sicherheitshalber die Rufumleitung des Handys auf. Dann holt sie die neue Kamera aus dem Rucksack, um deren Funktionen kennen zu lernen und sich abzulenken. Vier Sitzreihen weiter mit dem Gesicht zu ihr schreit ein Mann in sein Handy: „Ich weiß, dass es spät ist. Aber es ist auch sehr wichtig." Ein paar Sekunden lang ist es ruhig. Die anderen Leute im Wagen warten ängstlich darauf, wie es weitergeht. „Sagen Sie ihm, es geht um die Speicher-Akte. Sagen Sie ihm, er soll mich *asap* anrufen." Die Zahlen seiner deutschen Handynummer schreit er in Zweierpacken und noch ein paar Dezibel lauter durch den Großraumwagen. „Messer, Theobald Messer, Auf Wiedersehen!" Lo schreibt eine SMS: *Sehr geehrter Herr Messer, bitte nehmen Sie Rücksicht auf Ihre Mitreisenden, dies ist ein Nichtschreierwagen, wir wünschen Ihnen noch eine gute Reise. Ihr ÖBB-Team!* Dann nimmt sie ein Buch und versteckt ihr Lachen dahinter. Bedauert bloß, dass sie jetzt seine Reaktion nicht sehen kann, wenn er die SMS erhält. Nur wenige Sekunden später vibriert ihr Handy, Herr Messer ruft an. Zuerst will sie es einfach vibrieren lassen, aber dann denkt sie, dass das feige wäre, sie legt das Buch weg, schaut Herrn Messer ins Gesicht und sagt *ÖBB-Qualitätskontrolle* und ihren Namen. „Sie sind doch gar nicht von der ÖBB, Sie haben ja eine deutsche Handynummer", sagt Herr Messer relativ leise. Jetzt haben sie Augenkontakt. Seine sind ganz schmal. „Da haben Sie vollkommen Recht, ich dachte auch nicht, dass Sie darauf reinfallen. Wir sollten jetzt aber auflegen, sonst verpassen Sie noch Ihren dringenden Anruf." Herr Messer stutzt, dann schaut er beinahe freundlich und verabschiedet sich. Lo ist froh, dass sie sich das *messerscharf kombiniert* verkniffen hat. Gern würde sie David davon erzählen. Stattdessen geht sie in ein leeres Sechserabteil und ruft Sandra an. „Gut, dass du anrufst, hast du alle deine Unterlagen wieder? Wie war dein Geburtstag so alleine?“ Lo erzählt ihr, wie wenig allein sie war. Von der WG, von der Party. Sie will es spannend machen, aber während sie von Wien schwärmt, unterbricht sie sich selbst: „Es ist was passiert.“ Sandra lacht. „Es scheint ja viel passiert zu sein, hast du dich verliebt?“ Lo beschreibt David, zwischendurch widerspricht sie sich selbst. „Ernst, aber auch sehr lustig, albern sogar!“ Wie er aussieht will Sandra wissen: „Schön, auffallend, aber nicht auffallend schön, eher auf eine schöne Weise auffallend. Ich kenne niemanden mit so schönen Armen.“ Von den Augen sagt sie nichts, weil Sandra ihr sowieso nicht glauben würde. Wenn man in jemanden verliebt ist, denkt sie, hält man doch dessen Augen immer für die schönsten der Welt. „Und jetzt?“, fragt Sandra, „wo bist du überhaupt?“ Als Lo *zwischen Amstetten und Linz* antwortet, wird Sandra heftig. Jetzt könne sie aber bald nicht mehr folgen, und nein, von ihr habe Lo das sicher nicht, dass man wegen eines Mannes nirgends bleiben dürfe. „Das ist doch nicht dasselbe, ich hab hier den Job und Reto ist nach dem Studium flexibel, klar würde ich auch zu ihm ziehen, das ist doch nichts Prinzipielles.“ Langsam beruhigt sie sich wieder. „Sicher, du kennst ihn kaum, aber so lernst du ihn auch nicht kennen. Kommst du dann wenigstens bald hier in die Gegend?“ Lo sagt ihr, dass sie jetzt wieder auf dem Handy erreichbar ist und dass sie, nachdem sie in Griechenland war, sicher in den Norden fährt. „Würdest du mir einen Gefallen tun“, fragt sie noch, „schaust du, bevor du ins Bett gehst, mal in meinen E-Mail-Account, ob er schon geschrieben hat, und gibst mir Nachricht?“ Lo ist sich bewusst, dass sie spinnt. Sandra verspricht ihr trotzdem, es zu machen. „Pass gut ...“, sagt sie, bevor die Verbindung abbricht. Ganz ohne Tunnel.

Das hätte sie sich auch besser überlegen können. Nun sitzt sie eine Stunde in Salzburg auf dem Bahnhof fest und selbst die Bar im Hotel gegenüber hat schon geschlossen, ganz zu schweigen vom *Quo Vadis*. So heißt das Bahnhofsrestaurant, und es nützt ihr wenig, dass es stolz mit Marmorsaal und Hotspot wirbt. Lo bleibt neben der CD von David nur die Vorstellung, dass die drei Männer, die auf drei Bänke verteilt auf dem Bahnsteig warten, zu ihrem Schutz da sind. Der Zug nach Zagreb kommt erst um zwanzig vor zwei. Um 01:02 Uhr macht Lo im Nachtmodus ein Foto von der Anzeigetafel. Venezia, Zagreb, Strasbourg, Budapest, Wien. Einer der Männer auf der Bank hebt kurz den Kopf, schaut Lo fragend an, wendet sich dann aber, ohne eine Reaktion abzuwarten, wieder ab. Das Handy vibriert. Sandra schickt eine SMS, dass ein David Prischel vor einer halben Stunde eine Mail mit dem Betreff *Sheltering Sky* geschrieben hat, und wünscht ihr eine gute Nacht. Lo ruft David aufs Handy an, er geht sofort dran. „Wie geht's dir?", fragt er. „Salzburg, oder?" Er hat ihre Reiseroute im Internet nachgeschaut. Lo sagt nicht, dass sie ein bisschen Angst hat. Stattdessen erzählt sie ihm von Herrn Messer. David lacht. „Du könntest eine Mission daraus machen." – „Dadurch bekäme auch SMS eine ganz neue Bedeutung: Seid Mal Still." Lo findet es seltsam, dass sie jetzt so lustig ist. David kommt es wohl auch komisch vor. Er sagt, dass er sich schon freut, wenn sie sich wieder sehen. „Ja", sagt sie. In seinem Hintergrund hört sie eine der Frauen, die auch auf der Reise-CD singen. In ihrem Hintergrund fährt ein Güterzug durch. „Hast du was gesagt", fragt er. „Nein." – „Ich mache das Handy dann nachher aus, aber du kannst immer auf das Festnetz anrufen. Das ist völlig okay bei uns. Wenn es wichtig ist, auch nachts um drei oder morgens um sechs." Lo würde gern sagen, dass sie ihn vermisst, aber es käme ihr absurd vor. Also sagt sie nur, dass es sehr schön war. „Falls dir mal jemand gesagt hat, dass man gehen soll, wenn es am schönsten ist: Das ist Schwachsinn. Das hat irgendein Pessimist erfunden, der geglaubt hat, dass nach Schönem Schlechtes kommt und nicht vielleicht was anderes Schönes." Wieder rattert ein Zug durch. „Bis bald", sagen sie und Lo küsst ins Telefon, ist aber nicht sicher, ob er es hören kann.

D 297 ab Salzburg Hbf

Vagon Za Spavanje steht auf dem blauweißen Wagen. Der Schaffner zeigt Lo ein Viererabteil und hält dabei den Zeigefinger vor den Mund. Im rechten oberen Bett bewegt sich jemand, als sie die Tür öffnet. Sie hört ein unwilliges Brummen und sucht im Dunkeln nach ihrem Schlafhemd. Stattdessen hält sie etwas fremdes, weiches Wolliges in der Hand. Sie hat Davids Pullover mitgenommen, den er ihr am ersten Abend geliehen hat. Ob er ihn vermisst. Sie schiebt vorsichtig die Jalousie ein Stück nach oben, sucht weiter, findet das Hemd und stößt sich beim Überziehen den Ellbogen am oberen Bett, woraufhin es erneut brummt. Leise kriecht sie in ihre Koje, zum ersten Mal verkehrt herum, den Kopf beim Fenster. Davids Pullover und die Wertsachen legt sie unter ihr Kissen, den Rucksack an die Füße, gleich neben die Türverriegelung. Obwohl sie nicht glaubt, dass sie beim Schlafen bestohlen wurde, muss sie doch an den Alptraum denken, den sie nach dem Treffen mit Frank hatte. Eine Weile liegt sie noch mit offenen Augen auf dem Rücken, schaut durch den Spalt unter der Jalousie in die Sterne und nimmt sich vor, von nun ab immer mit dem Kopf unter dem Fenster zu schlafen.

Es ist erst Viertel nach fünf, als die Frau über ihr geweckt wird. Sie klettert aus dem Bett, steigt mit dem Fuß auf Los Hand, sagt *Sorry* und zieht die Vorhänge auf. Lo blinzelt, dann sieht sie bunte Bäume ganz nah am Fenster. Als die Frau zur Toilette geht, zieht sie sich schnell um und steht schon im Gang, als der Zug in Ljubljana einfährt, einen Fluss überquert und seinem Lauf ein Stück folgt. Dann

Wohngebiete, ein kleines Fabrikgebäude, vor dem eine Gruppe von Männern steht. Lo wundert sich immer, dass morgens schon so viele Menschen unterwegs sind. Sie macht ein Foto, löscht es aber gleich wieder, weil es verwackelt ist. Je näher sie dem Bahnhof kommen, desto mehr rote Dächer, auf einem waldigen Hügel sieht sie eine Burg. Die Frau aus ihrem Abteil drängt sich hinter ihr vorbei und sagt schon wieder *Sorry*. Sie haben fünfzehn Minuten Aufenthalt. Zeit genug auf Gleis 1 vor dem hellgelben Hauptgebäude einen Kaffee zu kaufen. Nicht genug Zeit, um ein Internetcafé zu suchen. *Prihodi* und *Odhodi* liest Lo auf der Tafel und denkt, dass eines davon Ankunft heißt. Sie macht ihr zweites Anzeigetafelfoto, diesmal um 06:07 Uhr. Jesenice, Rijeka, Litija, Metlika, Koper, Kamnik Graben. Lo ist zufrieden mit ihrer Kamera, zufrieden damit, sie gekauft zu haben, auch wenn sie nun etwas schwerer zu tragen hat. Als sie die Stadt wieder verlassen, spürt sie trotz des doppelten Espressos eine große Müdigkeit. Wie oft, fragt sie sich, habe ich jetzt eigentlich schon die Alpen unterwandert? Ein Fußballstadion, eine Autobahn, wieder Wälder. Sie legt den Kopf auf das Kissen und schläft bis Zagreb.

Glavni Kolodvor. Auf dem riesigen Platz vor dem monumentalen Bahnhof fahren blaue Straßenbahnen, die ein bisschen altmodisch aussehen. Eigentlich aber kein bisschen altmodischer als die meisten Straßenbahnen in Wien. Wie findet sie jetzt ein Internetcafé, normalerweise würde sie im Internet nachgucken. An einem der zahlreichen Zeitungsstände fragt sie einen jungen Mann. Wie an ihrem ersten Tag in München. Der Mann hat eine Narbe über dem linken Auge und spricht sehr viel besser Englisch als Lo. Er empfiehlt ihr das *Sublink*. Das sei keine zehn Minuten entfernt

Richtung Zentrum und mache *I guess* um neun Uhr auf. Lo solle unbedingt durch den Park und dann auch zu Trg Bana Jelacica gehen: *Something to write home about*. Er malt ihr den Weg auf die Rückseite einer Postkarte. Vorne ist Trg Bana Jelacica drauf, der Hauptplatz mit einem Reiterdenkmal. Die Karte darf sie ihm nicht bezahlen. Auch vor dem Bahnhof steht ein Reiterdenkmal. Das ist King Tomislav auf seinem Pferd und an dem muss Lo vorbei. Vorbei auch an einem Prunkbau, an mehreren Springbrunnen, über serpentinenförmige Wege und schattige Alleen, auf denen sie Davids Pulli lang zieht, damit ihr die Morgenkälte nicht an die Nieren geht. Ein Teich und ein weiterer Palast. Lustwandeln könnte man das nennen, wenn sie es nicht so eilig hätte, ins *Sublink* zu kommen. Vielleicht würde David sagen, sie solle sich lieber Zeit nehmen, seine Mail wäre auch noch da, wenn sie in Belgrad ankomme. Lo glaubt, dass er das sagen würde, aber vielleicht wartet er auch schon auf ihre Antwort.

Das *Sublink* liegt zwischen dem Bahnhof und dem Platz, den sie nicht verpassen soll, und ähnelt einer freundlichen Altbau-WG mit vielen Schreibtischen. Der Kaffee kommt aus dem Automaten und die nette junge Frau, die Lo in einer blau gestrichenen Ecke platziert hat, wechselt ihr Geld, damit sie eine Tasse unter den Hahn stellen kann. Lo hat auch noch eine neue Mail von Markus und zwei von Sandra. Aber sie liest zuerst *Sheltering Sky: Liebe Lo, ich höre gerade* E-Bow the Letter. *Keine Ahnung, was das bedeutet. Da fällt mir ein, dass ich die Lieder auf der CD nicht nach den Texten ausgesucht habe, weil ich nie darauf achte. (Ich kenne nur Beatles-Texte auswendig) Also nicht, dass du die interpretierst*. Das hat sie gehofft, denn ein besonders schönes Lied heißt *Ain't no love* und Lo achtet besonders auf die Texte, oft schaut sie sogar Wörter nach. *E-Bow* ist ein Gerät, mit dem man Töne aus der Gitarre holt, und sie kann sich daran erinnern, dass Michael Stipe *Will you ever welcome me?* singt. *Ich esse Käsebrot, mir ist ein bisschen kalt, bist du schon in Linz? Jetzt habe ich nachgeschaut, in Gedanken reise ich ein Stück mit dir mit. Morgen habe ich ganz früh Bildtechnik. Ich sollte also bald schlafen, habe aber keine Lust. Als ich vom Bahnhof zurückkam, hat Holger versucht mich auszufragen, jetzt ist er zum Glück Billard spielen. Erzählen kann ich dir noch nicht viel, seit du weg bist, ist hier nichts mehr passiert. Außer dass ich ziemlich durcheinander bin. Und dass es sich schön anfühlt, aber dann auch wieder wie schlecht durchblutet, ein bisschen taub. Ich denke an dich. David.* Nach ihrem nächtlichen Anruf hat er dann nochmals geschrieben. Nur eine kurze Mail, dass sie sich nicht fürchten solle, dass sie doch Nachtzugprofi sei und der Nachthimmel sie beschütze. Und dann noch, dass Katharina länger in England bleibe als geplant, sicher bis Weihnachten. Lo klickt auf *Answer* und schreibt ihm, wie schön seine Musik ist und Zagreb und dass sie sich hier wohl fühlt, aber nicht so wie in Wien. *Du solltest hier sein,* schreibt sie, dann löscht sie es wieder. Stattdessen beschreibt sie das *Sublink* und die Frau und den Automatenkaffee und den Park. Hast du gut geschlafen? Wie war es an der Akademie? Alles so banal. Ausweichend. *Seit Wien ist es anders,* schreibt sie und *Kuss* und *Lo* und *Send.* Jetzt ist es weg. Sandra hat ihr am Samstag geschrieben, dass sie Streit mit Reto habe. Lo fällt auf, dass sie Sandra gar nicht gefragt hat, wie es ihr geht. Er habe ihr vorgeworfen, dass ihr die Karriere zu wichtig sei, dabei sei er doch selbst ehrgeizig. Umso froher ist Lo, dass in der Mail vom Sonntag steht, dass Reto spontan am Morgen aus Zürich gekommen sei, für einen Tag. *Wir haben uns intensiv*

vertragen, schreibt Sandra. Markus findet, sie könnte ihm mal mitteilen, wie es ihr nach dem Verlust all ihrer Papiere weiter ergangen sei. Ihm übrigens auch bedenkenlos mal eine gute Nachricht schicken. Das mache er jetzt auch: Er habe nämlich eine Einladung zum Interview, Pressesprecher bei der Uni Hamburg. *Bitte nächsten Dienstag Daumen drücken!* Ich fange jetzt schon damit an, teilt Lo ihm mit, und dazu ihre derzeitigen Koordinaten und eine kurze Zusammenfassung der letzten Tage. Dann klickt sie nochmals auf *Inbox*, obwohl David ja gar nicht geantwortet haben kann, weil er an der Akademie ist.
Der Jelacica Platz ist umrahmt von schönen alten Häusern, deren Dächer mit Hilfe von hohen Gerüsten zu Werbeflächen umfunktioniert wurden. Lo fotografiert in jede Himmelsrichtung. Werbung und dreiviertel Himmel. Rund um das Reiterdenkmal in der Mitte des Platzes werden Gemüse, Obst und Geflügel verkauft. Als Lo zwischen den Ständen durchläuft, muss sie an die Vogelgrippe denken, aber dann zwingt sie sich zur Vernunft und geht lockeren Schrittes an einer Frau vorbei, die ein Huhn in der Hand hält. Weiter hinten breitet ein Kellner blaue Decken über Tische, die in der Morgensonne liegen. Sie hat noch Zeit und bestellt ein Frühstück mit ihrem dritten Kaffee. In dem Korb, den der Kellner auf die blaue Tischdecke stellt, liegen zwei Croissants in Löffelchenstellung. „Is something wrong?“, fragt er und sie schüttelt heftig den Kopf. Zehn Minuten später macht sie sich auf den Weg durch den Park zum Bahnhof. Diesmal schlendert sie wirklich, macht sogar ein paar Aufnahmen von Menschen und Brunnen.

D 415 ab Zagreb Glavni Kolod

Sie hatte noch Zeit, im unterirdischen Einkaufszentrum Tampons, Wimperntusche und Batterien zu kaufen. Über die Anwesenheit einer deutschen Drogerie-Filiale hat sie sich gewundert, während ihr der McDonald's völlig selbstverständlich vorkam. Auf das Dach ihres Bahnsteigs waren Bilder von Zagreb gemalt, wie es früher ausgesehen haben muss. Es gibt hier offenbar einen Fluss, denkt sie und dass sie ihn vielleicht sieht, wenn sie aus der Stadt hinausfahren. Am Fenster sitzt eine alte Frau, am Gang ein junger Mann mit Bart, beide gegen die Fahrtrichtung. Lo zeigt auf den gegenüber liegenden Platz in der Mitte, der Mann nickt lächelnd, die Frau schaut nicht von ihrem Strickzeug auf. Lo hat auch schon überlegt, beim Zugfahren zu stricken, damit ihre Hände etwas zu tun haben und nicht immer ihre Haare durchwühlen oder ihr Gesicht zerkratzen. Sie könnte David einen neuen Pullover stricken und seinen behalten. Selbstbewusstsein bräuchte sie dafür und jetzt eine genaue Beobachtung, sie hat seit der Schule nicht gestrickt und keine Ahnung mehr von den Handgriffen. Die Frau strickt zu schnell, als dass sie es durch Zuschauen lernen könnte. Wahrscheinlich gibt es auch dazu eine Anleitung im Internet. Wieso aber David einen Pullover stricken, fragt sie sich. Ob er sich überhaupt darüber freuen würde. Sie sind schon aus Zagreb raus, ohne an einem Fluss vorbeigekommen zu sein.

„Where are you from", fragt der junge Mann. „Germany", antwortet sie und fragt reflexartig zurück. „I'm from Pakrac, but I'm living in Beograd", sagt er, und dass sein Vater Serbe sei, seine Mutter Kroatin, sie seien zu Beginn des

Krieges zu Verwandten nach Belgrad geflohen, immer wieder umgezogen, irgendwann habe der Vater Arbeit gefunden. Er heiße übrigens Vuk. „We had luck", sagt er, „those who stayed not. My uncle was killed." Lo weiß nicht, was sie sagen soll, sie schaut auf das Strickzeug der alten Dame und fragt sich, ob die Frau das Gespräch versteht. „I can't even imagine such a threat", sagt Lo, „I call myself pacifist, which is very easy by being a German woman." Sie erzählt ihm sogar, dass sie an Demonstrationen gegen die Militärintervention teilgenommen hat, Lichterketten, sie weiß kein englisches Wort dafür, was soll er davon halten, dass sie eine Kerze gehalten hat, als er seine Verwandten verloren hat. „My girlfriend is muslim", sagt Vuk, und dass ihre Eltern im *Sarajevo Peace Center* aktiv waren. „I wish UNO had been stronger. Not only because of Bosnia." Sie hat nicht mehr auf die Aussicht geachtet. Jetzt sieht sie weit und breit nur Felder. *Nicht-Intervention* ist quasi ihr Lebensmotto. Sie hält diese Kerze noch immer mit beiden Händen, was praktisch ist, weil man so schlecht handeln kann, wenn man keine Hand frei hat. So ist wahrscheinlich das Schimpfwort Armleuchter entstanden.
Vuk fragt Lo, wo sie hin will, ob sie länger in Beograd bleibe. „One hour!" Er lacht. Wie er ihr da die Stadt zeigen solle. Und was sie überhaupt in Griechenland wolle. In Sid kommen zwei serbische Grenzbeamte herein. Erst jetzt fällt Lo auf, dass sie seit Wien noch nicht kontrolliert wurde. Der jüngere der beiden Männer schaut fragend, als er ihren vorläufigen Pass in der Hand hält. Wohl, weil er so vorläufig aussieht. Vuk sagt etwas, auf Serbisch nimmt Lo an, die alte Frau schaut auf und mustert sie kritisch, dann bekommt Lo den Ausweis zurück und die Männer gehen weiter. „He wanted to take you out for a control", erklärt ihr Vuk und

lacht, „but I told him, that you are my girlfriend.“ Nachher reden sie über *Zivot je cudo*; „Life is a Miracle“, sagt Vuk; und Musik, er mag die *White Stripes* und *Zabranjeno Pusenje*, die sind auch auf ihrer CD, sie zeigt ihm die Tracklist und er bescheinigt ihr guten Geschmack. Weshalb sie ihm von David erzählt, schon wegen der falschen Federn. Er hört ihr eine Weile zu, nickt an manchen Stellen, dann sagt er: „You're obviously going in the wrong direction.“ Sie hat gar nicht gemerkt, dass sie schon in Novi Beograd sind, die alte Frau hebt die Nadeln über den Kopf, der Schal ist sicher einen Meter lang. Ob das die Donau ist, will Lo wissen, als sie einen Fluss überqueren. „It's Sava“, sagt Vuk, „if you had more time we could go to the splavs.“ Während der Zug bremst, erklärt er ihr, dass das schwimmende Cafés und Diskotheken sind, besonders im Sommer sei dort eine tolle Stimmung. „But of course: you have to go to Thessaloniki!“ Er grinst, nimmt seine Tasche und steigt aus. Lo überlegt, ob sie bleiben und sich das sagenumwobene Nachtleben von Belgrad zeigen lassen soll. Morgen könnte sie dann nach Wien zurückfahren. Sie springt auf den Bahnsteig. „Lo! Come, let's have at least one drink.“
Vuk geht voraus und sie folgt ihm in eine kleine Bar im Bahnhof. Bevor noch die Getränke kommen, schaut Lo auf die Uhr und läuft weg. „What did you do?“, fragt Vuk, als sie außer Atem wieder zurückkommt. „I had to take a picture of the departure board.” Vuk versteht die Antwort nicht. „I will send these pictures to a railway magazine.“ Während sie es ausspricht, kommt es ihr sehr schlüssig vor. Sie wird Julia eine Fotoserie schicken. Das dritte hat sie um 17:18 Uhr gemacht. Die Uhrzeit steht links oben in der Ecke. Eine junge Frau bringt zwei Gläser, Vuk hatte *Rakija* bestellt, und nachdem sie auf das Leben und die Liebe angestoßen haben

und er ihr Bilder von Freundin und Familie gezeigt hat, sagt er plötzlich: „You should take a train to Bar and pass Mala Rijeka. It's the world's highest railway bridge. You could shoot tremendous photos." Sie hat das Ticket nach Thessaloniki schon in Wien gelöst, ohne *InterRail* ist sie plötzlich unflexibel geworden, hat sogar begonnen zu rechnen, wie viel sie von ihrem Gewinn schon ausgegeben hat. „Sounds great, but I have to go to Thessaloniki", behauptet sie. Wollte sie nicht ursprünglich nach Athen? Sie hat nichts zu erledigen in Thessaloniki und sie hat auch keine Verabredung. Außer per SMS in siebzig Minuten. „Vuk, the *Hellas Express* leaves in thirteen minutes!" Er zahlt, sie hat vergessen, Geld zu tauschen, ihre Euro will er nicht, dann begleitet er sie zum Gleis, hilft ihr das Bett im *Voiture-Lits* zu finden und redet mit dem Schaffner. „He'll take care of you", erklärt er und gibt ihr noch schnell seine Handynummer, bevor er aussteigen muss. Sie soll sich auf der Rückreise melden, er kommt dann wieder an den Zug. Vielleicht fährt er auch mit nach Zagreb. Solange sie ihn sehen kann, winkt er.

ZUG 335 ab Beograd

Sie lässt nur ihre Jacke zurück und macht sich auf die Suche nach dem Speisewagen. Der Mann, der auf sie aufpassen soll, ist verschwunden. Schon oft hat Lo gedacht, wie gut es war, nur den Rucksack mitzunehmen. Er sieht zwar inzwischen aus wie ein Rollschinken, aber dafür hat sie auch beinahe alles, was sie braucht, dabei. In Wien hat sie zum Glück waschen können. Es wäre schön, in einer WG zu wohnen. Sie könnte von einem Zimmer ins andere und auf den Balkon gehen. Sie könnte zuhause frühstücken, ohne allein zu sein. Sie könnte sagen, ich wasche Rot, will jemand was dazu tun. Andererseits, denkt sie, ist sie für eine WG schon zu alt, zu eigen. Sie fällt beinahe in ein offenes Abteil, weil der Zug ruckartig die Geschwindigkeit drosselt. Der Gummigeruch der Bremsen kommt ihr vertraut vor. Im Abteil sitzen ein Mann und ein Rauhaardackel. Der Mann raucht Pfeife und schaut gänzlich unaufgerüttelt aus dem Fenster. Sie geht weiter, so lange, bis sie die Lok sieht. Es gibt keinen Speisewagen, und sie wird verhungern. Enttäuscht lässt sie sich auf einen Sitz im vordersten Abteil fallen, sie ist auf einmal so müde. Aber es ist keine Zeit für eine Pause. Ein weißhaariger Mann in Uniform will ihre Fahrkarte sehen. Die hat sie dem Schlafwagenschaffner gegeben und deshalb muss sie jetzt hinter dem Mann her auf das Ende des Zuges zulaufen. Das kommt ihr alles absurd vor. Ob es etwas zu essen zu kaufen gibt? Der Mann schüttelt den Kopf. Wieso kontrolliert er jetzt nicht erst die anderen Leute? Das muss doch auch für ihn mühsam sein. Zum Glück kommt ihr der Mann, der auf sie aufpassen sollte, entgegen, die beiden reden miteinander. Danach geht der

Weißhaarige zurück und sie folgt dem anderen zu ihrem Abteil. Als sie gerade sitzt, kommt er mit einer Dose voller selbst geschmierter Schinkenbrote und setzt sich neben sie auf das freie Bett. „No restaurant", sagt er bedauernd und noch bedauernder „no English", ein großer gut aussehender Mann, Mitte Vierzig vielleicht. Sie fragt sich, ob Vuk ihm Geld zugesteckt oder einfach an seine Ritterlichkeit appelliert hat. Als sie sich bedankt, steht er wieder auf und kommt mit einer Flasche Rotwein und Bechern zurück, aber in zehn Minuten ist sie mit David verabredet und da will sie nicht Scharade mit dem Schlafwagenschaffner spielen, sondern allein sein und an David denken. „Thessaloniki?", fragt der Mann und sie nickt ernsthaft, als hätte sie ihm nicht eben noch ihren Fahrschein mit dem Fahrtziel gezeigt. Er muss doch auch wissen, dass sie so nicht weiterkommen. Andererseits will Lo nicht unhöflich sein und für das Essen ist sie dankbar. „Alone?", fragt er weiter und reicht ihr ein Glas Wein. Es liegt bestimmt nur an der Sprachbarriere, er wirkt nicht aufdringlich und trotzdem würde sie am liebsten mit *Nein* antworten. Stattdessen tut sie so, als hätte sie seine Frage nicht gehört, und nimmt das Handy hervor. Weil Handys Vorrang vor dem Hier-und-Jetzt haben. Telefone überhaupt. Wenn ein Telefon klingelt, hat das Telefon Priorität. Man kann es nicht einfach läuten lassen. Bei Handys reicht es sogar, so zu tun, als hätte man eine SMS bekommen, dann ist für jeden klar, dass man sofort antworten muss. Das sieht auch der Schaffner ein. Er steht auf und verlässt das Abteil, vielleicht gibt es ja doch noch weitere Fahrgäste in diesem Schlafwagen, auch wenn sie keine gesehen hat. Lo schreibt die SMS vor, um sie genau um sieben abschicken zu können. *Denke meiste Zeit an dich. Hab trotzdem schon wieder viel gesehen & erlebt. Geht mir gut. Bin jetzt südlich von Belgrad, Jause mit Schaffner. Sende Kuss Lo.* Die SMS von David kommt eine Minute zu früh: *Liebe Lo, es geht mir gut, aber mit dir ginge es mir besser. Hoffentlich hast du bald alle Länder durch. Beim letzten Lied habe ich doch auf den Text geachtet. Sonst hätte es Billy nicht auf die CD geschafft. Ich hoff sehr, dass es dir gut geht und du eine schöne Zeit hast. Ich freue mich auf dich. David.* Das waren sogar drei SMS, sie lächelt gerade das Display an, als der Schaffner zurückkommt. „My man", sagt sie und hält das Handy hoch. Das erscheint ihr eindeutiger als *friend*. Er nickt freundlich und holt ein Foto aus der Innentasche seines Jacketts. Eine hübsche Frau und zwei kleine Jungen mit Igelfrisuren. Lo hat nur Buchstaben, nicht mal ein Digitalbild, dabei hätte sie doch Zeit genug gehabt, eines zu machen. Die Begeisterung für seine Familie zeigt sie mit dem Gesicht. Dann essen sie einträchtig, trinken gleichzeitig, einmal zeigt er mit dem Finger auf ein Reh, das in der Dämmerung grast. Kurz vor Stalac lässt er Lo allein, sie macht ihr Bett und hört im Repeatmodus das letzte Lied der CD: *Vienna waits for you.* Kurz nach eins weckt sie der nette Schaffner mit einem Ausdruck von Resignation im Gesicht. Hinter ihm stehen serbische Zollbeamte, sie wirken selbst sehr müde, stempeln ihren Pass und gehen wortlos weiter. Kaum dass sie wieder liegt, geht ihre Tür erneut auf. „Granica!" Die Zollbeamten aus Mazedonien wollen nicht nur ihren Pass, sondern auch ihr Gepäck sehen. Sie zeigt auf den Rucksack. „That's all?" Offenbar hätten sie lieber einen Koffer durchwühlt. Nachdem Lo ihn geöffnet hat, wenden sie sich ab und rufen beim Hinausgehen wieder „Granica!" Der Discman läuft noch immer: *Although it's so romantic on the borderline tonight*, singt Billy Joel und Lo kann nicht wieder einschlafen, weil es draußen so hell ist, weil der Zug dem Plan nach in Preševo steht, weil hier noch vor drei Jahren Krieg war, weil sie nur ein paar Kilometer vom Kosovo entfernt ist und Vuk gesagt hat, sie solle nicht über den Kosovo zurück nach Serbien fahren. Sie war noch nie in einem früheren Kriegsgebiet, denkt sie und dann, dass sie nicht mal dreißig Jahre nach dem Zweiten Weltkrieg mitten in Deutschland geboren ist. Ob es überhaupt einen Ort auf der Welt gibt, wo Menschen leben und es niemals Krieg gab. Sie schreibt drei SMS an David. Endlich setzt sich der Zug wieder in Bewegung.

Sie stehen in Idomeni und haben eine neue Lok bekommen. Lo durfte aussteigen. Es dauert sowieso eine Weile, bis die Grenzer mit den Pässen zurück sind. Nach ihrer Zeit noch fast anderthalb Stunden, bis sie weiterfahren, aber die geht auch nicht mit der hiesigen. Lo stellt Handy und Handheld um eine Stunde vor. Wann hat sie das letzte Wort in ihre Liste eingetragen? *Lebensbeschönigung*. Kurz bevor sie David getroffen hat. Jetzt schreibt sie *Himmelswiese* und *Lebensmensch* darunter. Das Wort hat Linde benutzt, als sie von dem verstorbenen Mann ihrer Großmutter erzählte. Lo hat gedacht, dass es das sicher nur in Wien gibt.
Der Schlafwagenschaffner raucht am Fenster, dann schnippt er die Kippe raus, legt die gefalteten Hände an die Wange, kippt den Kopf und macht ein fragendes Gesicht. Sie hält den Daumen nach oben und lächelt, dabei hat sie nicht wirklich gut geschlafen, in Skopje ist sie von einem scheppernden Geräusch aufgewacht, als würde jemand mit dem Hammer gegen den Zug schlagen, und um sechs kamen schon wieder die nächsten Grenzer. „Kawa?“, fragt sie, weil sie weiß, dass das auf Polnisch Kaffee heißt. Er freut sich

und sie trinken den Kaffee, den sie am Kiosk gekauft hat, zusammen in ihrem Abteil.

ΘΕΣΣΑΛΟΝΙΚΗ steht auf der Stirnseite der Bahnsteigüberdachung, schon seit Stunden bewegt sie sich in fremden Zeichen. Wieso, fragt sie sich, sieht das eine I aus wie ein I und das andere wie ein H. Wie werden sie ausgesprochen? Jetzt also Makedonien. Südlich wie nie ist sie, ist wieder am Meer, im zwanzigsten Land, könnte nach Istanbul fahren, einundzwanzig, oder durch Rumänien und Bulgarien zurück: einundzwanzig, zweiundzwanzig. Oder hinunter nach Athen, zum Olymp, könnte erst mal an den Hafen gehen. Sie hat plötzlich ein ganz heftiges Romgefühl. Sie wird den Warschauer Rekord brechen. Es gibt ja noch England, Irland, Dänemark, ganz Skandinavien, Estland, Litauen. Wie gut, dass sie beinahe pünktlich waren und der Schnellzug nach Ljubljana noch steht. Ticket und Reservierung bekommt sie hoffentlich im Zug, hier gelten ja ihre Euros wieder. Dass sie hier nur wegen der Strecke hergefahren ist, wusste sie eigentlich schon in Wien.

D 410 ab Thessaloniki

Der griechische Grenzbeamte schaut sie sehr misstrauisch an. Erst vor drei Stunden hat er in ihren Pass hineingestempelt. Er nimmt ihn, geht weg und kommt mit einem Polizisten zurück. „Why did you go to Thessaloniki and stay only ten minutes?“, fragt der Polizist. Das scheint ihr jetzt brenzliger als das Verhör in Berlin, als sie auf den Zug gesprungen ist. „I am homesick“, sagt sie. Und an den deutschen Grenzen hat sie sich immer so ignoriert gefühlt. Jetzt ist sie froh über das Harmlose in ihrem Blick. „Homesick?“ Der Mann mit den dünnen Lippen schiebt die Kappe in den Nacken. Das reicht ihm nicht. „I wanted to leave my boyfriend, but now I am longing to see him again.“ Sie findet es selbst haarsträubend. „Your ticket!“ Mit dem *InterRail* wäre es einfacher gewesen. *InterRailer* dürfen unmotiviert hin und her fahren. „I am travelling for more than a month now, I am tired, I only want to go back home.“ Der Mann schaut sie an, er kann ihre Müdigkeit sehen. „So you will not get off in FYROM?“, fragt der Polizist. Er schwitzt. Seine Lippen sind das einzig Dünne an ihm. „Where?“ Der Zöllner mischt sich ein: „The Former Yugoslav Republic of Macedonia.“ Sie schüttelt den Kopf, sogar noch, als sie den Pass wieder in der Hand hat. Um zwanzig vor elf steigt sie ein und der Zug fährt ab. Es ist nur eine Woche her, da hat sie den Schengenraum verflucht. Sie war noch nicht oft an seinen Außengrenzen. Fünf Minuten später dasselbe Spiel in Gevgelija. Гевгелија liest sie auf dem Bahnhofsschild und *Republica Makedonija* auf einem anderen. Drei Grenzpolizisten nehmen sich Zeit für sie. Auch sie finden es seltsam, dass sie schon wieder da ist. „No, I have nothing to declare.“ Und sie will jetzt auch nichts mehr erklären. Sie will einfach ihre Ruhe, die schneebedeckten Berge bewundern und noch ein bisschen schlafen. Der Zug wechselt schon wieder die Lok. Der Ortszeit nach ist es Viertel vor zehn, Zeit die Uhren wieder umzustellen. Sie fühlt sich, als hätte sie einen Jetlag.

Obwohl das Display 21:50 anzeigt, trinkt sie türkischen Kaffee. Sie konnte dem Duft nicht widerstehen und ihr Rhythmus ist sowieso durcheinander. Vuk kommt tatsächlich mit. Als er ihre SMS bekam, hat er zwar geantwortet: *you could have spent a tremendous night in beograd instead of playing around the world in 80 days.* Aber in der nächsten SMS schrieb er schon: *see you at 10 pm luggage room.* Und den hat sie von ihrem Platz in dem kleinen Café aus fest im Auge. Sie liest nochmals Davids 19-Uhr-SMS: *Liebe Lo, (das schreibt sich schön) Danke für deine SMS von heute Nacht, hoffentlich hast du dann noch gut geschlafen. Wo bist du jetzt? Am Meer? Was ist denn anders seit Wien? Bei mir ist anders, dass ich mir immer sicherer bin, dich sehr gern zu haben. Kuss David.* Jemand trommelt auf ihren Tisch. „Time to go, Miss Absent“, sagt Vuk. „Do you need Dinar to pay?“ Stolz zeigt sie ihm das Geld, das ihr der Schlafwagenschaffner gegen Euro getauscht hat und legt einen Teil davon auf den Tisch. „This means Vuk“, er zeigt auf die Vignette auf dem Zehn-Dinar-Schein, „Vuk Karadžić, today there are only little of these notes. You should keep it.“ Auf dem Schein steht *National Bank of Yugoslavia.* Der abgebildete Mann, denkt sie, kann ja nichts dafür, dass er Karadžić heißt. „He is a famous linguist“, erzählt Vuk, als sie in den Zug steigen, „invented the phonetic alphabet.“ Wahrscheinlich ist Spracherkennung auf Serbisch ein Kinderspiel. Sie denkt an die

Firma und an Jonas, dem sie noch immer keine Simpsons gekauft hat, dabei hätte er sich sicher auch über eine griechische Staffel gefreut. Seit Neuestem gibt es eine arabische, bei der Bart Omar heißt und von Soda und Rindfleisch lebt, die soll ihm ein jordanischer Mailinglistenfreund vom Fernsehen aufnehmen.

Gerade als sie sich hingesetzt haben, kommt ein amerikanischer Soldat herein und fragt, ob noch frei sei. Sie nicken. Lo versucht ihn nicht zu mustern. Sind denn hier überhaupt noch welche stationiert? *Mustern* ist ein seltsames Wort. Lo stellt sich vor, wie der Mann durch ihren Blick gestreift wird. Oder wie sie ihn mit den Mustern in ihrem Kopf abgleicht, sie dreht und wendet, bis sie das richtige gefunden hat. „Hi, I'm Greg", sagt er. Wo sie doch die Nacht zusammen verbringen werden, wolle er sich vorstellen. Vuk und Lo sagen ebenfalls ihre Namen. Die Uniform macht enorm befangen. Selbst Vuk, der sie doch gestern so locker angesprochen hat, schaut seltsam gezwungen nach draußen, wo die Lichter vereinzeln. Sie haben die Stadtgrenze hinter sich gelassen. Gregory bietet ihnen Chocolate Chips Cookies an. Viel älter als sie selbst wird er nicht sein, denkt sie. Aber trotz der Befangenheit ist sie neugierig. „Where do you go?", fragt sie. Vuk dreht den Kopf, dann auch den Oberkörper wieder in Richtung des Gesprächs. „Aviano. We have an airbase there." Gregory sieht ihr wohl an, dass sie nicht versteht, was er dann hier zu suchen hat, in seiner Uniform. Er habe seine Freundin besucht, sagt er. „She works for the UN peace mission in Kosovo." Er war nie in Jugoslawien stationiert. „I'm a paratrooper, Desert Storm." Lo rechnet im Kopf nach. Das ist fünfzehn Jahre her. Jetzt beugt sich auch Vuk vor: „Sounds like a conflict of interests." Sein Ton beunruhigt Lo. Gregory schaut ihn

abwartend an. „Desert Storm was not a peace mission!“ Nein! Nein, das sei Desert Storm nicht gewesen. Aber notwendig. „A liberation mission. We've had a tough time.“ Er sieht so jung aus. „Paratroopers are in the front line, aren't they?“ Lo ist parteiisch, das ist sie sowieso, dieser Soldat hat wenig Chancen auf ihre Solidarität, aber je aggressiver Vuk klingt, desto mehr möchte sie das ausgleichen. Jemandem gerecht werden, das klingt ja schon unmöglich. Greg antwortet ruhig, gar nicht, als fühle er sich in die Enge getrieben. Nur die Härtesten würden Fallschirmjäger, sagt er, und selbst von denen hätten zwei Drittel nicht abgedrückt, als es so weit war. Das sei so: Zwei Drittel könnten das nicht, die würden absichtlich danebenschießen. Daran, dass er zum dritten Drittel gehört, lässt er keinen Zweifel. Nicht mal Vuk hätte wahrscheinlich danach gefragt. Er dreht sich angewidert zum Fenster. Warum? Wie ein kleines Kind, dem die Mutter sagt, darum, das ist einfach so, kommt Lo sich vor. Ob er freiwillig gegangen sei. Zur Armee, sicher, er sei ja in Friedenszeiten gegangen. In den Krieg: Nein. „I had no choice“, sagt er. Vuk steht auf. Er will in den Speisewagen gehen. Ob sie mitkomme. Greg bietet an, auf ihre Sachen aufzupassen und kramt ein Buch aus seiner Tasche. Er liest den zweiten Band von *Harry Potter.* Lo verstaut Handy, Geld und Handheld in ihren Jackentaschen und lässt den Rucksack zurück, zum ersten Mal. Zum ersten Mal hat sie jemanden getroffen, der jemanden getötet hat, nein, jemanden, der es zugibt.
Vuk hält ihr die Tür auf: „I should be used to it.“ Und dass er sie nicht mehr hören will, diese Rechtfertigungen, und *maybe it's injust* bei einem Amerikaner könne er es noch weniger verstehen. „It was aggression.“ Und er wolle es auch nicht wissen. Auch als sie sitzen, hat er sich noch nicht beruhigt,

um sie herum roter Plüsch, rot soll ja eher aufregen, denkt Lo. Vuk bestellt ein Bier und ein Schnitzel. Lo nimmt dasselbe. Der Koch, der zuvor mit dem Ober an einem Tisch gesessen und geraucht hat, kehrt in die Küche zurück. Sie sind die einzigen Gäste im *Kola sa Spavanje i Ručavanje.* Lo fragt sich, wieso Vuk es doch wissen wollte, und muss an ihre Großväter denken. Sie hat keinen von beiden gefragt. Als sie hätte fragen wollen, waren beide tot. Kai hat ihr vor ein paar Jahren erzählt, er habe bei einem Spaziergang um den zugefrorenen See den Großvater, von dem sie immer wieder träumt, gefragt, und der habe geantwortet, dass er Glück gehabt hätte. Ich bin früh genug in Gefangenschaft geraten, habe er gesagt. Lo sucht ein WC. Das im Speisewagen ist offenbar fürs Personal, man bräuchte einen Vierkantschlüssel. Auch das nächste ist verschlossen. Im dritten Wagen steht sie wieder vor dem Spiegel. Die Frau, die weggegangen ist. Die Frau, die immer weggeht. Aber es schließt sich kein Kreis. Soll sie nach Hause fahren? Es hämmert. Jemand hämmert gegen die Tür. Erst jetzt bemerkt sie, dass der Zug steht. Nachdem sie sich zwei Lidstriche gezogen hat, verlässt sie den winzigen Raum und sieht noch den Schaffner die Tür zum nächsten Wagen aufstoßen.

Vuk hat sein Bier schon ausgetrunken, ihres auch. Er habe nicht mit ansehen können, wie der Schaum untergeht. Und da kommt auch schon der Ober mit zwei neuen und den Schnitzeln und auch der Schaffner kommt zurück und wünscht einen guten Appetit. Vuk und Lo stoßen an, diesmal auf nichts. Sie trinken einfach. Lo wünschte, David wäre da. Nicht dass sie wüsste, was er jetzt machen würde, sagen würde, wieso es besser wäre. Aber sie weiß, dass es besser wäre. Besser und weniger fremd. „I don't want to return“, sagt Vuk, nachdem er ein Stück von dem trockenen Fleisch hinuntergespült hat. „Okay“, sagt Lo, dann bleiben sie eben da. Sie hat ja schon einmal eine Nacht im Speisewagen verbracht. Aber so hat er es nicht gemeint. Nach Los drittem Bier suchen sie ein freies Abteil und legen sich zwei Wagen von ihrem Rucksack entfernt quer über die Sitze. Vuk telefoniert lange mit seiner Freundin, seine Stimme ist ganz weich. Einen Moment lang überlegt Lo, ob sie die CD und Davids Pullover holen soll. Aber es ist schon spät und Greg wird darauf aufpassen. Er fährt ja auch bis Ljubljana. Nach der Grenze, es gibt wieder eine neue Lok und diesmal eine freundliche Kontrolle, schläft sie ein.

Ein Handy klingelt. Vuks Handy. Sie sind zwanzig Minuten vor Zagreb. „Will you go back to Vienna?“, fragt er und verschwindet mit dem Kopf in seinem Pullover. Als er oben wieder herauskommt, die verwuschelten Haare durch den Rollkragen glatt gezogen, weiß sie die Antwort nicht. „What are you looking for?“ Schon Julia hat ihr solche Fragen gestellt. Julia, der Lo unbedingt schreiben muss, dass sie eine bessere Idee hat, der sie die Fotos ankündigen muss. Sie hätte sich längst bei ihr melden sollen. Vuk lächelt. „Don't look so doomed.“ Der Zug hält an, Sesvete, noch zehn Minuten. Sein Handy klingelt schon wieder. Diesmal ist es nicht der Wecker. „She waits for me“, sagt er, nachdem er wieder so weich gesprochen hat. Dann sind sie auch schon in Zagreb, umarmen sich, „You have my number“, auf dem Bahnsteig steht eine junge Frau mit sehr großen dunklen Augen und winkt.

Als sie weggehen, winkt Lo auch, Vuk dreht sich um und ruft: „Last Stop: Vienna. We kindly request all passengers to leave the train.“ Seine Freundin lacht verständnislos und

nimmt ihn bei der Hand. Sie gehen. Der Zug steht. Überhaupt stehen die Züge hier fast so viel, wie sie fahren, denkt Lo, und nachdem sie die Nachricht an Julia abgeschickt hat, wandert sie mal wieder durch einen stehenden Zug. Irgendwann muss sie ja doch zurück zu Greg.
Der schläft an ihren Rucksack gelehnt, er beschützt ihn. Lo setzt sich leise ihm gegenüber – inzwischen hält sie es auch aus, eine Weile rückwärts zu fahren.

Greg schaut ihr in die Augen, als Lo sie aufschlägt. „Like an epiphany", sagt er. Als er aufwachte, hätte sie einfach wieder da gesessen und geschlafen. Er hätte sich schon Sorgen gemacht. „Thank you for keeping an eye on my backpack", antwortet sie. Er richtet sich auf und gibt ihr den Rucksack zurück. Sie ist ihm dankbar, dass er nicht nach Vuk fragt und nach ihrem plötzlichen Verschwinden. Er fragt sie bloß, ob sie tauschen und wieder in Fahrtrichtung sitzen möchte, dabei sind neben ihm zwei Plätze frei. Das sei nicht nötig, sagt Lo, und wieder danke, und wieder denkt sie daran, was er gestern gesagt hat, dann nimmt er ein Sudoku-Heft hervor und sie kann endlich wieder *Los Reisemix* hören und an David denken. An David, der jetzt sicher noch schläft, auf dem Rücken, meistens, hat er gesagt. Geschnarcht hat er nicht, aber einmal im Schlaf gesungen, nicht gesprochen, gesungen oder gesummt, es hat lustig und schön geklungen. Lo hört *The Be Good Tanyas* und denkt an David, der ihr inzwischen vielleicht wieder eine E-Mail geschrieben hat. Sie hat in Ljubljana anderthalb Stunden Zeit, um ein Netz zu suchen.

EC 212 ab Ljubljana

Weil sie mal wieder unmotiviert irgendwo in der Gegend herum standen, hat sie jetzt gerade noch mit viel Glück und Rennen ihren Anschlusszug erreicht. Die indisch aussehende Frau mit dem kleinen Kind und dem vielleicht sechzehnjährigen Jungen sieht auch gehetzt aus. Der Junge trommelt die ganze Zeit mit den Fingern gegen die Fensterscheibe. Lo kann ihn verstehen, auch wenn es sie nervt. Das kleine Mädchen döst und dreht dabei eine Locke. Das hat Lo früher auch gemacht, wenn sie müde war, behauptet ihre Mutter. Lo hat ihr gestern eine SMS geschrieben, um sie wissen zu lassen, dass sie sich wieder auf dem Weg nach Mitteleuropa befindet, was ihre Mutter gefreut hat. Bald ist Lo sogar schon wieder in Österreich. Sie setzt die Kopfhörer auf, und als die Frau mit ihren beiden Kindern aufsteht, sagt Lo ein bisschen zu laut *Good bye*. Die Grenzer gehen in Jesenice nur durch den Gang, schauen flüchtig in die Abteile, dann steigen sie wieder aus und der Zug fährt schon nach fünf Minuten weiter, vielleicht weil auch dieser Zug wieder Verspätung hat und sie ja immerhin in die Schweiz wollen. Bis dahin sollten sie pünktlich sein. Kurz vor Rosenbach kommt die indische Frau mit dem kleinen Mädchen zurück ins Abteil. Lo und sie lächeln sich an. Fünf Minuten später kommt auch der Junge wieder. Lo hat das rechte Bein über das linke geschlagen und wippt damit. Als wärst du im Heim aufgewachsen, hat Markus einmal gesagt, wegen dieser ständigen Bewegungen. Hospitalismus nenne man das. Das kleine Mädchen versucht Los rote Schuhbänder zu fangen. Lo spielt mit und macht Achten und Kreise mit dem Fuß. Das Mädchen lacht laut auf, die Mutter hält die Hand vor den Mund. Als die Tür aufgeht, zucken alle zusammen. „Kaffee, Kipferl, Cola, Wurstsemmel“, ruft der Mann an der Tür. Als er aufblickt, wird er plötzlich ganz aufgeregt und spricht in einer fremden Sprache zu Los Abteilnachbarn. Er scheint ein Landsmann zu sein. Lo hat das Gefühl, nicht hier sein zu dürfen, dabei versteht sie kein Wort. Aber ihre Gesichter wirken so, als ginge es um etwas Persönliches. Sie setzt ihre Kopfhörer auf, aber da kommt schon der Schaffner, der Minibarverkäufer grüßt ihn und geht schnell weiter, sie hat sich nicht mal getraut, einen Kaffee zu kaufen. „Von Ljubljana nach Zürich“, sagt sie. Die Mutter zeigt dem Mann drei Tickets und wartet mit großen Augen und verkrampft gefalteten Händen darauf, dass er sie zurückgibt. Lo wünschte, sie würde weniger ängstlich aussehen. Der Sohn schaut sie an, als ginge es ihm genauso. Inzwischen ist sich Lo sicher, dass sie illegal unterwegs sind. *Kein Mensch ist illegal,* steht auf einem blauen Bretterzaun keine hundert Meter von dem Haus entfernt, in dem sie wohnt, in dem ihre Sachen lagern. Als der Schaffner weitergegangen ist, sagt der Sohn plötzlich: „We are from Pakistan.“ Die Mutter sieht ihn erschrocken an. „We lost everything, now we go to our father.“ Der Zug fährt eine Kurve, Lo scheint die Sonne ins Gesicht. „Is all your family okay?“

Das sollte doch jeder lernen, denkt sie, nicht nur Menschen, die andere in Katastrophengebieten psychologisch betreuen. Jede und jeder sollte doch lernen, solchen Situationen gewachsen zu sein, weder desinteressiert noch aufdringlich zu sein. Wieso hat sie das nirgends gelernt, auf anderer Leute Unglück angemessen zu reagieren.

„Yes“, sagt er und sie ist dankbar dafür, „the man with coke and sandwiches, he knows nothing about his parents, he hopes we know, but we come from a different place." Er sagt etwas zu seiner Mutter, um sie zu beruhigen. „Where is your father?" Lo muss ihn zweimal bitten zu wiederholen, bis sie Zürich versteht. Dann leiht sie ihm ihren CD-Player und Tom Petty. Bis zum Arlberg ist es noch weit genug. Dass sie in die Schweiz müssen, denkt Lo, ist ein Problem. Wenn sie nur aussehen würden wie sie, sie wurde an den Schweizer Grenzen kein einziges Mal kontrolliert. Sie sieht weder aus wie ein politischer noch wie ein Steuerflüchtling. Vielleicht brauchten sie ja nur *Asyl* zu sagen. Aber dazu müssen sie erst mal drin sein, im Land. Lo ist müde. Sie könnte doch in Villach aussteigen und nach Wien fahren. Ist doch egal, dass sie die Karte nach Zürich gelöst hat. So kleinlich braucht sie jetzt auch nicht sein. Sie ist immer noch reich, manchmal denkt sie schon wie jemand, der durchs Nichtausgeben reich geworden ist. Der Mann in der Botschaft fällt ihr ein, der gesagt hat: Ihr Problem, wenn sie von der Hand in den Mund leben.

Es hört sich an wie ein gestörtes Radio. Dann sagt der Lautsprecher, dass sie leider in Landeck in einen Bus umsteigen müssen, wegen der Reparaturarbeiten ist die Arlbergstrecke noch immer gesperrt. Die pakistanische Frau sieht ihren Sohn an, der hat auch nichts verstanden, die Durchsage war nur auf Deutsch. Lo erklärt ihm, was los ist, und auch, dass es kein Problem ist. Dabei ist es für sie ein Problem. Mit dem Bus durch den Tunnel. Soll sie umkehren? Aber sie will die drei nicht allein lassen. Sie will wissen, dass sie sicher in der Schweiz ankommen. Wenn sie von Ljubljana direkt nach Wien gefahren wäre. Plötzlich erscheint es ihr, als könnte das eine Schicksalsentscheidung gewesen sein. Nun muss sie in diesen Bus. Vor ihnen wird ein Lastwagen in Flammen aufgehen. Sie wird David nicht wiedersehen. Die Familie zieht ihre Jacken an. Wenn man genau hinsieht, fällt es auf, dass sie nicht hier leben oder eine Urlaubsreise machen. Es sind Kleinigkeiten. Ihre Jacken sind zu dick für die Jahreszeit. Die Frau hat mehrere Röcke übereinander an. Der Mantel des kleinen Mädchens ist zu groß. Lo dachte erst, sie hätte sich vertan und die Jacke des Bruders genommen.

OEC 668 ab Landeck/Zams

Sie bleiben zu viert zusammen und gehen zum zweiten Bus, Lo nimmt sie quasi mit, wie in Belgien, denkt sie, nur ganz anders. Die Mutter setzt sich in die drittletzte Reihe neben ihren Sohn, die Kleine auf dem Schoß. Lo gleich dahinter. Manchmal dreht sich der Sohn zu ihr um, sie weiß noch nicht mal ihre Namen. Nur das kleine Mädchen, das heißt Hina, glaubt sie. Als sie in den Tunnel einfahren, ruft Lo David an. Holger ist am Telefon. „Lo, wie schön, wie geht es dir? Du musst bald wiederkommen. Wir machen eine Halloweenparty. Wo bist du?" Dass sie im Arlbergtunnel sei, sagt sie, mit dem Bus, dass es ihr gut gehe, ob es ihm auch gut gehe. „Kann ich David sprechen?" David ist nicht da. Im Kindermuseum. „Du kannst versuchen, ihn dort zu erreichen. Möglich, dass er jetzt Pause hat." Holger gibt ihr die Nummer. „Warte", sie notiert sie im Handheld, der Sohn beobachtet sie dabei und Lo lächelt ihn verlegen an. „Aber dann kommst du bald?" Der Bus steht in einem Stau. Immerhin hat dieser Tunnel einen völlig ungestörten Empfang. „Jetzt fahr ich erst mal wieder nach Deutschland." Holger räuspert sich. „Ich glaube, die ganze WG würde sich sehr freuen, David schaut jetzt immer deutsches Fernsehen, das scheint ihn an dich zu erinnern. Wir leiden, Lo." Sie muss lachen: „Es sollte doch reichen, wenn er deine Stimme hört." Holger seufzt übertrieben. „Ich glaube, er ist sauer auf mich, weil ich ihm erzählt habe, dass wir uns fast geküsst haben." Lo holt tief Luft. „Wir haben uns nicht fast geküsst, du hättest mich fast geküsst. Weil du betrunken warst. Hast du das wirklich zu ihm gesagt?" Sie muss sofort David anrufen. „Er hat dasselbe geantwortet. Dass du mich sicher nicht geküsst hättest. Du kannst dich wieder abregen.“ Sie wollte gar nicht so heftig sein, aber Holger ist ohnehin nicht beleidigt, er spricht schon wieder von der Party, die sie nicht verpassen soll. Der Bus setzt sich in Bewegung, wenn auch höchstens mit 20 km/h. Lo dankt Holger, dass er ihr ein Stück durch den Tunnel geholfen hat und sagt: „Bis dann.“

Im Kindermuseum teilen sie ihr mit, dass Herr Prischel nicht abkömmlich sei. *Abkömmlich* ist auch ein seltsames Wort. Sie hätte ihm ja doch nicht von der pakistanischen Familie erzählen können, ihn nicht fragen können, was er an ihrer Stelle täte. Irgendjemand, beispielsweise der Mann mit der Burberry-Jacke auf der anderen Seite des Ganges, könnte ihr zuhören, sie als indirekte Schlepperin bezichtigen und alle verraten. Irgendjemand, der kein Verständnis für De-facto-Flüchtlinge hat. Sie wundert sich, dass ihr der Begriff einfällt. Damals, als sie bei der Amnesty-Gruppe war, nannte man so die Flüchtlinge, die man aus humanitären Gründen nicht zurückschicken konnte, auch wenn sie kein Asylrecht bekamen. Lo sieht Tageslicht. Kurz darauf ruft David an. „Was ist passiert? Ist alles in Ordnung?“ Er habe in der Zigarettenpause den Zettel gefunden, sagt er, nachdem sie ihn beruhigt hat. Sie müsse wohl mit der Chefin vom Putzteam gesprochen haben. „Wieso klingst du denn aber so?“, unterbricht er sich. „Tue ich doch gar nicht“, sagt sie und dass es schön ist, ihn zu hören, schön, ihn einfach anrufen zu können. David sagt *Danke*. Wo sie denn sei? Und wohin sie fahre? Als sie *Über Zürich nach Deutschland* antwortet, hört sie ihn ausatmen, vielleicht raucht er ja auch, dann sagt er, das sei schade und schade sei auch, dass er jetzt gar keine Zeit hätte, in Ruhe zu telefonieren. „Ruf mich doch mal von einer Telefonzelle aufs

Festnetz an", sagt er, „vielleicht heute Abend", aber sie weiß schon, dass das nicht klappen wird, weil sie kaum Aufenthalt hat.
Ihr ist schlecht. Sie ist noch nie gern Bus gefahren, schon gar nicht auf den hinteren Plätzen, auch wenn es dort bei Gruppenreisen und Schulausflügen immer am lustigsten war, auch wenn dort meistens der Typ saß, den sie toll fand. Ihr wurde trotzdem jedes zweite Mal so schlecht, dass sie sich schließlich ganz nach vorne in die erste Reihe setzen musste, auf den freien Platz neben der Lehrerin oder dem Leiter. Sie versucht es mit ruhigem Atmen. Sie versucht es mit Berge-Schauen. Sie versucht es mit Grimassen-Machen, so dass die kleine Hina lachen muss, und ihr Bruder auch. Dann bleibt der Bus stehen, jemand tritt ihr auf den Fuß. Die pakistanische Frau blickt Hilfe suchend zu ihrem Sohn und dann gemeinsam mit ihm in Los Richtung. Die vier schlängeln sich als Letzte aus dem Bus, sind aber unter den Ersten am Gleis, weil sie nicht bei der Gepäckklappe um Koffer und Taschen kämpfen mussten. Der Zug, der dort steht, fährt nach Zürich durch. Wo sollen sie sich hinsetzen, fragt sich Lo. Wo fallen die drei am wenigsten auf? Vielleicht sollten sie sich trennen. Im Großraumwagen verteilen. Das kleine Mädchen zu ihr. Aber werden sie den Jungen nicht in jedem Fall kontrollieren. So sehen doch die Jungs aus, die mit Sicherheit nach ihrem Pass gefragt und manchmal noch nach Drogen durchsucht werden. Und die Mutter, wird sie nicht dauernd ängstlich nach ihren Kindern sehen? Die drei müssen unsichtbar sein, wenn die Kontrolle kommt. Lo hält ein leeres Abteil in der Mitte des Zuges für die beste Lösung. Ab Feldkirch muss sie dann schauen, von welcher Seite die Zöllner sich schneller vorarbeiten. Wie haben die drei es nur so weit geschafft. Sicher

nicht mit dem Zug. Hina reißt sich von der Hand ihrer Mutter los und läuft auf einen Süßigkeiten-Automaten zu. Sie zeigt auf die Gummibärchen und ruft immer wieder dasselbe pakistanische Wort. Gibt es das überhaupt: Pakistanisch? Ihr Bruder, der ihr sofort hinterher gehastet ist, nimmt sie auf den Arm und wiegt sie hin und her. Sie hört nicht auf zu rufen. Wahrscheinlich ist es der Mutter unangenehm, wenn Lo ihrem Kind Süßigkeiten kauft, andererseits schauen immer mehr Leute zu ihnen rüber. Sie zieht schnell eine Tüte aus dem Automaten. „For me“, sagt sie zu Hinas Bruder und dann fragt sie ihn endlich nach seinem Namen. Er heißt Younis.

IC 168 ab Feldkirch

Als sie in ihrem Abteil sitzen, zu viert, versucht Lo Younis das Gummibärchen-Orakel zu erklären. Aber sie merkt selbst, dass es viel zu kompliziert ist, und ist sich auch gar nicht mehr sicher, ob sie noch die Bedeutung von allen Farben weiß. Sie schüttelt zwei orangefarbene, ein weißes, ein gelbes und ein rotes heraus. Zwei mal orange, das heißt windig, aber sonst ist es vielversprechend. Hina schüttelt auch und hat von jeder Farbe eines. Lo freut sich für sie und sagt Younis, dass das etwas Gutes bedeutet. Er schüttelt drei rote heraus und lacht. „This is good too. I like the red most.“ Dann spricht er eindringlich zu seiner Mutter, während Hina und Lo versuchen Gummibärchen hochzuwerfen und mit dem Mund zu fangen. Sie fallen ihnen immer in den Schoß.

Sie brauchen einen Plan, denkt Lo. Ein Ablenkungsmanöver vielleicht, mit dem sie die Zollbeamten so lange aufhalten kann, bis der Zug weiterfährt. Andererseits haben sie es ja vorher auch allein geschafft. Aber ob die Zöllner an der Schweizer Grenze eine verschlossene Toilette übersehen. Lo kann sich das nicht vorstellen. Es kann nur klappen, wenn sie ein Riesenglück haben, denkt sie. Wir, denkt sie. Und *Proaktiv*. Dauernd muss sie an dieses Wort denken: *Proaktiv*. Sie erzählt Younis, was sie sich ausgedacht hat. Es ist ein Risiko. Ein riesiges Risiko. Wenn sie sich nicht einmischt, läuft vielleicht eh alles glatt. Hoffentlich ist der Zug voll. Vielleicht schaffen die Zöllner es gar nicht bis zu ihrem Abteil.

Die drei verschwinden. Lo behält Hinas Mantel und ihre braune Bommelmütze, aus ihrem eigenen Rucksack nimmt sie den Pass und das Portemonnaie, dazu noch die Gummibärchen und die Tigerente von Frank, die seit Köln in der Außentasche vergraben ist. Eine gute halbe Stunde. Die drei auf dem Klo und sie vor der Tür. Vielleicht haben sie ja Glück. Vielleicht streikt heute der Zoll, sie sind unterbesetzt, unmotiviert, betrunken, vielleicht ist es nur einer und der wirft beide Augen auf Lo oder drückt sie überhaupt zu. An sich müsste es ja reichen, wenn sie es bis Buchs schaffen. Aber sicher ist sie da nicht. Sie ist eine junge Mutter. Sie ist eine junge Mutter. Sie hat das harmloseste Gesicht der Welt und über dem Arm einen Mantel, an dessen Reißverschluss eine Tigerente hängt.

Plötzlich hat sie Angst, dass sie alles nur schlimmer machen könnte, wenn die Zollbeamten ihr nicht glauben. Wenn sie erst recht die Toilette öffnen wollen, weil sie denken, dass sie ihr Kind entführt. Vielleicht wimmelt es an den Grenzen von harmlos aussehenden jungen Frauen, die etwas im Schilde führen, und die Zollbeamten werden darauf getrimmt, ihnen mit Misstrauen zu begegnen, besonders, wenn so eine Frau vor einer Toilette steht und behauptet, da drinnen wäre gerade ihre siebenjährige Tochter mit dem Anziehen der Latzhose beschäftigt, und dummerweise hätte die Kleine abgeschlossen, obwohl sie doch davor stünde und aufpasste, und den Kinderausweis hätte das Kind auch noch bei sich. Das kann ja gar nicht gut gehen. Die dürfen ihr wahrscheinlich gar nicht glauben. Nächster Halt Buchs. Warum steigen die Zöllner hier nicht aus. Aber wenn sie auf ihren Platz zurückgeht, dann haben die drei doch erst recht keine Chance. Eine verschlossene Toilette, aus der keine deutschsprachige Antwort kommt. Es gibt nur Regen und Traufe. Sie wird stehen bleiben und lügen, was das Zeug hält. Was kriegt man, wenn man bei so was erwischt wird: Junge Deutsche wollte nach bestem Wissen und Gewissen drei pakistanische Erdbebenflüchtlinge in die Schweiz schleusen, eine Familie zusammenführen. Das gibt drei Jahre und den alternativen Preis für Zivilcourage. Schade, dass sie sich so dumm angestellt hat. Lo kann einfach nur hoffen, dass der Zug überall so voll ist. Etwas stößt dumpf von innen gegen die Klotür. Die Tür zwischen den Wagen geht auf. „Überall ist besetzt", sagt ein untersetzter Mann ärgerlich und zwängt sich an Lo vorbei. Wahrscheinlich kann er sehen, wie ihre Beine zittern. Vielleicht sollten sie hier alle aussteigen. Zu Fuß oder mit einem Bus nach Sargans und von dort weiter. Aber die beiden Zöllner beim Bahnhofsgebäude stehen sicher nicht zufällig da. Lo hört ein Pfeifen. Der Zug setzt sich in Bewegung. Sie müssen noch drin sein. Von beiden Seiten arbeiten sie sich zu ihnen durch. Lo könnte in den Wagen zurückgehen und ohnmächtig werden. Vielleicht hielte das die Männer auf. Aber es ist schon zu spät. Durch die Zwischentür sieht sie die beiden in den Wagen rechts nebenan kommen, in dem sie vorher gesessen haben. Ein kleiner und ein großer Mann. Wie lange können sie für diesen einen Wagen brauchen? Wie lange ist es noch bis Sargans. Ihr ist schlecht. *Proaktiv.* Sie hat weiche Knie. Wie müssen sich erst die drei in der Toilette fühlen, so eingezwängt und ahnungslos, was draußen geschieht. Lo versucht nicht zu auffällig durch die Tür zu schauen. Sie sind noch immer am anderen Ende. Der Kleine ist in einem Abteil verschwunden, der Große nur noch zur Hälfte zu sehen. Wie viel Zeit bleibt noch? Nur Minuten, glaubt sie, aber sie traut sich nicht aufs Handy zu schauen. Stattdessen beginnt sie zu zählen. Einundzwanzig, zweiundzwanzig, dreiundzwanzig. Sie ist nicht geeignet für so etwas. Sie hat Nerven wie Spinnfäden. Jetzt sind die Männer wieder beide auf dem Gang. Schon fast in der Mitte.

Fünf Abteile von der Toilette entfernt tritt Lo den beiden Männern entgegen. „Ich warte die ganze Zeit vor der Toilette. Ich habe mich nicht getraut, solange sie nicht vorbei gekommen waren." Die beiden Männer schauen sie verwundert an, dann lachen sie, sie nimmt an, über ihr Gesicht. Sie kann so zerknirscht aussehen wie das Eis in einem Caipiroshka. Da hilft nur die Flucht nach vorn. „Ich habe nämlich nur einen vorläufigen Pass. Der richtige ist mir in Bologna gestohlen worden oder in München. Ich hab es erst in Wien bemerkt. Da hat nämlich niemand kontrolliert zwischen Deutschland und Österreich." Sie kramt den Pass umständlich aus dem Rucksack, wo sie ihn gerade erst hineingesteckt hat. Der kleine Mann nimmt ihn entgegen, schaut das Foto an, dann sie. Der andere versucht an ihr vorbei zu gehen, aber sie spricht ihn direkt an. „Sie können sich nicht vorstellen, was ich mit diesem Dokument schon für Ärger hatte, in Sid und in Gevgelija." Hinas Mantel hat sie leidlich unter ihrer Jacke versteckt, aber sie spürt, wie die Tigerente neben ihrem Handrücken hin und her baumelt. Nächster Halt Sargans. „Und beinahe hätten sie mir den ja gar nicht gegeben. Reine Willkür, was da auf der deutschen Botschaft in Wien abläuft. Aber es ist ein ganz normaler gültiger Pass." Der Große nickt abwesend. Im Abteil hinter ihr sitzen zwei dunkelhäutige Männer. Er zieht die Abteiltür auf. Der Kleine sagt noch zu Lo: „Sie können in diesen Zügen übrigens auch im Bahnhof aufs WC, da müssen sie nicht noch länger warten." Das sind freundliche Zollbeamte, die sie gerade hintergeht. Wenn neben ihrer Angst noch Platz für andere Gefühle wäre, könnte sie fast ein schlechtes Gewissen bekommen. Tatsächlich wird

der Zug langsamer und hält an. Sie geht langsam in Richtung Toilette. Hinter ihr hört sie, wie die Zollbeamten die beiden Männer in harschem Ton befragen, immer heftiger werden. Der eine Zollbeamte telefoniert und sagt etwas von Schmuggel. Aus den Augenwinkeln sieht sie, dass sie den Männern Handschellen anlegen, sie vor sich durch den Gang schieben. Vorbei an Lo, an der Toilette, vor der Lo eben noch gewartet hat. Alle vier steigen aus und der Zug fährt ab. Das glaubt ihr keiner, aber sie wird es auch nicht vielen erzählen können. Lo hat Bauchweh.
Hinter Sargans geht sie wieder ins Abteil. „Ohne Halt bis Zürich", sagt die Stimme aus dem Lautsprecher. Zuerst kommt Younis zurück, etwas später seine Mutter mit Hina. Ob sie ihr auf der Toilette den Mund zugehalten haben? Lo hatte solche Angst, dass Hina schreit, dass sie in ihrer Sprache nach Gummibärchen schreit. Eine Weile spricht niemand. Erst als der Schweizer Zugbegleiter die Karten kontrolliert hat, ist so etwas wie Aufatmen zu spüren. Auch Hina hat das gemerkt und will mit der Tigerente spielen. Lo schenkt sie ihr. In einer Dreiviertelstunde kommen sie an.
In einer Dreiviertelstunde. Lo hat David vergessen. Ihre Verabredung. Es ist schon kurz nach halb acht. Auf ihrem Display liest sie, dass er sich sehr gefreut hat, sie zu hören. Dass er hofft, es gehe ihr bald besser. *Hör mal das siebte Lied. Mach ich auch gerade. Ich vermisse dich.* Das siebte Lied ist *Ol' 55* und sie hat es sicher schon zwanzig Mal gehört: *And now the sun's coming up. I'm riding with Lady Luck.* Seine zweite SMS ist um fünf nach sieben gekommen: *Bin froh, dass ich dich eben gehört habe. Meld dich kurz ja. Ich lass das Handy so lange an.* Einen Moment lang überlegt sie, wie datensicher die Übermittlung von SMS ist, dann schreibt sie ihm, dass es ihr sehr leid tue, dass sie jemandem hätte helfen müssen,

Probleme bei der Passkontrolle, dass sie bald wieder anrufe, ihn auch vermisse, dass ihr das Lied gut tue. Noch während sie schreibt, kommt eine SMS von Julia, der die Idee mit den Anzeigetafelfotos gefällt, die aber erst in der Bildredaktion Überzeugungsarbeit leisten muss. Ob Lo schon ihre Mail gelesen habe, die Stellenausschreibung, die sie geschickt habe. Das sei zwar bei einem anderen Magazin des Verlags, aber sie könne da mitreden. *Schöner Arbeitsplatz in Zürich, bei uns im Haus, Blick auf den See.* Lo schreibt die SMS an David fertig: *Mir geht's immer besser. Auch wegen Dir. Es ist sehr schön, an Dich zu denken. Kuss Lo.*

CNL 408 ab Zürich HB

Younis hat ihr noch von seinem Vater erzählt, während sie den Zürisee entlang fuhren, auf dem vielleicht Ueli gerade wieder seine Rundfahrt macht. Wenn Lo Younis richtig verstanden hat, arbeitet der Vater in einer Großküche, hat Asylrecht in der Schweiz und schon zweimal versucht, die Familie nachzuholen, aber immer haben sie seinen Antrag abgewiesen. Für Hina und die Mutter sollte es kein Problem sein, die werden wohl bleiben dürfen, aber Younis ist inzwischen zu alt, er hat zwar seinen Pass weggeworfen, aber er fürchtet, dass er damit nicht durchkommen wird. „Maybe I am happy“, hat er gesagt. Lo hat ihn gefragt, ob sie Geld brauchen. Was für eine Frage. Zuerst wollte er nicht. Erst als sie ihm erklärt hat, dass sie sonst irgendetwas anonym für die Erdbebenopfer spenden würde, dass das alle so machen, erst dann hat er langsam genickt. Aber seine Mutter dürfe es nicht merken. Also sind er und Lo am Bahnhof zusammen zum Geldautomaten gegangen, während Hina mit ihrer Mutter am Gleis wartete, Lo weiß nicht, was er ihnen erzählt hat, sie weiß auch nicht, wie er erklären wird, wo das Geld herkommt. Aber ihm fällt sicher was ein. Mit seinen drei roten Gummibärchen. Sie hat um 20:21 Uhr ein Foto von ihrer bisher größten Anzeigetafel gemacht. Hamburg, Amsterdam, Basel, Roma Termini ...
„Warum verdrehen Sie Ihren Hals? Wegen der Brücke?“ Der Mann, der zwischen ihr und dem Fenster sitzt, hat einen rheinischen Akzent. „Wegen der Leitern.“ Wegen der riesigen Leitern ist sie aufgestanden und hat versucht, über die Halbglatze des Mannes hinwegzuschauen. „Welche Leitern?“, er steht jetzt auch auf und dreht sich um.

„Die Leitern, die in den Himmel führen. Ich finde sie sehr schön." Und wirklich kann man sie gegen den leicht lilafarbenen Himmel noch immer gut sehen. Der Mann setzt sich wieder und lacht. „Das wird unser höchstes Haus. Leitern in den Himmel. Das muss ich in der Firma erzählen." Er trinkt einen Schluck Bier und sagt, er sei Hochbauzeichner. „Dann bauen Sie dieses Haus?" Er lacht schon wieder laut. Die anderen Leute in der *CityNightLine-Bar* schauen zu ihnen herüber. Aber jetzt kann ihr das egal sein. Hina, Younis und ihre Mutter sitzen schon sicher beim Vater in der Wohnung und feiern ihr Wiedersehen. „Leider nicht." Mit *unser höchstes Haus* hat er das höchste Haus der Schweiz gemeint. *Prime Tower* soll es heißen. Und sie solle sich, falls es dann nicht zu dunkel ist, mal in Basel den Messeturm anschauen. „Unseres wird einundzwanzig Meter höher." Jetzt bezieht sich *unser* auf die Zürcher. „Sie haben sich wirklich integriert", sagt Lo und er erzählt, dass er schon neunzehn Jahre in Zürich lebt. Aber Rheinisch spricht er immer noch.

Dortmund, morgens um fünf, es riecht nach Kaffee und Croissants, als sie die Treppe vom Bahnsteig herunterkommt. Der Bäcker hat geöffnet, am Kiosk kauft schon jemand Zigaretten und ein Angestellter von *Presse und Buch* rollt die Zeitungsständer vor die Tür. Abgesehen von der Anzahl der Stunden hat sie in ihrem Liegesessel erstaunlich gut geschlafen. Jetzt erst mal ein Frühstück und dann weitersehen.
Erst in der Schlange vor der Theke realisiert sie wirklich, dass sie wieder auf *Start* angekommen ist. Sie ist wieder da. In einer guten Stunde könnte sie Sandra anrufen oder ihre Mutter. Die stehen beide so früh auf. „Da bin ich wieder", könnte sie sagen.

„Ist da noch frei?" Die Dame schaut von ihrer Zeitung auf und nickt freundlich. „Ganz schön früh", sagt sie, als Lo zwischen zwei Schluck Kaffee gähnen muss. „Allerdings, aber für viele scheinbar völlig normal." An der Bäckerei vorbei laufen Männer, die wie Fußballfans aussehen, Bundeswehrsoldaten, Männer und Frauen, die zur Arbeit unterwegs sind. Nicht die *White Collars*. Die schlafen noch. „Für mich ist es zum Glück eine Ausnahme, normalerweise fange ich erst um neun mit der Arbeit an." Sie heißt Elena und ist Kommunikationstrainerin. Heute ist sie zu einem Treffen der *Business Professional Women* unterwegs. „Ich bin schon seit siebzehn Jahren im Netzwerk", sagt sie und erzählt Lo voller Begeisterung, wie sich die Frauen gegenseitig unterstützen. „Was arbeitest du?", will sie wissen und lächelt so offen, dass Lo ihr von der Lebenslauflücke erzählt, in der sie gerade steckt. *Lückenbüßerin* fällt ihr ein, aber Elena nennt Los Arbeitslosigkeit Orientierungsphase. Sie nehmen noch zwei Kaffee und Elena spricht von der Zeit, bevor sie sich selbständig gemacht hat. „Das war nicht einfach", sagt sie, „ich wusste gar nicht genau, was ich machen sollte. Die Kinder waren kaum noch zuhause und in meinen alten Job wollte ich nicht." Dann lacht sie wieder. „Ich glaube, Begeisterung ist die halbe Miete. Dann kann man vieles gut und gerne machen." Sie trinkt ihren Kaffee aus. Dann wünscht sie Lo Mut und macht sich auf den Weg zu ihrem Gleis. Wie kann man bloß so optimistisch sein? Und dabei noch sympathisch. Das ist Lo ein bisschen unheimlich. Selbständigkeit klingt neu für sie und gefährlich. Sie ist doch keine Unternehmerin. Andererseits: Irgendwas sollte sie schon mit ihrem Geld machen. Sie kann es ja nicht auf dem Postscheckkonto liegen lassen, bis die Inflation es gefressen hat. Soll sie wirklich ein Literaturcafé in Wien eröffnen, die erste sozial verträgliche selbständige Schlepperin werden, soll sie hier bleiben und ein Reisebüro für Selbstfindungszugreisen aufmachen oder einen Lebenshilfebestseller darüber schreiben? Soll sie sich in Zürich bei Julias Verlag bewerben? Eine Festanstellung als – sie hat keine Ahnung, was das sein könnte, hat Julia noch nicht mal geantwortet. Lo geht ins Reisezentrum. Die Schalter werden gerade geöffnet. „Ich möchte einen *InterRail-Global-Adult*-Pass kaufen“, sagt sie zu der jungen Frau an Schalter 2, deren Computer noch im Hochfahren begriffen ist. „Für einen Monat.“ Lo legt die Kreditkarte auf den Tresen. „Ich brauche einen Ausweis“, sagt die Frau, „Ihr Wohnsitz ist in Deutschland?“ Lo kramt den vorläufigen Pass heraus. Da ist ihr Wohnsitz nicht eingetragen. Sie denkt *Hohnwitz*. Aber die Frau scheint mit dem Pass einverstanden zu sein. Lo muss ihre Adresse angeben. Ihre leer stehende Wohnung. Können Sie mir noch eine Verbindung nach Tallinn raussuchen?“ Die Frau blickt kurz auf, tippt mit zwei Fingern auf der Tastatur herum und fragt dann, wie man das schreibe. Lo buchstabiert. Die Frau schüttelt mit dem Kopf. Da könne sie keine Angaben machen. Auch liege das nicht im *InterRail*-Gebiet. „Aber Helsinki. Wenn sie sich beeilen, erreichen Sie noch den Zug nach Hamburg. Ich druck Ihnen die Verbindung aus.“

IC 2314 ab Dortmund Hbf

Lo hat die *InterRail*-Infos und den Fahrplanausdruck auf dem Tisch vor sich ausgebreitet. Kopenhagen. Stockholm. Turku. Helsinki. Von dort kann sie nach Tallinn übersetzen. In Kopenhagen hat sie drei Stunden Aufenthalt und kann um 15:16 Uhr oder 16:17 Uhr ihr Tafelbild machen. Wenn sie gegen Mitternacht in Stockholm ankommt, hat sie ein noch größeres Zeitfenster für Fotos, weil das Schiff erst früh am Morgen fährt. Noch nie hat sie eine solche Schifffahrt gemacht. Eine, die länger als zwei Stunden dauert. Überhaupt noch keine Fahrt mit einem Schiff, auf dem man schlafen kann, Massagen buchen, einkaufen, das sich als schwimmendes Hotel bezeichnet. Sie wird einfach von morgens bis abends an Deck bleiben, von der Abfahrt bis zur Ankunft. Oder sie pfeift auf die *InterRail*-Ermäßigung und nimmt von Stockholm aus gleich die Fähre nach Tallinn, dann kann sie vom Meer aus in die Sterne gucken. Es ist immer noch zu früh, um irgendjemand anzurufen, besonders David. Aber er soll ihre SMS finden, wenn er aufwacht: *Lieber David. Jetzt wirklich zu neuen Ufern. Bin auf dem Weg nach Estland. Werde Fähre fahren. Heut Nachmittag bin ich im Internet. Und heut Abend um 7 ja eh wieder bei Dir. Kuss Lo.*

Als sie das Handy weglegt und sich umschaut, fragt der Mann mit der hohen Stirn und dem Holzfällerhemd, der auf der anderen Seite des Gangs sitzt, auf Englisch, ob sie auch *InterRail* mache. Er hat das Prospekt gesehen. Bis vor kurzem habe er ja gedacht, das sei nur für Jugendliche. Aber zum Glück sei das ein Irrtum gewesen. Ob er sich kurz zu ihr an den Tisch setzen dürfe? Und wo sie denn schon überall gewesen sei? „Or did you just start to travel?"

Wieder Worte

Einsüden
Vorurteilskraft
Falsche Freunde
Alles hat einen Grund
Verwandtwortungslos
Bleibe
Fluchtpunkt
Paranoianacht
Tunnelblick
Personenfreizügigkeit
Zügeln
Gelegenheitsjob
Rückzugsgefühl
Blaupause
Lesezirkeltraining
Fliehkraft
Inselbahnhof
Glast
Lebensbescheinigung
Lebensbeschönigung
Phantomberührung
Himmelswiese
Lebensmensch
Proaktiv
Himmelsleitern
Tafelbild
Zeitfenster

Inhalt

Sylvia Geist

DER PFAU

Novelle, 132 Seiten
Luftschacht Verlag, Wien 2008
ISBN: 978-3-902373-30-4

Als Schausteller ziehen Judith und ihr Großvater Popp nomadengleich durch den Süden und klappern mit ihrer schrulligen Achterbahn einen vorstädtischen Rummelplatz nach dem anderen ab. Als sie auf einer Raststätte die junge Lil auflesen und mit auf ihre Tour nehmen, wird ihre Reise zu einer Odyssee mit unerwarteten Folgen.

Sylvia Geist gelingt es, ihren Wesen, deren Vergangenheit nur knapp dargelegt wird, Existenz zu geben, Dasein. Es geht eine seltsame Stille von ihnen aus und eine berührende Tiefe.
- *Volltext* -

In dem schmalen Band verbirgt sich eine große Geschichte über das Unbehaustsein. (...) Niemand in der Geschichte hat ein wirkliches Zuhause. Aber alle haben eine Heimat in diesem Text. Auch die Autorin. Ein kleines, großes Buch.
- *Hannoversche Allgemeine Zeitung* -

Mit klarem Blick für Katastrophen zeigt „Der Pfau", wie Lebensträume jäh in ihr Gegenteil umschlagen können.
- *Kulturspiegel* -

Stephan Alfare

MEILENGEWINNER

Roman, 318 Seiten
Luftschacht Verlag, Wien 2008
ISBN-13: 978-3-902373-35-9

Stephan Alfares Romanheld sucht die Freiheit und das Abenteuer. Ohne ein konkretes Ziel bricht der junge Österreicher nach Süden auf, reist per Zug und Schiff, mit wenig Gepäck, dafür meist einem Vorrat an Bier, Pot und Cognacverschnitt. Es sind die zufälligen Begegnungen, die ihn kreuz und quer durch die südliche Hälfte des Kontinents navigieren. Die Straßen sind meist schmutzig; sie führen ihn von Griechenlands Küsten über die Alpen und zurück, in die Türkei und nach Frankreich.
Zärtlich und wie beiläufig wird von den Merkwürdigkeiten der Menschen und Landstriche erzählt, von der Heiterkeit, Ruhe- und Trostlosigkeit der Aussteiger und Wanderarbeiter.

Fast sah es so aus, als sei das klassische Genre des Trinker- und Gossenromans für immer ersoffen. Doch nun taucht Stephan Alfare mit dieser Geschichte eines krassen Trips durch Südeuropa auf. Dieses Buch muss man nicht mit Bukowski oder Jörg Fauser vergleichen, es hat eine ganz eigene erzählerische Wucht.
- *Welt kompakt* -

Benjamin Tienti

RAUBVOGEL

Roman, 112 Seiten
Luftschacht Verlag, Wien 2009
ISBN: 978-3-902373-46-5

Was fühlt ein Siebenjähriger, wenn alles über ihm zusammenbricht? Wenn die Familie, wie er sie kannte, nicht mehr existiert. Wenn er beginnt, Geheimnisse zu haben, und Seiten an sich zu entdecken, die er bis dahin nicht vermutet hat. Konsequent erzählt Benjamin Tienti aus der Perspektive eines Jungen, der hellwach eine Welt zu durchdringen sucht, in der er auf sich allein gestellt ist.

Tienti gelingt mit dieser Perspektive das große Kunststück, den Zerfall jenseits moralischer Urteile und in größtmöglicher Verdichtung zu beschreiben.
- Financial Times Deutschland -

Tientis Prosa ist gleichzeitig kraft- und gefühlvoll. Ein Debütroman, der im Gedächtnis bleibt!
- textem.de -

Es ist nur ein schmales Büchlein, dieser „Raubvogel", knapp hundert Seiten, aber es lässt den Leser Dinge mit einer Wucht und einer Authentizität lesen, die man vielleicht so eindringlich, so nachvollziehbar, so schmerzhaft gar nie lesen wollte. Aber so ist das Leben: niemand hat gesagt, dass es einfach ist.
- Radio FM4 -